Feldhaus

Crazy Schmidt

... und der krasseste Roadtrip meines Lebens

FELDHAUS

CRAZY SCHMIDT

... UND DER KRASSESTE ROADTRIP MEINES LEBENS

Roman

dtv

Von Hans-Jürgen Feldhaus ist bei dtv außerdem lieferbar:

Echt abgefahren!

Echt krank!

Echt fertig!

Echt durchgeknallt!

Echt am Limit! – Zwei Katastrophen in einem Band

Quinn & Spencer – Zwei Checker, kein Plan

Quinn & Spencer – Genial verzockt

Fünf auf Crashkurs

Kurve kriegen! – Roadtrip mit Wolf

Welle machen! – Relaxt wird an einem anderen Tag

Das Zitat von Bob Dylan auf S. 5 erfolgt mit freundlicher Genehmigung der VG Musikedition.

FSC
www.fsc.org
MIX
Papier | Fördert gute Waldnutzung
FSC® C083411

Originalausgabe

Umschlaggestaltung: Zero Werbeagentur
Innenillustrationen: Hans-Jürgen Feldhaus
Gesetzt aus der Dante MT Pro
Satz: Greiner & Reichel, Köln
Druck und Bindung: CPI books GmbH, Leck
Printed in Germany · ISBN 978-3-423-74095-1

I see my light come shining
From the west unto the east
Any day now, any day now
I shall be released

Bob Dylan · 1967

1

Sommer war's und ich hing tot über einem Zaun in Schneverdingen und rechnete nach, wie lange schon. *Schneverdingen!* Ein Ort in Niedersachsen. Am Rande der Lüneburger Heide, mitten im Nichts. Und exakt dort lebte ich nun … sieben Tage, elf Stunden, dreiundzwanzig Minuten und sechsundfünfzig Sekunden.

Alles war gut. Fünfzehn Jahre lang war es das … in Köln. Großstadt! Freunde! *Leben!* Dann kamen meine Eltern auf die geniale Idee, mit mir und meiner kleinen Schwester Maja umzuziehen. Aus beruflichen Gründen, hieß es. Weil mein Vater, der ist Grafikdesigner und hat eine Bombenstelle bei einer dieser Schickimicki-Agenturen in Hamburg bekommen, wo du nicht zweimal überlegen darfst, ob du da überhaupt arbeiten willst. Mein persönlicher Vater hat, glaube ich, gar nicht überlegt und sofort *Ja, ich will!* gebrüllt, obwohl die ihn vielleicht noch nicht mal gefragt hatten. Jedenfalls hat er den Job bekommen und da hab ich noch gedacht, *Okay, Hamburg! Weltstadt! Das geht in Ordnung für mich*, habe ich gedacht und …

… meiner Erinnerung nach wurde Maja und mir erst am Tag des Umzugs auf der Fahrt in den Norden so beiläufig mitgeteilt: »Ach, übrigens, wir ziehen nicht nach Hamburg, sondern nach Schneverdingen.«

Und ich frag noch: »Wo liegt das?«

Und die so: »In der Metropolregion von Hamburg.«

Was nicht einmal gelogen war, weil Schneverdingen liegt in etwa fünfzig Kilometer südlich von Hamburg – gefühlt aber am Rande des Universums.

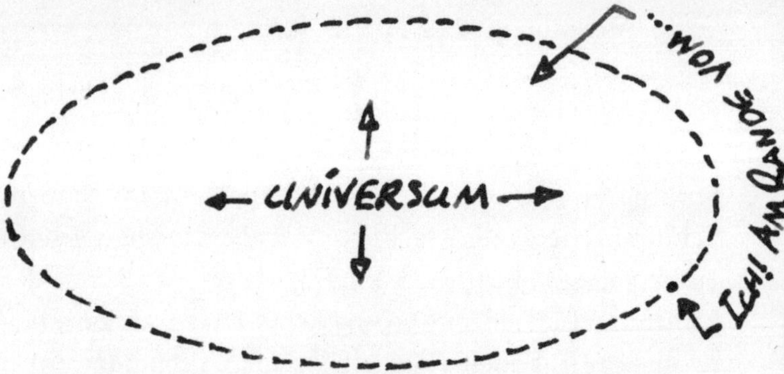

… sieben Tage, elf Stunden, dreiundzwanzig Minuten und sechsundfünfzig Sekunden, zählte ich also zusammen, da, tot über dem Zaun, der natürlich nur eine raffinierte Metapher ist, weil es war die Schlafcouch in meinem neuen Schneverdinger Zimmer, auf der ich rumhing – innerlich tot vor lauter Langeweile. Was unter anderem daran lag, dass Sommerferien waren. *Schon wieder* Sommerferien, weil, wenn du am Ende der Sommerferien von Nordrhein-Westfalen nach Niedersachsen ziehst, hast du direkt *noch einmal* Sommerferien. Wegen der Zeitverschiebung, da in Niedersachsen alles zwei Wochen später geschieht als in Echtzeit. Was natürlich auch mal wieder Quatsch ist, aber aus meiner Perspektive lebte ich in einer irrealen Zeitschleife.

Henk Timmermann – Gefangen in einer Parallelwelt – auf der Couch des Todes!, ersann ich fiktive Kinofilmtitel und schlenderte gerade zum unendlichsten Male gedanklich in diese Hirnregion, in der nichts weiter ist als ein großer, leerer Raum ohne erkennbare Wände, da …

… klopfte es an meine Zimmertür, die gleichzeitig aufflog. Meine Mutter stürmte herein und sagte: »Gott,

Henk! Was für ein Mief. Hier ist ja überhaupt kein Sauerstoff mehr drin.«

»Ich … brauche … keinen … Sauer … stoff«, atmete ich in das Couchkissen aus, worauf eine weitere Lebensform im Türrahmen meines Zimmers losquakte: »Natürlich brauchst du Sauerstoff, weil du ein Säugetier bist.« – Maja, sieben Jahre alt und klug.

»Ich … mu … tiere!«

»… … … … *mu* was???«

»Er *mu*tiert nicht, er *puber*tiert, Maja. Das ist schlimmer!«, erklärte meine Mutter der Kleinen ungerührt, während sie beide Fenster aufriss.

»*Innerlich*, **Mutter**! Innerlich schmeiße ich mich weg vor Lachen!«, stöhnte ich und Maja fragte: »Und wenn er fertig pubertiert ist? Kann er dann was? So wie Papa oder du?«

»Nein!«, antwortete meine Mutter spröde und zu mir persönlich dann: »Sohn! Wir haben zwei Uhr am Nachmittag. Du solltest wirklich mal aufstehen und irgendwas unternehmen.«

»Ich unternehme gerade sehr intensiv etwas auf dieser Schlafcouch. Mehr ist wirklich nicht drin.«

»Du machst nichts außer doof rumliegen«, stellte Maja fest.

»Geh doch mal raus. Es ist wirklich schön draußen«, schlug meine Mutter vor.

»Draußen ist Schneverdingen.«

»Gott, Henk! Wie lange noch? Schneverdingen ist nicht Tschernobyl.«

»Aber mindestens genauso verstrahlt!«

»Was ist Tschäärnoobüül?«, fragte Maja.

»Schöner als Schneverdingen«, antwortete ich und

meine Mutter, voll ignorant, zählte auf: »Du könntest Skateboard fahren, Basketball spielen, joggen oder mit Maja im Garten spielen. Das hast du schon lange nicht mehr gemacht.«

»Ich will nicht mit Henk spielen. Der kann nix!«, protestierte Maja.

Ich schwieg, aber meine Mutter stöhnte auf und sagte: »Oder pack mal deine Umzugskisten aus oder noch besser: Geh für mich einkauf…«

»**Joggen!** Ich werde sehr gern joggen gehen«, fiel ich ihr ins Wort, bevor sie auf noch absurdere Ideen kam und mich unter Androhung von Finanzkürzungen dazu zwingen konnte, die Spülmaschine leer zu räumen oder ähnlich krasse Dinge zu tun.

… aber was soll ich sagen?! Ich ging joggen und dann passierten die krassesten Dinge, die ich überhaupt in den letzten fünfzehn Jahren erlebt habe. Dank dir, Schneverdingen, du geilste aller Randstädte.

2

Vorteil an dem Einfamilienhaus, das meine Eltern angemietet haben: Es liegt am Rand von Schneverdingen. Praktisch gesehen sind wir an den Rand vom Rand gezogen. Aber Vorteil jetzt: Du bist innerhalb von drei Minuten raus aus allem und mittendrin im Nichts. Lüneburger Heide! Die ist sterbenslangweilig, aber sie taugt zum Laufen. Sehr sogar. In Köln bin ich auch regelmäßig gejoggt. Den Rhein rauf und runter. Das ist so ein Tick von mir, würde ich sagen. Oder *muss* ich sagen, weil ich kenne sonst niemanden in meinem Alter, der gerne joggt. Selbst mein allerbester Kumpel aus Köln, Eric Langenberg, findet, dass mit mir irgendwas nicht stimmt. Aber egal alles, weil erzählen wollte ich ja eigentlich auch nur: Ich, raus aus Schneverdingen, rein in die Heide und da war ich höchst überrascht, wie ideal sie zum Laufen war. Ebene Strecken auf sandigem festen Untergrund. Soweit du sehen kannst, dieses rötliche Kraut, was da überall wächst. Und Geräusche? So gut wie keine. Bis auf das Gequietsche von dem ein oder anderen Piepmatz aus den herumstehenden Büschen.

Das war neu für mich. In Köln hörst du, wie in jeder anderen Großstadt, immer eine Art Pulsschlag. Was daran liegt, dass halt eine Menge Leute in so einer großen Stadt leben und sich fortbewegen, sich unterhalten, arbeiten, streiten, lachen, sich ein paar aufs Maul hauen, wieder lachen … all das und immerzu. Und hier – Lüneburger Heide – nichts von alledem. Keine Autos, keine Bahn, keine Menschen, kein Rauschen, nur ein Pulsschlag – meiner! Was für eine extremsportartige Erfahrung war das?!

Ich lief und lief, schnurgeradeaus, hatte meinen Rhythmus längst gefunden, da kam mir eine Idee, auf die ich am Rheinufer, wo immer was los war, sicher nicht gekommen wäre: Ich fixierte einen fernen Punkt auf meiner hindernisfreien, schnurgeraden Strecke, schloss die Augen, hielt den Atem an, sodass ich nur noch das Pochen des eigenen Pulses in den Ohren und den Takt meiner federnden Schritte hören konnte. Was für ein Zustand. Ein krasser Glücksmoment auf einer Strecke von rund zehn Metern …

Bei *Meter elf* stolperte ich über irgendwas mit Fell und im nächsten Moment tauchte mein Gesicht in den Lüneburger Heidesand. Mit Sandkörnern zwischen den Zähnen drehte ich mich vorsichtig um, weil ich natürlich wissen wollte, über was ich da gestolpert war. Fuchs, Waschbär, Wolf – was weiß ich, was hier alles frei rumläuft. Es war aber nur ein mittelgroßer Hund. Und der sah mich aus seinem hellbraunen Zottelfell ebenso überrascht an wie ich ihn wahrscheinlich. Ich kann mit Hunden eigentlich nicht so viel anfangen. Also, soll nicht heißen, dass ich sie nicht mag, aber ich muss nicht gleich über jeden Vierbeiner herfallen und ihm das Fell durchkraulen, wenn mir einer begegnet. Machen wir Menschen ja auch nicht untereinander … jedenfalls nicht ungefragt. Fakt ist: Ich lasse Hunde in Frieden und in den meisten Fällen die mich auch, weil sie merken, dass mit mir nichts anzufangen ist. – Nur der hier war anders. Der verdrehte erst seinen Kopf so niedlich schief, guckte mich irgendwie gut gelaunt an, bellte einmal kurz und wedelte wie bescheuert mit seinem Schwanz.

»Okay, Fiffi, hab dich auch lieb. Aber hier trennen sich auch schon wieder unsere Wege«, erklärte ich dem Vierbeiner, klopfte mir den Sand aus dem Hemd, joggte weiter und …

… der Fiffi kam hinterher. Leicht irritiert blieb ich wieder stehen und sagte mit etwas strengerer Stimme: »Geh weg, Hund! Ich hab nichts für dich!«

Der Hund bellte, als hätte er mich verstanden, und ging dann aber einfach nicht weg. Ich dann aber. Heißt, ich lief weiter in die Lüneburger Heide rein, der Hund gleich wieder hinterher, aber diesmal dachte ich: *Soll er nur! Irgendwann wird's dem auch zu langweilig und dann haut er sowieso ab.*

War aber nicht. Mister Zottel blieb an mir dran und nach ein paar weiteren Hundert Metern gab ich schließlich auf. Ich ging in die Knie, worauf der Hund sofort versuchte, mein Gesicht abzulecken, was ich schon mal gar nicht leiden kann. Da fiel mir aber ein Metallanhänger auf, der an seinem Halsband baumelte – so eine Art Schraubpatrone, in der sehr wahrscheinlich eine Adresse oder Telefonnummer des Hundehalters zu finden war. Ich fummelte die Patrone also aus dem Zottelfell, schraubte sie auf und tatsächlich: Darin steckte ein straff zusammengerollter Zettel, den jemand komplett vollgekritzelt hatte. Sehr klein, aber akkurat stand dort:

Lieber Tierfreund, liebe Tierfreundin ...

... schon an dieser Stelle ging mir der Verfasser stark auf die Nerven, weil alles, was ich wollte, war eine verdammte Kontakt-Info und kein Roman in Mikroschrift. Ich las dann aber doch mit zusammengekniffenen Augen weiter ...

... Ich freue mich sehr, dass Du die Güte hast, Dich um Anton zu kümmern. Das zeugt von Mitgefühl – sofern er nicht von Dir gekidnappt oder absichtlich überfahren wurde. Aber wie der Literaturwissenschaftler Friedrich Theodor von Vischer schon vor 200 Jahren sagte: »Eine der liebenswürdigsten Etappen auf Gottes Weltgang vom Guten zum Besseren ist die Schöpfung des Hundes.« – So einen überfährt man ja nicht einfach, nicht wahr?!?

»Komm! Auf! Den! Punkt!«, herrschte ich den Zettel an, und als hätte das tatsächlich irgendwas bewirkt, stand da am Ende einfach nur noch:

Bitte sei so gut und bringe diese Schöpfung doch in die Bergstraße 11.
Herzlich, Dein Armin Schmidt

Ich schaute in das Hundegesicht, überlegte und sagte zu ihm: »Anton also. Gut, Anton. Hast gewonnen. Ich bring dich zurück zu dem Laber-Heinz ... wie hieß der gleich ... richtig: *Armin Schmidt.*«

Gesagt, getan! Ich führte Hund Anton zurück nach Schneverdingen, fragte mich mangels Handy nach der Bergstraße durch, fand die Bergstraße, aber Hausnummer 11 dann blöderweise nicht. Also nicht nur die Nummer nicht, das ganze Haus war weg. Da, wo es eigentlich hätte stehen sollen, klaffte eine Baulücke. Ich kramte den Zettel aus der Tasche meiner Jogginghose, überprüfte noch mal die Adresse, aber ich hatte mich nicht verlesen. *Bergstraße 11* war korrekt.

»Hey, Typi, was machst du da mit Anton?«, quakte mich da jemand echt frech von links unten an. – Ein Junge mit wildem Lockenkopf in Begleitung von einem Mädchen und einem weiteren Jungen mit Sommersprossen und roten Haaren – alle miteinander so in Majas Alter.

»Was glaubst du, was ich hier mache?!? Ich bringe den Hund seinem Besitzer zurück – Armin Schmidt«, habe ich dem Jungen genervt geantwortet.

Da gackerten sie alle.

»Was ist so lustig?«

»Du!«, antwortete das Mädchen und der Junge mit den kupferroten Haaren grinste: »Du könntest dich mal wieder waschen. Du bist ganz dreckig im Gesicht.«

»Sehr witzig, Pumuckl! Sag mir lieber mal, wo ich diesen Schmidt finden kann.«

»So schon mal gar nicht, du Penner!«, hat er geantwortet und der andere Junge fragte mich dann aber: »Siehst du das Haus da?«

Ich blickte in die gezeigte Richtung, wo eigentlich das Haus mit der Nummer 11 hätte stehen sollen, und antwortete dann auch noch total bescheuert: »Nein, sehe ich nicht.«

Und er darauf betont deutlich, als hätte ich nicht alle Tassen im Schrank: »Was daran liegt, dass da **kein** Haus ist, Typi. Das haben die **abgerissen**, nachdem sie den Opa ins Altersheim gesteckt haben.«

»Verstehe!«

»Das würde mich wundern, Penner!«, haute der mit den roten Haaren noch mal raus, weshalb ich meine Hand hob und tief Luft holte, um dem Duracellmännchen klarzumachen, wie nah er dran war, sich eine zu fangen, aber da grätschte mir das Mädchen in die leere Drohung und erklärte: »Die haben nur den Schmidt ins Altersheim gesteckt, natürlich nicht Anton, du Dummie. Den haben sie ins Tierheim geworfen …«

»… Penner!«, schloss der Rothaarige.

Aber das ignorierte ich jetzt mal, sah Anton an, der immer noch neben mir saß und darauf zu warten schien, dass jetzt gleich irgendwas Spannendes passieren würde. Und *dieses* wiederum würde sicher nicht sein, dass ausgerechnet *ich* den Hund zurück ins Tierheim brachte.

»Sagt mal, ihr *coolen Kiddies* …«, schleimte ich mich daher bei den Gören ein, »… wollt **ihr** den kleinen Anton nicht haben?«

»Du willst die *Ver-ant-wort-ung* an uns weitergeben!«, durchschaute mich prompt der Rothaarige und der Lockenkopf machte klar: »Das läuft so nicht!«, worauf dann aber das Mädchen vorschlug: »Weißt du was, Dummie?! Versuch es mal auf dem Friedhof. Da ist der Herr Schmidt fast jeden Tag stundenlang. Hat Mama jedenfalls gestern noch zu der bekloppten Hensen von gegenüber gesagt.«

Ich dachte über den Tipp von der Kleinen nach und malte mir aus, wie unendlich bescheuert es wäre, ausgerechnet dem Typen den Hund zurückzubringen, der ihn am meisten mochte und am allerwenigsten behalten durfte, da in seinem Altersheim … einerseits! Andererseits war das alles nicht mein Problem, weil eigentlich wollte ich nur eine Runde durch die Lüneburger Heide joggen, weshalb ich mir von der Nervzwerg-Combo den Weg zum Friedhof erklären ließ und mich mit Anton auf den Weg dorthin machte. Sollte dieser Schmidt sich doch drum kümmern, dass sein Struppi zurück ins Tierheim kam.

Glück hatte ich! Am Friedhof angekommen und nach der dritten oder vierten Grabreihe, die Hund Anton und ich abgesucht hatten, entdeckte ich in der Reihe drauf einen älteren Herrn, der auf einem Camping-Klappstuhl kauerte, aus einer Thermoskanne Tee oder so was trank und mit einem Grabstein plauderte. – Creepy irgendwie.

»… also dann, Leslie, versprochen ist versprochen. Ich mach mich auf den Weg«, hörte ich den Alten zu dem Grab sagen.

Der kniehohe Anton, dem die Büsche und Grabsteine zwischen uns und der alten Plaudertasche die Sicht versperrten, vernahm ebenfalls die sanfte Stimme des Alten und jumpte über einen Grabstein direkt ins Gesicht seines Herrchens. Also will sagen: Er sprang an ihm hoch und leckte ihm glücklich fiepend quer über das Gesicht – … wie unhygienisch! Aber irgendwie auch echt rührend.

»Anton, mein Freund! Ja, wo kommst du denn her?«, fragte Herr Schmidt ebenso erfreut, und als er mich schließlich auch wahrnahm, fragte er Anton: »Ja, und wen hast du uns denn da mitgebracht, hm?«

Einen Moment wartete ich ab und stellte mir vor, dass der Hund jetzt losplaudern würde: *Ach, Armin, altes Haus, du ahnst es nicht. Das ist die Pfeife, die blind durch die Heide hampelte und über mich, Gottes Premium-Schöpfung, gestolpert ist.*

... aber weil Anton selbstverständlich schwieg, antwortete ich schließlich für ihn: »... äh, Timmermann, Henk mein Name ... hallo.«

»Hallo, Henk Timmermann!«, entgegnete Herr Schmidt freundlich. »Ich bin Armin. Armin Schmidt. Und dieser kleine Ausreißer heißt Anton und hat früher bei mir gewohnt. Nun aber leider nicht mehr, da ich ja nun in einem Seniorenheim residiere und ...«

»Ich weiß. Ein paar Kinder da in der Bergstraße sagten mir das schon«, warf ich ein, weil ich jetzt einfach nur schnell wegwollte. Ich hatte den Hund zurückgebracht und damit war mein Soll an guten Taten für heute erfüllt.

Aber Herr Schmidt plapperte einfach weiter und erklärte mir, dass er diese etwas *vorlauten* Kinder kenne, sich aber die Namen nie hatte merken können, was aber seit sieben Tagen eh keine Rolle mehr spielte, denn die eigenen Kinder des alten Herrn hatten ihn ins Altersheim abgeschoben und sein Haus einfach abgerissen, weil sie meinten, dass das Baugrundstück so viel mehr wert sei als mit der alten Bruchbude darauf.

»... aber man muss die Dinge immer hübsch positiv sehen. Wenn Gerald und Annette mich nicht im Seniorenheim untergebracht hätten, wäre ich nun obdachlos.«

»... Gerald und Annette?!?«, wiederholte ich ehrlich gerührt, weil – mein Gott – die eigenen Kinder haben ihm die Bude praktisch unter den Füßen weggerissen ... also *ab*gerissen.

»Ja, Gerald und Annette. Schreckliche Namen, nicht wahr. Aber es war der Wunsch meiner lieben Ex-Frau, sie so zu nennen. Und wie ich immer sage: Jeder kriegt den

Namen, den er verdient«, meinte Herr Schmidt augenzwinkernd.

»Verstehe!«, habe ich zurückgegrinst und auf den Grabstein gedeutet, weil ich annahm, dass diese Leslie seine Ex-Frau war … also gewesen war. *Past Perfect* im High-End-Modus sozusagen.

»Oh! Nein, junger Timmermann, nichts verstehst du«, machte Herr Schmidt mir klar. »Dies ist das Grab von Leslie. Meine Ex-Frau Waltraud liegt auf einem Friedhof in Kiel. Ein grauenhafter Ort, sage ich dir. Grauenhaft!«

»Ja, möglich! Ich kenne Kiel nicht«, meinte ich, und weil ich jetzt wirklich loswollte, sagte ich schnell hinterher: »Also dann, Herr Schmidt, ich mach mich jetzt mal auf den Weg. Wollten Sie ja auch eben.«

»Wie bitte?«

»Sich auf den Weg machen! Das meinten Sie vorhin zu dem Grabstein … also zu Leslie. *Versprochen ist versprochen* … und so weiter.«

»Aaaaah, das! Auch das hast du missverstanden, mein Freund.«

Da machte ich mir schon Gedanken, ob ich nur heute oder insgesamt gesehen etwas begriffsstutzig geworden war, hier in Schneverdingen, weil das war jetzt das dritte oder vierte Mal im Laufe eines Tages, dass man mir sagte, dass ich nichts verstehe.

»Weißt du, Leslie und ich – das war *die* große Liebe. *Leslie* war meine große Liebe. So glücklich waren wir all die Jahre … *so* glücklich. Und was wir nicht alles unternommen haben und wo wir nicht überall waren. London, Paris, Havanna … hach, Havanna! So aufregend und wunderbar, weißt du?! Wir tranken Rum und liebten das Leben.«

Wow, starker Spruch!, dachte ich und wollte mich schon umdrehen …

… aber Herr Schmidt machte schwelgend einfach weiter im Text: »… und dann, eines schönen Tages, in Göttingen war's, wir saßen im Park und da machte ich Leslie einen Heiratsantrag.«

»Hui! Wie romantisch ist *das*?!«

»Ja«, lachte Herr Schmidt, »*sehr* romantisch! Vor allem, wenn man einen Korb bekommt. Leslie wollte mich nicht heiraten, Leslie wollte mit mir *leben*. Was ich verstand, weil nicht weniger wollte ich. Mit Leslie zusammen leben. Für immer.«

… und weil *für immer* am Ende ja doch irgendwie zeitlich begrenzt ist, hatte seine *große Liebe* eine Liste geschrieben. Eine Liste mit all den Dingen, die sie beide unbedingt noch unternehmen sollten. Und dann weigerte Leslie sich aber, dem Schmidt die Liste zu zeigen. Sie kam in einen Umschlag und dieser Umschlag in eine Box. Eine wasserdichte Box, deren Inhalt aber am Ende schwerer zu sein schien als ein dünnes Blatt Papier in einem Kuvert.

»*Lass dich überraschen, wenn ich vor dir gehen sollte!*, hat Leslie damals gelacht, als ich fragte, was denn da alles drin sei«, erklärte Herr Schmidt und fuhr versonnen fort: »Wir vergruben die Box. Feierlich. Im Göttinger Wald. Und dann …«

… der alte Mann blickte stumm auf Leslies Grab und drehte gedankenverloren an dem weißgoldenen Siegelring mit dem eingefassten dunkelblauen Edelstein, den er an seinem linken Ringfinger trug. Er schien den Faden verloren zu haben. Was nervig war. Weil einerseits wollte ich jetzt wirklich allmählich zurück nach Hause auf meine *Couch des Todes*, andererseits wollte ich jetzt auch wissen, wie es weiterging mit dem *Dreamteam Leslie und Armin*. Das war wie ein Witz, den dir jemand lang und breit erzählt, um am Ende festzustellen, dass er die Pointe vergessen hat. – Schwer nervig!

»… Herr Schmidt?«, sprach ich ihn daher vorsichtig an und er dann, wie aus einem Sekundenschlaf zurück, nahtlos weiter: »… vergingen die Jahre! Wunderbare Jahre! Leslie und ich, wir ließen es krachen und genossen das Leben in vollen Zügen. Und die alberne Box da im Göttinger Wald verlor an Bedeutung. Und dann kam der Tag, an dem Leslie ging …«

»Ach du Scheiße. Leslie hat Sie verlassen?«

Er lächelte nachsichtig, weil ich ganz offensichtlich schon wieder etwas gründlich missverstanden hatte. – Leslie verstarb. Nach kurzer, heftiger Krankheit. Vor ein paar Jahren. Einfach so. Weg! Die Box war da schon lange vergessen. Aber möglich, dass es daran lag, dass seine beiden Arschloch-Kinder, Gerald und Annette, vor Kurzem Herrn Schmidts Haus plattgemacht und ihn einfach ins Altersheim abgeschoben haben, Fakt ist: Die Box ist dem alten Herrn wieder eingefallen.

»… und da kam mir der Gedanke …«, sagte Herr Schmidt nachdenklich, »… mir kam der Gedanke, dass wir ein erfülltes Leben hatten, aber dass wir all die Dinge, die auf Leslies Liste standen, womöglich noch gar nicht unternommen haben, weil wir einfach nicht dazu gekommen sind. Weil ja auch immer irgendwas war und am Ende der Tod.«

Ich musste schlucken. Scheiße, war das traurig. Und dann setzte der alte Romantiker noch einen drauf und verkündete, dass er *hier und heute* am Grabe seiner großen Liebe Leslie versprochen habe, die Schatzkiste in Göttingen wieder auszugraben und – was auch immer da auf Leslies Liste geschrieben stand – diese abzuarbeiten.

Amtlich gerührt war ich! Was rede ich: Umgehauen hat mich das alles – *Vierzigtonner gegen Bambi!*

»Wolltest du nicht gehen?«, fragte mich Herr Schmidt, weil ich nun selber etwas geistesabwesend rumstand.

»Was? … äh … ja, gehen wollte ich … richtig!«, antwortete ich zeitversetzt.

Und Zufall oder nicht: Genau in dem Moment, in dem ich die Hand zum Abschied hob und mich umdrehen wollte, bellte Anton an Herrn Schmidts Seite einmal kurz und laut auf. Ich blieb stehen, überlegte und ging dann doch noch mal kurz zu den beiden rüber, hockte mich vor Anton hin und tätschelte zum Abschied seinen Kopf. Und der drückte mir voll seine Schnauze ins Gesicht und leckte einmal quer über die Wange.

»Na, das ist jetzt mal Pech für dich, Henk Timmermann. Anton will dich einfach nicht gehen lassen«, lächelte Herr Schmidt.

»Nee, nee, Anton«, erklärte ich dem Vierbeiner. »So läuft das nicht. Ich kann ja schlecht mit nach Göttingen kommen.«

Worauf Herr Schmidt mich nachdenklich ansah und meinte: »Wieso eigentlich nicht?!? Komm doch mit. Das wird ein Spaß!«

Das war natürlich total absurd. Ich wollte auf gar keinen Fall mit nach Göttingen fahren. Und nicht nur ich, sondern auch meine Eltern hätten das sehr strange gefunden; einfach so mit einer mir absolut fremden Person zu verreisen – mit einem alten Mann, der irgendwie auch nicht mehr alle Tassen im Schrank zu haben schien. No way! Und überhaupt: Ich hatte hier in Schneverdingen noch genug um die Ohren bis zum Schulbeginn – Umzugskartons auspacken! Einkaufen! Spülmaschine ausräumen! … *die Couch des Todes* …

… ich sah Herrn Schmidt an und sagte: »Okay, wann soll's losgehen?«

3

Früh sollte es losgehen. Sehr früh. Unmenschlich früh um 5:30 Uhr sollte ich am nächsten Morgen Herrn Schmidt vom Altersheim abholen. Ihn und Anton. Um den wollte Herr Schmidt sich selber kümmern und ihn in der Nacht in seinem Einzimmerapartment irgendwo verstecken. Über die Terrassentür würde er den Hund direkt in sein eigenes Zimmer einschleusen können. – So weit, so unsicher.

Ich persönlich musste natürlich auch noch ein paar Dinge regeln. Das Wichtigste war ein vernünftiges Alibi gegenüber meinen Eltern. Und da kam ich auf die Idee, meinen Freund Eric Langenberg aus Köln einzuspannen …

»What?«, fragte der am Handy blöd nach, als ich ihm erklärte, dass ich ihn zum Schein übers Wochenende besuchen würde.

»Ich brauch dich als Alibi, Mann. Ist ja jetzt so schwer nicht zu verstehen«, hab ich ihm erklärt und er wieder: »Warum?«

Da hab ich erst noch überlegt, *Sag ich ihm das mit Herrn Schmidt oder nicht?*, und dann hab ich es ihm gesagt und was sagt er? – *Wie pervers!*, hat er gesagt. War ja klar.

Aber egal! Er hat *Ja* gesagt, ich hatte mein Alibi und so konnte ich meine Eltern später beim Abendessen locker fragen, ob ich übers Wochenende *ganz spontan* noch mal zu Eric nach Köln fahren könne.

»Gute Idee!«, war die Antwort meiner Mutter und mein Vater wünschte mir beiläufig »Viel Spaß!«, ohne von seinem iPad mit Agentur-Kram drauf hochzusehen.

»Und bring Papa *Kölsch* mit!«, quäkte Maja so niedlich und selten dämlich auch, weil der guckte dann doch noch mal von seinem iPad hoch und strahlte mich an: »Sehr gute Idee! Ein Sixpack bitte!«

»Geht klar!«, habe ich geantwortet, ohne zu wissen, wie ich irgendwo zwischen Göttingen und Schneverdingen diese Plörre auftreiben sollte. Aber darum konnte ich mich auch noch später kümmern.

Worüber sich alle miteinander schon sehr gewundert haben, war, warum ich unbedingt so dermaßen früh loswollte. 5:15 Uhr morgens war nun mal wirklich nicht meine Zeit. Das war bekannt. Aber auch da war ich so was von ausgefuchst. Ich hatte recherchiert, dass eine Bahnfahrt nach Köln sechs Stunden dauern würde, und da habe ich halt der Familie dargelegt, dass Eric und ich ja auch noch was vom Tag haben wollten, daher! Da hat am Ende selbst Maja einfach mal ihre Klappe gehalten und ich bin dann am nächsten Morgen in allerbitterster Frühe los. Meine Mutter hatte mir zum Abschied großzügigerweise noch 50 Euro in die Hand gedrückt und mir aufgetragen, die Langenbergs schön zu grüßen.

»Mach ich!«, sagte ich und dann machte ich mich mit leichtem Gepäck in der Sporttasche auf den Weg Richtung Bahnhof und …

… bog außer Sichtweite von unserem Haus links ab – Richtung Altersheim.

Und dann stand ich da vor dem Altersheim. Punkt 5:30 Uhr vorm Haupteingang. Wer nicht rauskam, waren Armin Schmidt und Anton. Am Horizont tat sich etwas, was ich bis zu diesem Tag in meinem Leben noch niemals gesehen hatte: Es dämmerte!

Dann: 5:35 Uhr. Nichts geschah. Wahrscheinlich hatte der alte Mann verschlafen. Ich erinnerte mich daran, dass Herr Schmidt ja eine eigene Terrasse zu seinem Apartment hatte. Ich ging also um das Haus herum, sprang über den niedrigen Zaun ins Beet und fand gleich vier Terrassen vor.

Das war eine total bescheuerte Idee, Henk Timmermann, dachte ich so bei mir. *Geh einfach nach Hause, leg dich für immer auf die Couch und vergiss den Quatsch hier*, dachte ich, aber schlich intuitiv zur zweiten von den vier Terrassen hinüber, weil dort die Glasschiebetür einen Spalt weit offen stand.

Im gedämpften Flüstermodus rief ich durch die Öffnung: »Herr Schmidt?«

Und nach einer Weile kam aus dem Inneren mit gehauchter Stimme: »Ja, bitte?« – *Bingo!*

»Es ist schon halb sechs durch, Herr Schmidt. Wir wollten doch los!«, erinnerte ich ihn.

Da kam erst wieder lange nichts und dann aber doch: »Ah, ja! Richtig! Ich zieh mich nur schnell an.«

Ich muss sagen: Da war ich schon ein wenig verärgert, weil dann hätte ich selber ja auch länger im Bett bleiben können. Aber was soll's! Ich schob die Terrassentür noch etwas weiter auf und schlüpfte in Herrn Schmidts Apartment. Meine Augen brauchten einen Moment, bis sie sich an die Dunkelheit gewöhnt hatten, aber dann erkannte ich schemenhaft Herrn Schmidts Silhouette auf der Bettkante und sah zu, wie der alte Mann sich die Schuhe zuband. – Mir fiel auf, dass Anton sich gar nicht gerührt hatte. Was wohl hieß, dass der Hundeschmuggel aufgeflogen war. Aber da sagte ich besser mal nichts zu, weil der arme Mann das wahrscheinlich selber erst mal verarbeiten musste, dass man ihm Anton schon wieder weggenommen hat.

»Fertig! Kann losgehen!«, flüsterte Herr Schmidt und dann …

… ergriff er meine Hand! Da hatte ich zum ersten Mal ein verdammt mulmiges Gefühl in der Magengegend und musste an Eric Langenbergs Reaktion denken – … *wie pervers!* Aber gut! Bei alten Leuten lässt das Augenlicht ja auch ordentlich nach, hatte ich mal gehört, weshalb der alte Herr sich wahrscheinlich einfach nur sicherer fühlte, wenn ich ihn aus dem dunklen Zimmer nach draußen führte.

Auf der Terrasse angekommen, registrierte ich im Dämmerlicht, dass Herr Schmidt unter dem Mantel eine gestreifte Pyjamahose trug, was mich dann doch etwas stutzig werden ließ.

Ich sagte zu ihm: »Herr Schmidt, ich glaube, es wäre vernünftiger, wenn Sie eine richtige Hose tra…gen … wür…«, bremste ich mich selber aus, als ich an dem alten Mann hochsah.

Das war definitiv nicht Herr Schmidt, der mich da so freundlich anlächelte. Vor Schreck ließ ich die Hand des fremden Mannes los und dachte panisch darüber nach, wie ich den jetzt wieder in sein Zimmer kriegen würde.

»Okay, Herr … ähm … *Schmidt*, richtig?!?«

»Falsch, junger Mann! Mein Name ist Hase und ich weiß von nichts«, antwortete der und kicherte sich albern eins ins Fäustchen.

»Ähm, auch gut, Herr Hase also!«, sagte ich. »Nun waren wir ja los, frische Luft schnappen und … so was und jetzt gehen wir einfach wieder rein, okay, Herr Hase?!?«

»Nein!«

Shit!, dachte ich. Ich hatte mit *Terrassentür Nummer zwei* voll die Niete gezogen und jetzt wusste ich nicht, wie ich sie … also Herrn Hase wieder da reinbekam, wo ich ihn rausgezogen hatte.

»Ich bin müde!«, sagte der Alte da aber und ich, einigermaßen erleichtert, meinte: »Dann sollten Sie ins Bett gehen und schlafen.«

Worauf er mich streng ansah, gleichzeitig mit seinem linken Arm auf einen Terrassenstuhl zeigte und raunte: »Ich setze mich jetzt dahin, Bursche. Und du gehst rein und machst das Bett.«

Auch wenn ich ihm körperlich sicher überlegen war, zwingen konnte ich ihn nun mal nicht, wieder mit reinzukommen. Ich wartete also ab, bis Mister Seltsam sich auf den Stuhl setzte, und ging wieder durch die offene Terrassentür rein ins Altersheim. Mein spontaner Plan ß war, das Apartment des echten Herrn Schmidt innerhalb des Gebäudes zu suchen. Wenn ich Glück hatte, waren die Eingangstüren ja auch mit Namensschildern versehen. So kannte ich es jedenfalls von dem Altersheim meiner Uroma aus Dellbrück bei Köln. Ich öffnete also vorsichtig die Tür, schlich mich auf den Flur, aktivierte meine Handytaschenlampe und – amtlicher Volltreffer diesmal: Die Türen waren beschildert und das Apartment von Herrn Schmidt lag direkt neben dem von Herrn Hase, der im Übrigen *Paulsen* hieß. Und gerade, als ich die Türklinke zu seinem Zimmer herunterdrücken wollte, hörte ich eine Frauenstimme hinter mir aus dem Inneren des Gebäudes sagen: »Ach, Herr Schmidt. Das geht jetzt aber wirklich nicht.« Und darauf die unverkennbare sanfte Originalstimme von Herrn Schmidt: »Oh, Nele, Sie Ärmste! So früh sind Sie schon auf den Beinen?!?«

Ich machte die Taschenlampe aus und schlich drei, vier Meter zurück bis zu der Stelle, wo der Flur in einen großen Saal überging. Ich schielte um die Ecke und sah am Ende des dämmrigen Raums eine Frau mit Kittel und einen reisefertigen Herrn Schmidt mit Umhängetasche, einem alten Koffer und mit Anton an seiner Seite.

»Ja, das ist ja auch meine Schicht, Herr Schmidt. Ich bin schon seit zweiundzwanzig Uhr hier«, erklärte nicht unfreundlich die Frau, die Nele hieß. Und dann sagte sie noch schnell hinterher: »Aber hören Sie, Herr Schmidt. Sie können hier nicht einfach in aller Herrgottsfrühe herausspazieren. Schon gar nicht mit einem Hund. Der darf hier leider gar nicht sein.«

»Das ist Anton«, stellte Herr Schmidt vollkommen ungerührt seinen Hund vor. »Anton und ich werden gleich abgeholt. Zu einem kleinen Ausflug, wissen Sie?!«

Nein, wusste sie nicht! Natürlich nicht. Man kann halt in so einem Heim auch nicht einfach rein- und rausmarschieren, wie man lustig ist. Das hätte ich dem Herrn Schmidt auch vorher sagen können. Und klar: Diese Nele schüttelte langsam den Kopf und erklärte dem Herrn Schmidt mit echtem Bedauern in der Stimme: »Das wird leider nicht möglich sein, Herr Schmidt. Es sei denn, dass das vorher abgesprochen war mit der Abholung. Von einem Verwandten oder so. Aber davon hat mir leider keiner was gesagt. Sorry, Herr Schmidt, aber ich kann Sie leider nicht gehen lassen.«

Und da, ohne großartig nachzudenken und sehr bescheuert, bin ich um die Ecke spaziert, auf die beiden zugeschlendert und habe mit gedämpfter Stimme gerufen: »Opi! Wo steckst du denn? Du wolltest doch in deinem Zimmer auf mich warten.«

Das war jetzt alles auf eine sehr wacklige Karte gesetzt, weil von leichter Irritation bis zu einem direkten Notruf bei der Polizei war alles drin. Günstig war: Anton erkannte mich gleich wieder, lief schwanzwedelnd auf mich zu und sprang zur Begrüßung einmal an mir hoch.

»Ja, hallo, Anton, mein Freund. Hast du mich vermisst?«, sagte ich zu ihm, überwand meinen Ekel und hielt ihm freiwillig mein Gesicht hin, das er dann auch leidenschaftlich ableckte.

Aus den Augenwinkeln beobachtete ich Nele, gespannt auf ihre Reaktion, und da bereute ich meinen Auftritt auch schon. Die Altenpflegerin zückte direkt ein Handy aus ihrem Kittel, tippte darauf herum, um sehr wahrscheinlich gleich das Spezialeinsatzkommando der Schneverdinger Polizei zu rufen, aber da …

… schaltete Herr Schmidt schnell und clever und stellte mich vor: »Hier, meine Liebe, das ist mein Enkel! *Der* sollte mich abholen. War alles mit der Leiterin gestern abgesprochen. Wie hieß die noch gleich?«

Nele unterbrach ihr Getippe, deutete aber auf ihr Handy und sagte: »Frau Kramp. Die wollte ich gerade anrufen.«

»So früh? Das wird ihr nicht gefallen«, pokerte ich sehr hoch, weil ich Frau Kramp ja gar nicht kannte.

Nele sah mich stirnrunzelnd an, senkte dann aber ihr Handy und meinte: »Nein, das wird ihr sicher nicht gefallen.« – Strike! Aber dann wollte sie auch schon wissen, wie ich heiße und warum ich *meinen Opi* nicht ganz regulär um acht Uhr abgeholt hätte und überhaupt, warum ich wie ein Einbrecher durch die Terrassentür eingestiegen und nicht durch den Haupteingang reingekommen wäre.

Sie und auch Herr Schmidt, der leicht versetzt hinter ihr stand, schauten mich abwartend an, während die Gedanken durch meinen Kopf stolperten – auf der Suche nach Logik.

Was ich fand, war nicht viel, und ich improvisierte: »… ich … ich heiße Jörg. Jörg Schmidt! Und Herr Schm… *Opi* lässt doch immer die Terrassentür auf. Da wollte ich nicht extra klingeln, verstehst du?!?« – Nele nickte, Herr Schmidt strahlte. Und weil die ganze Nummer wider Erwarten gut zu laufen schien, kam ich richtig in Fahrt und erklärte Nele: »Wir wollten doch heute nach Kiel fahren. Zu dem Grab meiner Omi … *Omi Waltraud*! Ganz früh auch, damit wir drei noch was vom Tag haben … also ich meine: Opi und ich am Grab von Omi.«

»Genau«, nahm Herr Schmidt den Ball auf und spielte ihn zurück: »Das war natürlich auch mit deinen Eltern abgesprochen, nicht wahr?!«

»Ja, genau. Gerald und Annette Schmidt!«, brillierte ich mit meinem phänomenalen Namensgedächtnis …

… worauf Herr Schmidt hinter der verdutzten Nele stehend langsam den Kopf schüttelte, was ich erst nicht kapierte und dann aber doch, als Nele sagte: »Aber Gerald und Annette Schmidt, das sind doch Geschwister. Das weiß ich doch alles. Die waren doch hier, als Herr Schmidt vor einer Woche einzog und …« – Nele unterbrach sich selbst, überlegte, drehte sich zu Herrn Schmidt um und meinte: »Wir machen das so, Herr Schmidt. Sie und Ihr *Jörg* da gehen zusammen mit dem Hund zurück in Ihr Apartment. Und da warten Sie einfach bis halb acht. Dann ist auch Frau Kramp da. Dann klären wir das schön mit ihr und Sie können ganz entspannt nach Kiel fahren, okay!?«

Na klar war das okay. Folgsam begaben Herr Schmidt, Anton und ich uns in das Apartment und …

… spazierten nahtlos alle drei durch die Terrassentür nach draußen in die sommerliche Morgendämmerung – Richtung Bahnhof.

4

Eigentlich hätten wir auch locker den Zug um 8:42 Uhr nehmen können, wie mir auffiel, als ich am Schneverdinger Bahnhof zum Zeitvertreib den Abfahrtsplan studierte. Da wären wir zwar erst um elf in Göttingen gewesen, aber ich hätte länger schlafen können. *Viel* länger. Und den ganzen Quatsch im Altersheim mit Herrn Schmidts verwirrtem Nachbarn Paulsen und dieser jungen Altenpflegerin Nele hätte man sich auch sparen können.

Aber egal. Wir nahmen die Regionalbahn ab 6:36 Uhr von Schneverdingen und saßen nach zwei nervigen Umstiegen endlich im ICE Hamburg–Berchtesgaden, der laut Plan um 9:42 Uhr Halt in Göttingen machte. Wir hatten uns an einen Gruppentisch gesetzt. Herr Schmidt am Fenster, ich daneben und Anton saß unter dem Tisch. Mein Plan war schlicht: lebensnotwendigen Schlaf nachholen! Ich schloss die Augen, streckte meine Beine aus und …

»Hallo? Geht's noch?«, pampte mich direkt diese Tussi an, die mir gegenübersaß. Also ein Mädchen, so um die sechzehn oder siebzehn Jahre alt vielleicht. Schwer zu sagen mit den dunklen Ringen unter den Augen, die allerdings top zu ihrem düsteren Outfit passten. – Wie ein Dark Hero aus einem dystopischen Manga: schwarze Haare, blasses Gesicht, dunkle, abgerissene Klamotten inklusive des schwarzen Backpacker-Rucksackes, den sie neben sich auf den Nachbarsitz gestellt hatte, damit sich da auch ja niemand hinsetzen würde.

»Oh, sorry, tut mir leid«, entschuldigte ich mich, zog meine Beine wieder ein, schloss die Augen und …

… Herr Schmidt sagte: »Wusstest du, dass viele Menschen früher regelrecht panische Angst vor Zugreisen hatten?«

Ich schlug die Augen wieder auf, sah Herrn Schmidt an und antwortete müde: »Nein, wusste ich nicht.« Dann schloss ich meine Augen wieder und …

… Herr Schmidt fuhr fort: »Das war so um achtzehnhundertdreißig, -vierzig herum, als der erste Zug eine Höchstgeschwindigkeit von dreißig Stundenkilometern erreichte. Das musst du dir mal vorstellen: *Dreißig!* Angst und Schrecken wurde verbreitet. Von Ärzten nämlich, die behaupteten, dass Bahnfahrten bei solch *wahnsinnigen* Geschwindigkeiten Gehirnkrankheiten und Lungenentzündungen verursachen würden. Verrückt, nicht wahr?!«

Ich sah Herrn Schmidt an, nickte, murmelte: »Ja, verrückte Welt«, und von meinem düsteren Gegenüber vernahm ich ein deutlich genervtes Schnaufen.

Und da dachte ich, dass Herr Schmidt vielleicht peilte, dass sich niemand am Tisch für seine aufregenden Bahngeschichten interessierte, und machte die Augen noch mal zu und …

… Herr Schmidt plapperte weiter: »Ich glaube, es war achtzehnhundertfünfunddreißig! Ja, ziemlich sicher sogar. Die erste Schienenfahrt von Nürnberg nach – lass mich überlegen – ja, *Fürth* war's. Da sind dann aber nur reiche Kaufleute mitgefahren. Unvorstellbar eigentlich, wenn man länger darüber nachdenkt. Heute erreicht so ein ICE Spitzengeschwindigkeiten bis zu dreihundertdreißig Stundenkilometer und jeder, also *fast* jeder kann sich so eine Fahrt leisten, nicht wahr?!«

»Nope! *Nicht* wahr!«, knurrte plötzlich die dunkle Macht von gegenüber.

»Oh, entschuldige, das sollte nicht abfällig klingen, junges Fräulein …«

»*Fräulein!* – So viel zum Thema *nicht abfällig*!«, raunte unsere Tischnachbarin.

Herr Schmidt stutzte, dachte anscheinend nach und sagte nochmals freundlich: »Du hast recht. Es tut mir leid. Das sagt man heute natürlich nicht mehr zu jungen Dingern wie dir.«

Da warf das *junge Ding* seinen Kopf gegen die Rückenlehne, bedeckte ihre müden Augen mit den Händen und atmete einfach nur schwer aus.

»Ja, was hat sie denn?«, fragte Herr Schmidt, aber da kriegte er keine Antwort mehr drauf, weil in dem Moment die Zugbegleiterin ins Abteil kam und verkündete, dass sie die Fahrkarten kontrollieren wolle.

Ich persönlich konnte mich da ganz entspannt zurücklehnen, weil ich praktisch gesehen mit auf dem Senioren-Wochenend-Ticket von Herrn Schmidt stand. Also als seine Begleitung, die umsonst mitfahren durfte.

»Fuck!«, hörte ich aber Miss Darkness von gegenüber leise fluchen und die stand dann auch langsam auf und verschwand am anderen Ende des Abteils in der Toilettenkabine.

Da blieb sie auch so lang, bis die Bahnangestellte ihren Kontrolldurchgang beendet hatte und im nächsten Wagen verschwand. Und wenn jetzt mal ein Kalauer der Extraklasse passt wie die Faust aufs Auge: Die Lady in *black* war eine *Schwarz*fahrerin. Was allen Reisenden im nächsten Umfeld sehr wahrscheinlich aufgefallen war, so auch Herrn Schmidt, der sie verschmitzt anlächelte, als sie wieder an unserem Tisch Platz genommen hatte.

»Was?!«, haute sie fordernd in seine Richtung raus.

»Äh, nichts. Es ist nichts, Mädchen«, antwortete er immer noch freundlich lächelnd.

»Dann glotzen Sie gefälligst woandershin!«

»Sag mal, geht das vielleicht auch etwas freundlicher?«, hab ich mich da eingemischt, weil – klar: Herr Schmidt konnte einem schwer auf die Nerven gehen, aber das war ja wohl noch lange kein Grund, ihn so zusammenzufalten.

»Ja, und was mischst *du* dich da jetzt ein?«, fragt sie mich und ich darauf: »Und was ist *dein* Problem, *Fräulein*?«

»Oh, noch so ein chauvinistisches *Ding* mit Pimmel dran!«, sagt sie und ich: »Kleiner hast du's grad nicht, was?!?«

»Nein, aber du sehr wahrscheinlich …«, konterte sie noch extrem blöde und dann – von jetzt auf gleich – hüpfte sie kreischend vom Sitz hoch, glotzte mich mit aufgerissenen Augen an und brüllte los: **»Nimm deinen verdammten Fuß aus meinem Schritt, du kranke Wurst, sonst ...«**

Und da wollte ich mich erst noch rechtfertigen, weil ich beide Füße ganz klar unter meinem Sitz stehen hatte, aber da klärte sich das Missverständnis *bellend* von selbst: Anton war's, der seine Schnauze einfach in ihren Schoß gelegt hatte.

Was dann auch *Blacky* registrierte und losbrüllte: **»Nimm den Köter da weg!«**, worauf Herr Schmidt fröhlich erklärte: »Der tut nix! Der will doch nur spielen!«

»Zwischen meinen Beinen gibt es *nichts* zu spielen, klar?!?«, erklärte sie ihm deutlich, worauf am Nachbartisch so ein Business-Typ mit Laptop vor sich zu ihr meinte: »Ruhe bitte! Hier sind auch noch andere Leute, die arbeiten wollen!«

Und da hatte unsere Tischnachbarin mal für einen Moment Anton in ihrem Schoß vergessen, setzte sehr überraschend ein entspanntes Lächeln auf und fragte den Mann mit Schlips: »Entschuldigung. Wie heißen Sie bitte?«

Und er darauf etwas irritiert: »Äh, wie bitte?«

»Wie Sie heißen. Ihren Namen bitte.«

»Ah, meinen Namen. Denner! Horst Denner!«

»Gut! Fick dich, Horst Denner!«

Sagte es, ließ ihr Lächeln fallen wie ein Glas, widmete sich wieder unserer Tischrunde, da ...

... war Anton aber längst von unter dem Tisch bis auf Brusthöhe der Kampf-Lady hochgerobbt und blickte ihr direkt in die Augen ... und sie in seine! – Stille! Und in diese bellte Anton einmal kurz und fordernd hinein.

Und da war mir klar, dass diese Aggro-Bombe in jedem Moment noch mal voll explodieren würde, aber …

… sie hauchte nur verzückt: »Scheiße, ist der süß. Wie heißt der?«

»Das ist Anton«, lächelte Herr Schmidt, stellte sich und mich auch gleich vor und erklärte ihr, dass wir alle zusammen auf dem Weg nach Göttingen wären, um da mitten im Wald eine alte Box auszugraben, die er und seine große Liebe Leslie dort vor über dreißig Jahren vergraben hatten.

Da guckte sie ihn mit minimal verzogenen Gesichtszügen an und meinte: »Das ist sehr schräg!«

Was ich irgendwie verstehen konnte, dass sie so dachte, und da ging mir unwillkürlich durch den Kopf, ob ich wiederum nicht ihr erklären sollte, dass ich den alten Mann eigentlich gar nicht richtig kennen würde, was dann aber auch die voll feige Verleugner-Tour gewesen wäre. Ich schwieg also und …

… da schnipste der Business-Fuzzi Horst Denner vom Nachbartisch jemanden zu sich heran, der den Wagen offenbar im hinteren Abschnitt wieder betreten hatte – die Zugbegleiterin. Und als die kurz darauf fragend vor ihm stand, zeigte er auf unsere Tischnachbarin und sagte: »Hören Sie, es geht mich ja eigentlich nichts an, aber diese Person da hat kein Ticket.«

Die Zugbegleiterin drehte sich zu *der Person* um, die selber nun absolut verständnislos und kopfschüttelnd in das Grinsegesicht von Petze Horst guckte.

»Okay, darf ich bitte Ihre Fahrkarte sehen, junge Frau?«, fragte die Zugbegleiterin unsere Tischnachbarin nicht unfreundlich und da sagte sie erst mal nichts drauf und dann aber doch ziemlich genuschelt: »Habkeine!«

»Wie bitte?«

Und sie, ziemlich angefressen, ließ einmal den Kopf kreisen und wiederholte deutlich: »Ich habe keine Fahrkarte!«

Horst Denner schien vor lauter Genugtuung von innen zu leuchten, eine ältere Dame, die neben ihm saß, verfolgte die Szene kopfschüttelnd, die Zugbegleiterin zückte ihr Tablet, um die Personalien von der Schwarzfahrerin aufzunehmen, da …

… sagte Herr Schmidt zu ihr: »Aber die brauchst du doch auch gar nicht, Schätzchen! Du bist doch auch meine Begleiterin.«

Und bevor sie darauf überhaupt irgendwie reagieren konnte, zückte Herr Schmidt noch mal sein eigenes Zugticket aus seiner Jackeninnentasche und hielt es der Zugbegleiterin hin. Die studierte dieses aufmerksam und meinte schließlich hocherfreut: »Ah, sehr schön! Das *Senioren-Wochenend-Ticket zum Extra-Komfort-Spartarif 65 plus*. Für den Herrn und zwei Reisebegleiter zum Nulltarif und – na ja – der Hund …«, unterbrach sie sich selbst und zwinkerte dann aber der neu ernannten Reisebegleiterin von Herrn Schmidt zu und sagte schließlich: »… den lass ich auch grad noch mal so durchgehen. Alles klar!«

»Herzlichen Dank!«, bedankte sich Herr Schmidt.

»Wie – *alles klar!?* Nichts ist hier klar!«, protestierte Horst Denner und deckte auf: »Die gehören doch gar nicht zusammen. Der alte Mann und der Junge da sind mit dem Köter doch erst in *Harburg* zugestiegen und nicht in *Hamburg*, wie dieses *Fräulein* hier. Habe ich doch alles gesehen.«

Da sah die Zugbegleiterin den Horst nur noch mal bedauernd an, wünschte ihm und allen anderen noch mal eine gute Reise und verließ das Abteil in Fahrtrichtung.

Horst Denner schüttelte verständnislos den Kopf und meinte zu seiner Nachbarin, der älteren Dame: »Kein Wunder, dass es mit der *Deutschen Bahn* abwärtsgeht! Bei dem Personal.«

Worauf sie ihn so distanziert herablassend ansah und mit einem typisch hanseatischen Slang zu ihm sagte: »Herr Denner, Sie sind ein unanständiger Mensch. Sie widern mich an.«

Da war der Voll-Horst echt sprachlos. Er schaute in die Runde, klappte dann demonstrativ heftig sein Laptop zu, stopfte es mit all dem anderen Kram, den er großzügig auf dem kompletten Tisch verteilt hatte, in seine Arbeitstasche, dann erhob er sich, schnappte sich sein Jackett, holte noch mal aus, um irgendwas in die Runde zu sagen, brummelte dann aber nur noch irgendwas Unverständliches in den Teppichboden des Zugabteils und machte einen Abgang.

Mir gegenüber saß Miss Darkness, streichelte Anton über den Kopf und sagte irgendwann *fast* ein bisschen weich zu Herrn Schmidt: »Danke!«

Und er bestgelaunt zurück: »Bedank dich nicht zu früh. Laut Bahnverordnung gehörst du zu meiner Reisebegleitung, die mit mir nach Göttingen fährt.«

Da verharrte sie in der Streichelbewegung, verzog ihr Gesicht, als wollte sie Einspruch erheben, aber da stupste ihr auch schon der alte Charmeur Anton mit der Schnauze ins Gesicht und sie sagte: »Okay, Herr Schmidt! Das ist alles sehr schräg, aber ich komme mit nach Göttingen!«

Herr Schmidt strahlte vor Freude und sagte: »Sehr schön, ähm …«

»Zoe!«, stellte sie sich vor. »Zoe Neufeld.«

… die feine Hanseatin vom Nachbartisch zwinkerte dem lächelnden Herrn Schmidt zu und seufzte: »Hach, min Deern. So ein Glück möchte ich mal haben.«

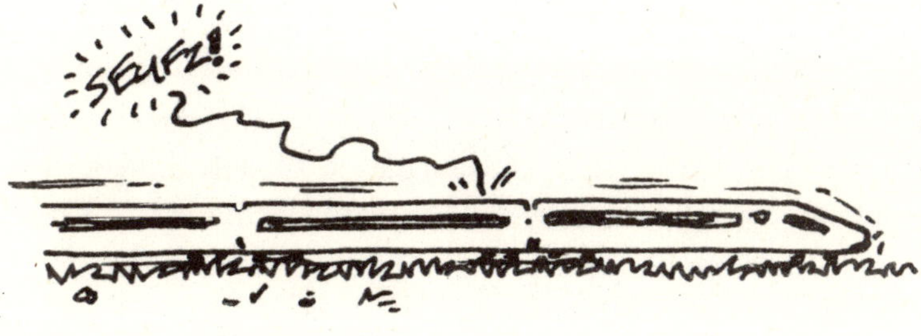

5

Ankunft Göttingen – 9:42 Uhr. Von der Stadt selber haben wir gar nicht so viel gesehen, weil Herr Schmidt wollte mit uns per Taxi direkt zu dem Park fahren, in dem er damals seiner Leslie den Heiratsantrag gemacht hat. *Schillerwiesen* heißt der Park und der ist relativ groß. Die Morgensonne blätterte durch die mächtigen Laubbäume, Anton inspizierte Blumenbeete und setzte Marken, während Zoe und ich schwer bepackt mit Rucksack, Sporttasche und Schmidts altem Lederkoffer dem alten Mann hinterherdackelten, der nach etwas ganz Bestimmtem Ausschau zu halten schien.

»Herr Schmidt, wie sieht's aus? Wollten wir nicht eigentlich einen Schatz heben?«, fragte ich ihn, während wir im Schlängelkurs durch den Park marschierten.

Herr Schmidt wedelte mit erhobener Hand, antwortete aber nicht und Zoe meinte leise zu mir: »Er hat die Orientierung verloren.«

»Nichts habe ich verloren, meine Liebe!«, erwiderte Herr Schmidt, der Ohren wie eine Fledermaus zu haben schien. Dann zeigte er auf einen Pavillon, der in der Kurve des Kiesweges lag, und strahlte uns an: »Da ist er – der *Jérôme-Pavillon*. Dort haben Leslie und ich uns kennengelernt.«

»Und wo gab's den Korb?«, fragte Zoe direkt nach, die nach der langen Zugfahrt mit Plaudertasche Schmidt ebenfalls bestens im Bilde über alles war.

»Auch dort!«, sagte Herr Schmidt fröhlich und ging voran.

Und als wir das kleine, runde Gebäude erreicht hatten, drückte er mir sein Uralthandy in die Hand und bat mich, ein Foto von ihm vor dem Pavillon zu machen. Er posierte lässig mit einem Bein auf dem Kiesweg und dem anderen auf der dritten Stufe der kurzen Treppe, ich wackelte rückwärts durch die Rabatten auf der Suche nach dem perfekten Standpunkt für ein perfektes Foto, da …

… klingelte das alte Tastentelefon. Ich war schon auf dem Weg zu ihm, da sagte er: »Geh ruhig dran. Mir fällt grad niemand ein, der mich sprechen wollte!«

»Kenn ich!«, kommentierte Zoe, ich zuckte die Achseln und nahm das Telefonat entgegen.

»Armin Schmidts leibhaftiger Anrufbeantworter. Wie kann ich dienlich sein?«, sagte ich etwas albern ins Handy.

»Hallo? Wer ist denn da?«, fragte eine Frauenstimme, die mir bekannt vorkam.

Und ich dann darauf etwas sachlicher: »Henk Timmermann. Reisebegleitung von Herrn Schmidt.«

Da war dann erst mal eine kleine Pause, weshalb ich nachfragte, ob noch jemand dran sei, worauf die Antwort folgte: »Äh … ja, ich bin's – Nele Koch.« Da konnte ich die Stimme natürlich sofort zuordnen und die Altenpflegerin Nele Koch jetzt anscheinend auch meine, weil sie noch mal so mit ironischem Unterton hinterherschob: »Ich dachte, du heißt Jörg … Jörg Schmidt, Sohn von Gerald und Annette.«

»Öhmmm … das war ein Versehen!«

»Von deinen Eltern?«

»Wie, *von meinen Eltern*?«

»Ein Versehen, dich gezeugt zu haben!«

»Wer ist es denn?«, fragte Herr Schmidt nun nach und ich darauf: »Ihre Altenpflegerin.« Er winkte ab und sie dann aber: »Das war er doch, der Herr Schmidt. Gib ihn mir mal bitte.«

»Ähmm… geht grad leider nicht. Er … er … er …«, stotterte ich auf der Suche nach einer vernünftigen Lüge.

»… möchte grad nicht. Sie soll sagen, was sie will. Wir haben zu tun!«, knurrte Zoe überraschend von der Seite herein.

»Und wer war das jetzt?«, fragte Nele etwas irritiert.

»Noch eine Reisebegleitung!«, habe ich geantwortet.

Nach einer weiteren Denkpause erklärte sie schließlich: »Dann richte ihm bitte aus, dass es schon echt cool wäre, wenn er bald zurückkäme. Die Kramp … also meine Chefin *Frau* Kramp weiß noch nicht, dass ihr ohne Genehmigung einfach abgehauen seid.«

»Okay, sag ich ihm. Könnte aber dauern. Wir sind ja … öhmm … jetzt in Kiel auf dem Friedhof von Herrn Schmidts Ex.«

Worauf Zoe mich sehr schräg von der Seite anglotzte, weshalb ich sicherheitshalber meinen Zeigefinger auf den Mund legte.

»Ach ja, Kiel«, erinnerte sich auch Nele. »Also dann, wäre echt toll, wenn Herr Schmidt zu *Kaffee und Kuchen* wieder da wäre. Sind ja von Kiel zurück nur zwei Stunden in etwa. Sagst du ihm das?«

»Hm, ja sicher, aber könnte trotzdem knapp werden. Sagen wir: zum Abendessen, okay?«, hab ich noch nachverhandelt, weil ich wusste, dass das von Göttingen aus echt eng werden würde mit *Kaffee und Kuchen*.

Wieder Schweigen am anderen Ende der Leitung, aber schließlich sagte Nele noch mal: »Ja, gut! Zum Abendessen! Punkt achtzehn Uhr! Sag ihm das!!!«

»Geht klar! Tschüs!«, habe ich zugesagt und …

… da fiel mir aber grad noch etwas ein und ich sagte schnell: »Halt, stopp! Nicht auflegen!«

Und Nele darauf: »Was gibt's denn noch?«

Und ich dann: »Der Zimmernachbar von Herrn Schmidt – ähm, der Herr Paulsen, geht's dem gut?«

»Ja, wieder! Der hatte sich etwas verkühlt, weil er stundenlang im Pyjama auf der Terrasse gesessen hat und … warum willst du das wissen?«

»Öööö… nur so! Tschüs!«, habe ich geantwortet und schnell aufgelegt.

»Sag mal, was läuft hier für ein kranker Scheiß? Ihr seid jetzt nicht irgendwie *Psychos* oder so?«, hatte Zoe dann misstrauisch nachgefragt.

»Nein, natürlich nicht!«, habe ich erklärt und den ganzen wahren Rest gleich noch hinterher, weil es ja nun auch wirklich keinen Grund gab, Zoe anzuschwindeln.

»Sehr schön! Hätten wir das auch geklärt«, sagte Herr Schmidt, nachdem ich ihm berichtet hatte, was Nele gewollt hatte. Und dann bat er mich: »Würdest du nun bitte das Foto machen? Mein Bein schläft ein.«

Die Schillerwiesen grenzen an den Göttinger Wald. Und der hat direkt ein paar leichte Steigungen, die aber gefühlt ziemlich steil sind, wenn man, so wie Zoe, einen vollgepackten Backpacker-Rucksack auf dem Rücken hat oder, wie in meinem Fall, neben der eigenen Sporttasche auch noch einen alten, schweren Lederkoffer von Herrn Schmidt durch die Gegend schleppt.

»Sagen Sie, Herr Schmidt, sind da Steine drin?«, habe ich irgendwann mal schwer atmend nachgefragt, während er mit Anton vorneweg sehr locker den Waldweg weiter hochspazierte.

»Gott bewahre, nein, mein Lieber!«, antwortete Herr Schmidt. »… nur ein paar Bücher!«

Und da wusste ich jetzt auch nicht, ob er mich verschaukeln wollte, was ich dann aber auch gleich wieder beiseitegeschoben hab, als er wieder losplauderte: »Hier bin ich übrigens schon mit Willy Brandt hergewandert.«

Schweigen im Göttinger Wald. Zoe und ich guckten uns fragend an und sie fragte ihn schließlich: »Wer soll das sein?«

Und da drehte er sich wirklich erstaunt um, blickte in unsere fragenden Gesichter und klärte uns auf, dass dieser Willy Brandt im letzten Jahrhundert Anfang der Siebziger Bundeskanzler gewesen sei.

»Und mit dem sind Sie hier langgewandert?«, fragte Zoe da mindestens genauso skeptisch nach, wie ich es selber war.

»Ja, natürlich!«, antwortete Herr Schmidt, drehte sich wieder um und sagte noch mal mehr so zu sich selbst: »Feiner Kerl, der Willy. Sehr feiner Kerl!«

Zoe und ich dachten uns unseren Teil, fragten nicht weiter nach und erreichten schließlich das Ziel. Ein Gedenkstein, in dem eingraviert stand: *Bewaldet – 1875*

»Das war ein richtiger Fuchs, der den Hinweisstein hier aufgestellt hat … mitten im Wald!!!«, stellte Zoe fest.

»Ja, manchmal ...«, wusste auch Herr Schmidt nicht, warum da jemand weder Kosten noch Mühen gescheut hatte, genau diesen Quatsch zu tun. Was er definitiv wusste, war, dass hier Leslies Box begraben lag.

... nur *wo ganz genau*, wusste er blöderweise nicht. Und weil wir Schatzbergungsexperten auch vergessen hatten, Spaten oder Schaufeln zu besorgen, gruben Zoe und ich uns mit den bloßen Händen an der Stelle rund einen halben Meter tief ins Erdreich, von der Herr Schmidt sich sicher war, dass die Box exakt da liegen müsse ...

Allerdings war sich Herr Schmidt, der es sich auf dem Gedenkstein bequem gemacht hatte, ganze drei Mal sehr sicher, wo die Box liegen musste, weshalb wir nun das vierte Loch diesmal links hinter dem Gedenkstein aushoben. Was ganz niedlich war: Anton – praktisch gesehen die Schöpfung aller Gruben-Ausheber – buddelte wie besessen mit.

»Wo ist die verdammte Box, Anton? Such die Box. Buddle ein scheiß Loch in die scheiß Welt, Anton! Such, such, such!«, feuerte Zoe ihn gut gelaunt an, da klingelte ihr Handy in der Innentasche ihrer schwarzen Jacke, die neben Herrn Schmidt über dem Gedenkstein hing.

Verwundert glotzte Zoe in Richtung Jacke, weil sie, wie Herr Schmidt zuvor, keinen Anruf erwartete. Dann sah sie auf ihre erdverschmierten Hände und da bot Herr Schmidt an, den Anruf für sie entgegenzunehmen.

»Sehr gute Idee, Herr Schmidt«, grinste Zoe, um gleich darauf wieder mit Anton und mir weiter um die Wette zu buddeln.

Herr Schmidt fingerte Zoes iPhone aus ihrer Tasche und sprach mit seiner sanften Stimme ins Handymikro: »Hier ist der liebe Gott. Was kann ich für dich tun?«

Am anderen Ende war die Verblüffung vermutlich mindestens genauso groß wie bei Nele, als ich ihren Anruf entgegengenommen hatte. Jedenfalls musste Herr Schmidt doch tatsächlich deutlich machen, dass er lediglich gescherzt habe und dass er Schmidt heiße und nicht der liebe Gott sei.

»Wer ist es denn?«, fragte Zoe und da hat er dann auch mal nachgefragt und zu Zoe gesagt: »Ein gewisser Tobias. Tobias Schlüter.«

Worauf Zoe stöhnend mit der Graberei innehielt und zu Herrn Schmidt meinte: »Sagen Sie ihm bitte, dass er sich ins Knie ficken soll!«

Und Herr Schmidt: »Oh, meine Liebe, das kann ich leider nicht machen. Das ist sprachlich gesehen einfach nicht mein Niv…« – und da wurde er offensichtlich von diesem Tobias Schlüter vom anderen Ende der Leitung ausgebremst, weil Herr Schmidt nun lauschte und schließlich an Zoe übermittelte: »Das hat der Tobias gehört. Und dass du bitte wieder zurückkommen möchtest, soll ich dir ebenfalls ausrichten.«

»Sonst passiert *was*?«, fragte Zoe ziemlich genervt, während sie, Anton und ich immer tiefer buddelten.

Auch diese Frage brauchte Herr Schmidt nicht zu wiederholen.

»Ärger würde es geben. Sehr großen Ärger«, gab er Tobias Schlüters Antwort weiter.

»Ouuuuuuh, jetzt krieg ich aber Angst, Schlüti, du Titan aller Luschen!«

Worauf Herr Schmidt wieder aufmerksam lauschte, was *Titan Schlüti* ihm diktierte, und …

… da stießen Zoe, Anton und ich in unserem Loch auf eine harte, glatte Oberfläche.

»Der Schatz! Der Schatz! Wir haben den Schatz gefunden!«, platzte es aus mir heraus, quiekend wie bei einem Fünfjährigen auf Speed bei der Kindergeburtstagsschatzsuche. Was mir vor allem gegenüber *Miss Dark and Cool* echt peinlich war, weshalb ich noch mal mit tiefergelegter Stimme wiederholte: »Bingo, Herr Schmidt! Die Yellow Box ist save.«

Herr Schmidt strahlte, legte Zoes iPhone mit Tobias Schlüter in der Leitung einfach zurück auf ihre Jacke und seufzte zufrieden: »Wie schön!«

Zoe hob die backsteingroße gelbe Kunstoffbox aus der Grube und gab sie direkt an Herrn Schmidt weiter. Der zückte ein Papiertaschentuch aus seiner Jackentasche und strich damit beinah zärtlich über die Oberfläche, um sie vom gröbsten Dreck zu befreien. Dann atmete er noch einmal nervös aus und hob den Deckel an. Den Inhalt konnten wir von unserer Seite aus nicht sehen, aber das entspannte Lächeln des alten Mannes verriet, dass alles, was auch immer es war, unversehrt und trocken geblieben war. Erstaunlicherweise. Über all die Jahre.

Herr Schmidt hielt noch mal kurz inne und entnahm der Box schließlich ein Kuvert, auf dem mit geschwungener Schrift *Für meinen Schatz Armin* geschrieben stand. Herr Schmidt öffnete es, zog das vergilbte Blatt heraus, entfaltete es behutsam und las, was Leslie ihm geschrieben hatte: die Liste ihrer Wünsche, all die Dinge eben, die sie mit ihrem Liebsten noch gern unternommen hätte.

»Herr Schmidt?«, sprach Zoe ihn nach einer feierlichen Weile vorsichtig an, weil er irgendwie weggetreten zu sein schien und wieder an seinem Siegelring herumdrehte.

»Herr Schmidt? Alles in Ordnung so weit?«, fragte ich

daher auch noch mal nach und da schaute er langsam zu uns hoch, lächelte uns an und hauchte: »Salzburg!«

Zoe und ich sahen uns aus den Augenwinkeln an und Zoe fragte: »What?«

Und er wiederholte deutlicher: »*Salzburg!* Unsere erste Etappe, meine Lieben.«

Zoe und ich guckten uns irritiert an, dann sah sie zufällig, dass das Display ihres iPhones noch im Telefonmodus leuchtete, nahm es mit spitzen, weil verdreckten Fingern auf, kappte die Leitung zu dem *Schlüti* und sprach dann aus, was ich persönlich dachte: »Salzburg, Herr Schmidt! Das liegt in Ösiland. Das ist mir echt zu weit!« Und zu uns beiden dann: »Sorry, Jungs, aber da bin ich draußen. Ich habe andere Pläne.«

»Öhm… Herr Schmidt? Geht mir ähnlich!«, schob ich hinterher … und sah mich gedanklich wieder im öden Schneverdingen auf der *Couch des Todes*.

Da legte der alte Mann für einen Augenblick seine Stirn in feine Falten – aus Überraschung oder Enttäuschung. Schwer abzulesen. Wahrscheinlich eine Mischung aus beidem. Dann war der Augenblick auch schon wieder vorbei und er sagte sanft: »Das freut mich für euch, dass ihr eigene Pläne habt. Dann trennen sich wohl unsere Wege … schade.«

Nachdem wir die Löcher rund um den Gedenkstein wieder ordentlich zugeschüttet und Gesicht und Hände in einem Bach am Rande der Schillerwiesen gewaschen hatten, fuhren wir mit dem Taxi zurück zum Bahnhof, wo sich unsere Wege trennen sollten.

»Wo soll's denn hingehen?«, fragte Herr Schmidt Zoe in der Bahnhofshalle … also *nur* Zoe, weil wohin ich zurückkehren würde, war, glaube ich, selbst Anton klar: an den Rand des Universums – Schneverdingen!

Zoe warf einen flüchtigen Blick auf die Anzeigetafel und antwortete: »Frankfurt!«

»Ah, sehr schön. Da war ich früher oft mit Leslie auf der Buchmesse. Und abends dann auf den Partys der Verlage. Herrlich!«

»Ja, herrlich«, wiederholte sie tonlos, bückte sich noch einmal zu Anton hinunter, um ihn zu streicheln. Dann erhob sie sich, schulterte ihren schweren Rucksack und sagte zum Abschied: »Also dann, machen Sie's gut, Herr Schmidt, und: Pass auf dich auf, Henk Timmermann. Schneverdingen ist ein heißes Pflaster!«

»Geht klar, Zoe Neufeld«, grinste ich zurück, da gab Herr Schmidt uns beiden Handzeichen, dass wir warten sollten, zog aus seiner Umhängetasche seine Brieftasche heraus, zückte aus ihr zwei Fünfzigeuroscheine und drückte den einen in Zoes und den anderen in meine Hand.

Wir stutzten und er lächelte: »Für eure Heimreisen!«

»Welche Heime?«, haute ich albern raus, weshalb Zoe – warum auch immer – laut auflachte.

Dann, fast synchron, hielten Zoe und ich Herrn Schmidt die Scheine wieder hin, weil hundert Euro insgesamt für einmal Plastikbox ausbuddeln war schon echt happig. Aber der alte Mann weigerte sich, das Geld zurückzunehmen, er verabschiedete sich nochmals höflich und ging mit Gepäck und Anton die Treppe zu Bahnsteig 4 hoch. Was Anton anscheinend sehr irritierte, weil er sich mehrere Male fiepend zu uns herumdrehte.

Dann waren Herr und Hund hinter der Ecke verschwunden. Zoe schnaufte einmal schwer durch, haute mir kumpelhaft auf den Rücken und verschwand selber im Gedränge der Zugreisenden. Und ich …

… blieb stehen und fühlte mich bescheuert einsam mitten im Gewühl. Und nenn es Telepathie oder einfach nur Zufall, aber genau in dem Moment, wo ich launentechnisch noch ein wenig tiefer absackte, klingelte mein Handy in meiner Hosentasche – mein bester Kumpel Eric Langenberg aus Köln war's. Was ich natürlich sofort wusste, weil der einen eigenen, ziemlich albernen Klingelton hat. – *Hüpfende Feder*. Immer schon.

Ich kramte das Handy heraus, nahm den Anruf entgegen und betont gelangweilt stöhnte ich: »Was gibt's?«

Und er zurück: »Wie – *was gibt's*?! Was ist denn das wieder für eine ungehobelte Art, einen guten Freund zu begrüßen, hm, Timmermann?«

»*Bekannter*, Langenberg, *Bekannter*! Nicht *Freund*«, korrigierte ich ihn, »und *gut* schon mal gar nicht, klar?! Ich wurde dazu gezwungen, dein Freund sein zu müssen.«

»Von wem?«, fragte er entspannt zurück.

»Von deiner Mutter!«, grinste ich in den Hörer.

»Wie pervers ist das, Timmermann?!«

»Es ist, wie es ist, Langenberg. Also: Was gibt's?«

»Nichts eigentlich. Wollte nur mal hören, wie es mit deinem neuen Freund so läuft.«

Was natürlich auch mal wieder nur ein alberner Scheiß war mit *dem neuen Freund*, aber im Kern war die Frage ja nicht ganz so bescheuert und da habe ich ihm tatsächlich ernsthaft drauf geantwortet und ihm alles von Anfang an erzählt. – Von Anton, über den ich gestolpert bin, von der spektakulären Flucht aus dem Altersheim, von der Zugfahrt und von der Begegnung mit Zoe natürlich und dass wir beide zusammen für den alten Mann diese gelbe

Box ausgegraben haben, weshalb der jetzt auf dem Weg nach Salzburg ist, weil Leslie das laut Liste so wollte.

Als ich fertig war, konnte ich Eric Langenbergs Gedanken förmlich durch das Mobilnetz klickern und klackern hören, bis er schließlich fragte: »Und? Sieht die gut aus?«

»Wer jetzt?«, stellte ich mich extra doof.

»Diese Zoe oder wie die Lady heißt. *Die* eben!«

»Warum willst du das wissen, du neugieriges *Kid*, du?«

»Sag das nicht!«

»Was jetzt?«

»*Kid!* – Ich muss dann brechen. Das weißt du!«

»*Kid!*«

»Leck mich. – Also: Zoe jetzt! Geil oder ungeil? Sag an!«

»Geht so, nicht mein Typ. Zu finster und …«

… dann stand sie plötzlich vor mir, die Zoe.

»Was'n los?«, fragte Eric noch in die Pause rein und ich darauf: »Nix is los. Meld mich!« und beendete dieses feinsinnige Gespräch.

Zoe guckte mich irgendwie fordernd an und sagte schließlich: »Das geht so nicht!«

Und ohne dass sie mehr zu erklären brauchte, war mir sehr klar, was sie meinte. Ich nickte und antwortete: »Nein, das geht so was von gar nicht«, und …

… exakt 23 Minuten später saßen wir wieder zusammen an einem Tisch in einem Zugabteil – Zoe und ich …

… zusammen mit Herrn Schmidt und Anton im ICE nach Salzburg.

6

18:02 Uhr – Salzburg! Geburtsstadt von Wolfgang Amadeus Mozart. Das ist insofern total uninteressant, weil *der* Top-Musiker seiner Zeit eh irgendwann in Salzburg die Vollkrise gekriegt hat, weil er mit seinem Chef, dem Erzbischof, nicht klarkam. Und da ist er nach Wien abgehauen, wo er als amtlicher Superstar so richtig durchgestartet ist und …

… zehn Jahre später mit nur fünfunddreißig Jahren dort auch elendig verreckte. Woran, ist bis heute nicht geklärt. Streptokokken, Syphilis, Gift … man weiß es nicht. Woher *ich* das wiederum alles weiß, hat mit der Wegstrecke *Salzburger Hauptbahnhof – Altstadt* zu tun. Also konkret deshalb, weil Herr Schmidt Zoe und mir auf dem Weg dorthin all die Fakten über *das Wolferl* um die Ohren gehauen hat, von denen ich aber die meisten schon wieder vergessen hab. Fakt auf jeden Fall: Armin Schmidts große Liebe Leslie war Musikerin und hat den Mozart so sehr gemocht, dass die beiden vor vielen Jahren zu den Salzburger Festspielen extra hierhergekommen waren …

»… wegen eines Konzertes?! Extra nach Salzburg?!«, hatte Zoe verständnislos nachgefragt, als wir die Salzach über eine Brücke in Richtung Altstadt überquerten.

»Ja, aber natürlich, meine Liebe. Wenn du, sagen wir mal, ein riesiger Fan von *Abba* wärst, würdest du doch auch nach Stockholm reisen, wenn sie dort ein Konzert geben«, antwortete Herr Schmidt.

»*Abba*?«, fragten Zoe und ich fast gleichzeitig, worauf der alte Mann uns so verwundert ansah, als hätten wir ihn soeben etwas total Absurdes gefragt.

»Na, die schwedische Popgrupp…«, setzte er zur Antwort an, da …

… krakeelte jemand los, als wären Drogen im Spiel. Keine fünf Meter von uns entfernt. Mitten auf der Brücke in einem Pulk aus Rentnern. Ein untersetzter Mann mit beigem Käppi brüllte einen jungen Typen an, der vor ihm hockte. **»Des iss doch Beschiss! So viel Glück kammer gar net habbe, du Lump, du!«**, schimpfte er mit lauter Quäkstimme, die so dermaßen unsympathisch war, dass Anton anfing, leise zu knurren. Und bevor Herr Schmidt ihn am Halsband zu fassen bekam, tippelte er dann auch schon auf die Szene zu … und wir ihm natürlich sofort hinterher. *Am Tatort* holten Zoe und ich Anton ein und ich stoppte ihn sanft mit einem Griff ins Halsband.

»Aber gä, Sie schauen halt nie richtig hin, gnädiger Herr«, erklärte der Typ mit dunklem Lockenkopf, der vielleicht nur etwas jünger war als ich, mit diesem typisch charmanten Austria-Sound in der Stimme. Mit der Geste eines Zauberers in der Manege wischte er mit der rechten Hand über drei Knobelbecher, die vor ihm auf einem dunkelblauen Samtstoff standen. Also genauer jetzt: *Zwei* standen und der letzte links lag.

»*Da* **war die Kuuchel drunner! Ganz sischer! Und du hast betrooche, du Dreggsagg, verreggter, du!«**, quäkte der kleine, dicke Mann wieder los, der dem lallenden Dialekt nach zu urteilen irgendwoher aus Hessen kommen musste. Frankfurt vielleicht oder Offenbach – was weiß ich. Jedenfalls regte der sich extrem auf und zeigte mit seinen kurzen, dicken Fingern in Richtung des liegenden Bechers … wo aber keine Kugel zu sehen war.

»Schauen Sie, verehrter Herr. Es nützt ja nichts. Sie haben nun mal verloren, weil Sie stets den Becher wählten, unter dem die Kugel aber leider nie war«, sagte der Lockenkopf noch mal so betont höflich, als würde er mit Gott sprechen.

»Jetz hör mer uff zu babbele! Du lüüschst doch, du Elendischer!«, brüllte der kleine Dicke, in dem viel stecken mochte, aber garantiert nichts Göttliches. – Die umstehende Rentnergruppe nickte fleißig und murrte und knurrte Übliches. – *Polizei! Unverschämtheit! Wegelagerer* … und das alles.

»Sagen Sie mal, geht's eigentlich noch?«, mischte Zoe sich überraschend ins Gespräch ein … also für Herrn Schmidt und mich nicht *ganz* so überraschend, aber für den kleinen dicken Loser, und der schnappte dann auch vor lauter Empörung nach Luft und …

… Herr Schmidt neben mir grätschte ihm in seinen rasselnden Atem: »Wissen Sie? Das ist natürlich sehr ärgerlich, dass Sie mehrere Male verloren haben, aber Sie haben sich ja auch auf das Glücksspiel des jungen Mannes hier eingelassen, verstehen Sie?! Es war Ihre Entscheidung!«

Das zuckende Gesicht unter dem Käppi des Seniors verfärbte sich bedenklich und dann platzte er!

… also er platzte los, dass das hier ganz allein seine *Angeleeschenheit* sei und dass sich da niemand einzumischen habe, und die Truppe um ihn herum nickte, murrte und knurrte und er selber brüllte und krakeelte sich in Ekstase, bis er schließlich von dem Hütchenspieler verlangte, dass er die anderen beiden Becher umdrehen solle.

»Also naaa, das habe ich ja längst getan, mein Herr. Während des Spieles, verstehn's?«

»Jetz dreh abbä die zwei verdammde Bescher um und zeich mir die Kuuchel, du Betrüüscher, du elendischer! Ich wett, da iss nämlich kaa. Die haste voher verschwinde lasse, stimmt's oder habb isch rescht?!«

Der Lockenkopf stutzte und mir entglitt ganz spontan: »Um wie viel?«

Schweigen und alle Rentneraugen waren auf mich gerichtet.

»Wie, *um wie viel*?«, fragte der kleine Dicke nach.

»Um wie viel Sie wetten, dass weder unter dem einen noch unter dem anderen Becher eine Kugel liegt. War jetzt so schwer nicht zu verstehen«, erklärte ich.

»Dess, dess, dess … iss eine Unverschämtheit … diese … Juuchend, die verdammde …«, hesselte er sich da wieder was zusammen und …

… exakt in diesem Moment kam Anton ins Spiel. Er setzte sich auf und kläffte den Rentner an, als wollte auch er ihm sagen, wie extrem unsympathisch er ihm war. Aber egal, ob Anton ihm tatsächlich etwas mitzuteilen hatte oder nicht, er hatte die ungeteilte Aufmerksamkeit der Rentner-Gang auf sich gelenkt. Der kleine Dicke kläffte zurück und der ganze Pulk stimmte mit ein. Und während Zoe Anton sanft am Halsband zurückzog, sah ich zufällig, wie der Hütchenspieler mit den Fingern seiner linken Hand an den beiden stehenden Knobelbechern vorbeihuschte, ohne dass man hätte sagen können, ob er sie nun berührt, bewegt oder sonst irgendwie manipuliert hätte. Sehr gut möglich, dass ich mir das nur eingebildet habe, aber ich meine gesehen zu haben, wie der Typ mir dann noch einmal minimal zugezwinkert hat. Was ich irgendwie als Zeichen dafür verstanden habe, dass nun hundertprozentig sicher eine Kugel unter einem der Becher liegen würde … von Anfang an oder seit Kurzem – schwer zu sagen alles.

Einbildung oder nicht, jedenfalls habe ich verdammt spontan in meine rechte Hosentasche gegriffen und den Fünfzigeuroschein von Herrn Schmidt rausgezogen, damit vor der Knubbelnase des maulenden Rentners herumgewedelt und zu ihm gesagt: »Sagen wir fünfzig Euro!«

Da war augenblicklich Ruhe an der Rentnerfront. Auch Anton schwieg. Und der kleine Dicke mit Käppi, leicht verunsichert, fragte nach: »Wie – *fuffzisch Euro*?«

Worauf Zoe ziemlich ungeduldig antwortete: »Sagen Sie, sind Sie heute schon ein paar Mal gegen eine Wand gelaufen oder warum sind Sie so schwer von Begriff? Mein Kollege hier steigt mit fünfzig Euro auf die Wette ein, die Sie gerade selber angeboten haben.«

Die komplette Rentnertraube starrte gebannt auf den kleinen Dicken, gespannt darauf, wie er sich entscheiden würde. Und weil der sich aber gerade mal so gar nicht entscheiden konnte, stieß ihm die Frau, die neben ihm stand und körpertechnisch dasselbe Format wie er hatte, in die Seite und nuschelte: »Ai, Heinz, jetz mach scho. Du bist dir doch so sischer.«

Der Mann, der Heinz hieß, stand da wie ein Sack Kartoffeln mit Käppi auf. Handlungsunfähig und verdutzt. Und weil ihm aber auch klar war, dass er aus der Nummer nicht mehr rauskam, fummelte er schließlich aus seiner ledernen Bauchtasche ein Portemonnaie, aus dem er ebenfalls einen Fünfzigeuroschein zog.

»Okay – Deal!«, sagte ich und legte meine fünfzig Euro demonstrativ auf den dunkelblauen Samtstoff. Die Frau neben Heinz stieß ihm noch einmal etwas energischer in die Kartoffelsackseite, weshalb der dann auch einen Schritt nach vorn schlurfte und ebenfalls seinen Fünfzigeuroschein auf das Spielfeld legte …

Der Lockenkopf machte es kurz und schmerzlos: Er schnippte beide Knobelbecher nach hinten und unter dem rechten Becher kam die Kugel zum Vorschein. Ein Raunen ging durch die Rentnermenge und Heinz stotterte: Dess … dess … dess iss unmöschlisch … iss dess …?!

Dabei drehte er sich langsam zu seiner Nachbarin um. Und die war nicht nur baugleich, sondern hatte nun auch noch dieselbe alarmrote Birne wie er und beide fielen kläffend übereinander her und machten sich gegenseitig schwere Vorwürfe wegen allem.

»Was für ein elendes Schauspiel«, seufzte Zoe kopfschüttelnd.

»Ja, sehr hässlich!«, meinte auch Herr Schmidt.

»Unglaublich dämlich auch«, grinste ich noch leise von der Seite, dann drehte ich mich wieder zu dem blauen Samtspielfeld um, um mir die hundert Euro zu nehmen, da …

… war das blaue Samtspielfeld mit den hundert Euro aber gar nicht mehr da und Mister Lockenkopf war auch verschwunden.

»Mach dir keinen Kopf, mein Lieber. Es ist nur Geld, das du eigentlich nicht einmal haben wolltest«, versuchte Herr Schmidt mich zu trösten, als wir wenig später geradeaus in die Gasse gingen, die in die Altstadt führte.

»Schon klar! Aber ich bin halt, wie soll ich sagen …«, suchte ich nach Worten, die Zoe dann für mich fand: »… menschlich enttäuscht von Hütchenspieler *Mister Curly* vielleicht? Weil sich herausgestellt hat, dass auch er nur eine asoziale Arschgeige ist, der man nicht über den Weg trauen kann? Meintest du das, Henk Timmermann?«

»Ja, so in etwa. Aber was heißt hier *auch*?«

»Weil die Welt voll von Arschgeigen ist«, erklärte Zoe noch und …

… da stand *Arschgeige Nummer eins* direkt vor uns … also der Lockenkopf. Breit grinsend und mit den beiden Fünfzigeuroscheinen, die er mir hinhielt.

»So viel zum Thema *Die Welt voller Arschgeigen*«, lächelte Herr Schmidt und ich nahm äußerst verdutzt das Geld entgegen und sagte: »Danke … ähm …«

»Valentin. Valentin Tudor!«, stellte sich der Junge höflich vor und in die Runde sagte er: »*Ich* habe mich bei *euch* zu bedanken. Die Begegnung mit den älteren Herrschaften hätte sonst unrunder verlaufen können als mir hätte lieb sein können.«

»Aber du hattest doch die Kugel am rechten Fleck«, grinste Herr Schmidt und Valentin grinste zurück: »Das haben Sie schön gesagt, gnädiger Herr. Und ja, am Ende war die Kugel selbstredend dort, wo sie hingehörte.«

Da hat dann aber auch keiner von uns mehr genauer nachgefragt, wie er das meinte, und Herr Schmidt fragte ihn, ob er ihm sagen könne, wie wir zur Getreidegasse 9 kämen. – Ja, konnte er! Natürlich das. Weil in der Getreidegasse 9 steht das Geburtshaus von dem Wunderknaben Mozart und das kannte sicher jeder, der in dieser Stadt lebte. Valentin hat uns also sehr zuvorkommend persönlich zu dem gelben Haus in der Getreidegasse geführt.

»Die haben zu, Herr Schmidt«, habe ich dann feststellen müssen, als ich an der verschlossenen Tür ruckelte.

»Echt jetzt? Das Geburtshaus von dem kleinen Hosenscheißer Wolferl besuchen? Das war Leslies Wunsch???«, fragte Zoe verständnisfrei nach, was ich wiederum ziemlich gut verstehen konnte, weil – mein Gott – wie banal war das?!?

Wer da auch noch ziemlich irritiert aus der Wäsche guckte, war Valentin. Unsere Namen kannte er inzwischen, aber *Leslie* sagte ihm nichts. Und bevor Herr Schmidt wieder in epischen Ausmaßen ausholen konnte, haben Zoe und ich ihm die Kurzfassung geliefert.

Da machte Valentin mit hochgezogenen Schultern ein Gesicht, als würde er vor lauter Rührung gleich dahinschmelzen wie Kerzenwachs, und Herr Schmidt antwortete schließlich auf Zoes Frage: »Selbstverständlich steht der Besuch des Geburtshauses von dem kleinen Genie *nicht* auf Leslies Liste. Da waren wir ja schon längst – damals – vor 26 Jahren. Zusammen mit Anne-Sophie Mutter übrigens.«

»Wessen Mutter?«, hab ich noch blöd nachgefragt und da klärte Valentin aber schon auf: »Anne-Sophie Mutter? Die Stargeigerin? Ehrlich? Das ist ja großartig! *Leiwand!*«

Und da habe ich genau gesehen, wie Zoe unmerklich eine Augenbraue hob, weil sie vermutlich dasselbe dachte wie ich: Herr Schmidt haut gern mit Fantasystorys über Prominente und Legenden auf die Sahne. Das kannten wir ja schon aus Göttingen mit der Wandergeschichte über diesen Bundeskanzler Willy Brandt.

»Ja, eine reizende Dame, die Anne-Sophie, ganz reizend!«, bestätigte Herr Schmidt noch mal. Dann wühlte der alte Mann in seiner Umhängetasche herum.

»Also dann, Herr Schmidt. Her mit dem Bremsklotz! Shootingtime!«, grinste ich ihn mit ausgestreckter Hand an, weil ich ahnte, dass er nach seinem Uralthandy kramte, mit dem jemand ein Foto von ihm vor dem Mozarthaus knipsen sollte.

Als er das Teil dann endlich gefunden hatte, hat er es mir aber gar nicht gegeben, sondern ziemlich überraschend meine Hand geschnappt und mich zu sich herangezogen. Und bevor Zoe auch nur *Fuck! Scheiße! Ich will nicht mit aufs Bild!* fluchen konnte, hatte Herr Schmidt schon ihr Handgelenk umfasst und sie ebenfalls zu sich herübergeholt. Und weil auch Valentin und Anton mit aufs Gruppenfoto gehörten, hat Herr Schmidt einen aus dem Touri-Strom gebeten, dieses mit seinem Handy zu schießen.

»Okay, Herr Schmidt, zur Sache!«, hakte Zoe dann nach. »Was steht auf der Liste von Ihrem Schätzchen? Was haben wir hier in Salzburg zu suchen?«

»Zunächst einmal ein Hotel. Es ist ja auch schon fast sieben Uhr durch.«

»Oh Shit, Herr Schmidt. Das stimmt. Irgendwo müssen wir ja auch pennen«, ist mir da tatsächlich zum ersten Mal aufgefallen, aber Valentin Tudor meinte kopfschüttelnd: »Ich fürchte, Herrschaften, da könnt's ihr lange suchen. Ein Hotel in der Hauptsaison? Um diese Zeit? Aussichtslos!«

»Shit!«, wiederholte ich.

»Kein Ding für mich!«, meinte Zoe lässig. »Ich penn in dem Park, an dem wir eben vorbeigekommen sind. Irgendeine Bank wird da schon noch frei sein.«

»Shit, Shit, Shit …«, wiederholte ich bei der Vorstellung, auf einer Parkbank übernachten zu müssen. Womöglich unter alten Zeitungen mangels Schlafsack, den ich nun mal nicht in meine Sporttasche gepackt hatte. Überhaupt hatte ich da sehr wenig reingepackt. – Zahnbürste, ein Paar Socken und eine Unterhose zum Wechseln. Das war's.

»Hmmm… und wie sieht's mit den Jugendherbergen aus?«, fragte Herr Schmidt.

»Da könnten's Glück haben, aber da müssten's den Anton allerdings aussetzen, weil Haustiere sind da nicht erlaubt.«

»Das geht natürlich nicht«, meinte Herr Schmidt.

»Auf gar keinen Fall geht das!«, stellte auch Zoe klar.

»Shit, Shit, Shit!«, wiederholte ich im Dauerloop mit schrecklichen Bildern im Kopf. – Ich, unter alten Zeitungen auf einer Parkbank. Dann Streit um die Bank mit zugedröhnten Clubbesuchern und noch stärker alkoholisierten Pennern mit Kippe eine Spur zu lässig im Mundwinkel. Folge: Feuer! Der Lokalteil der Zeitung am Fußende brennt. Feuer breitet sich auf den Wirtschaftsteil auf Hüfthöhe aus, dann …

… hörte ich Valentin sagen: »Wisst's ihr was? Ich lade euch zu mir nach Hause ein. Meine Eltern hätten sicher nichts dagegen, sind aber eh nicht da.«

»Einverstanden!«, haute ich sofort raus und Herr Schmidt und Zoe stimmten auch zu.

Auf dem Weg zu Valentins Elternhaus mussten wir

noch einmal quer durch die Stadt marschieren, in der die Hitze des Tages zu stehen schien. Was anstrengend war mit all dem Gepäck. Über einen Marktplatz, durch Häuserpassagen und weitere Gassen, dann schließlich vorbei am Residenzplatz, wo im Schatten des Salzburger Doms in einer langen Reihe Pferdekutschen standen.

»Das sind die weltberühmten Fiaker«, erklärte uns unser neuer Stadt-Guide Valentin.

»Schleich dich, du Trottel!«, brüllte plötzlich jemand hinter mir den Herrn Schmidt an – ein Kutscher, der mit seiner Ladung Touris eine Runde drehen wollte, aber nicht konnte, weil Herr Schmidt dem Fiaker im Weg stand. Was aber noch lange kein Grund war, ihn dermaßen anzupöbeln. Das haben Zoe, Anton und ich dem Arsch von Kutscher dann auch fluchend und kläffend sehr deutlich gemacht. Nur Herr Schmidt blieb die Ruhe selbst und strich den beiden sehr mageren Schimmeln über die schweißnassen Köpfe.

»Finden Sie nicht auch, dass das viel zu anstrengend für die armen Tiere ist? Schauen Sie, wie unglücklich die beiden sind«, meinte er freundlich zu dem groben Klotz auf dem Kutschbock, und der schnappte vor lauter wutverzerrter Sprachlosigkeit nach Luft und polterte dann schließlich los: **»Geh ma ned aum Oasch, heast?! Und jetzt drah di, Deppata!«**

Was genau er damit sagte, unklar. Aber zusammenreimen konnte man sich, dass Herr Schmidt zur Seite gehen sollte. Was er dann auch in aller Ruhe machte, nachdem er beiden Pferden noch mal tröstend über die Mähnen gestrichen hatte. Der Kutscher schwang die Peitsche, ließ sie in der Luft über den grunderschöpften Tieren knallen, die sich dann auch in Bewegung setzten.

»Blöder Wichser!«, brüllte Zoe dem Typen noch einmal hinterher, der das stumpf ignorierte.

»Lass gut sein, Schatz«, redete Herr Schmidt Zoe gut zu und schob augenzwinkernd hinterher: »Morgen ist auch noch ein Tag!«

Was er damit meinte, unklar! Zoe ließ es dann aber gut sein und wir sind weitergegangen. Vom Residenzplatz über den Mozartplatz, runter zum Rudolfskai am Ufer der Salzach entlang und …

… ich kürze ab: Schließlich hatten wir das Ziel erreicht. Valentins Elternhaus. Was rede ich?! Eine regelrechte Villa war das. Freistehend mit einem Anwesen, das bis ans Flussufer grenzte.

»Wie sagt ihr Ösis noch mal? – Leinwand!«, flüsterte Zoe begeistert.

»*Lei*wand!«, korrigierte Valentin lächelnd und sie noch mal: »Auch recht!«

Wir gingen zusammen die breiten Stufen des Haupteingangs hoch, Valentin kippte einen der beiden Blumenkübel, die neben der Haustür standen, leicht nach hinten und zog den Hausschlüssel darunter hervor.

»Wie leichtsinnig!«, meinte ich, aber Valentin lächelte nur: »So sind sie halt, meine Herrschaften. – Herzlich, sehr reich und wahnsinnig leichtsinnig!«

… und *stilvoll* hätte Valentin auch noch in die Beschreibung mit reinnehmen können. Die modernen Bilder in der riesigen Diele, die edle Küche, die durch eine große Flügeltür in das nobel eingerichtete Wohnzimmer mit dem offenen Kamin überging, und der Blick vom Wohnzimmer aus auf die große Terrasse, von der man direkt auf die Salzach schauen konnte … das alles war *extrem* stilvoll.

Valentin zeigte uns noch unsere Schlafzimmer und die Bäder (Mehrzahl!), in denen wir uns vor dem Abendessen frisch machen konnten.

»Sag, Valentin, der Name *Tudor*, stammt der nicht von dem alten englischen Adelsgeschlecht? *Haus Tudor?*«, fragte Herr Schmidt unseren großzügigen Gastgeber beim Abendessen. Keine Ahnung wie, aber Valentin hatte für uns alle in der Küche in Rekordzeit ein köstliches Wildragout zubereitet, das er mit Knödeln und Gemüse servierte.

»Ja, eh klar! Ich bin ein echter walisischer Prinz«, lachte Valentin.

»Jetzt echt?«, habe ich noch doof nachgefragt und er grinste: »Bist deppert?! Naaa, meine Familie stammt aus Rumänien. Da ist der Name Tudor auch ziemlich weit verbreitet.«

»Und überhaupt: Adlig oder nicht, familiäre Abstammung wird allgemein total überbewertet«, sagte Zoe streng, was uns alle etwas überraschte, aber Herr Schmidt strahlte sie an: »Da hast du recht, meine Liebe. *Namen* – Schall und Rauch! Zum Beispiel der Name *Frahm. – Herbert Frahm!* Ich wette, der sagt euch nichts, richtig?!?«

Zoe, Valentin und ich zuckten mit den Achseln und ich bestätigte: »Nein, wer soll das sein?«

Und Herr Schmidt löste fröhlich auf: »Herbert Frahm ist mein alter Freund Willy Brandt! Er hat den Namen während der Nazizeit abgelegt.«

Zoe und ich schwiegen, aber Valentin fragte: »Wer ist Willy Brandt?«

Das erklärte Herr Schmidt ihm dann auch gern, nicht ohne eine weitere Anekdote rauszuhauen, in der er schilderte, wie er Willy Brandt damals überhaupt kennengelernt hatte … angeblich 1970 in Polen, abends in einer Hotelbar.

Später saßen wir noch ziemlich lange auf der Terrasse und tranken Champagner. Valentin hatte eine Magnum-Flasche von dem edlen Schaumwein aus dem Keller geholt und drauf bestanden, dass wir den mit ihm trinken. Die fetten Havannas, die er uns aus einer noblen Kiste mit Glasdeckel anbot, lehnten Zoe und ich dann aber doch dankend ab. Herr Schmidt aber nahm gern eine und so pafften die beiden kubanische Rauchwolken in den österreichischen Sternenhimmel. – Eine schöne, laue Sommernacht war's. Anton hatte es sich keck auf dem Schoß von Zoe bequem gemacht, was sie sich gern gefallen ließ, obwohl er als Schoßhund vielleicht einen Tick zu groß war. Und Herrn Schmidt fielen passend zur Zigarre wieder die abenteuerlichsten Geschichten ein. Von Leslie und ihm selbst, als sie damals in Kuba waren und mit einem gewissen Fidel Castro um die Wette soffen. Was aber selbst Valentin diesmal nicht glauben konnte, weil, wie der nämlich zufällig wusste, war Fidel Castro der Staatschef von Kuba gewesen und da fehlte uns allen die Vorstellung, dass der sich mal eben mit Herrn Schmidt und seiner Freundin die Kante gegeben hätte.

»Wenn ich es dir doch sage, junger Tudor«, ging Herr Schmidt mit einem Lächeln über alle Zweifel hinweg und dann wechselte er selbst das Thema und fragte Zoe, wo sie eigentlich herkommt und wo sie hinmöchte.

Und weil ich direkt neben ihr saß, ist mir vermutlich als Einzigem aufgefallen, wie sie in der Streichbewegung auf Antons Fell unmerklich stockte, und dann …

… rief sie plötzlich mit dem Blick in den Sternenhimmel: »Da, eine Sternschnuppe!«

Wir alle schauten hoch, sahen den Lichtpunkt, der sich allerdings deutlich zu langsam für einen verglühenden Kometen bewegte, und Valentin klärte auf: »Naaaa, des is a Satellit!«

»Is ja wurscht!«, sagte ich und Herr Schmidt strahlte wieder: »Genau! Das ist wurscht! Wünsch dir schnell was, Zoe!«

Zoe stutzte, überlegte dann aber offenbar irgendwas und lächelte zurück: »Done!«

»Wie – *done!*? Verrat uns, was du dir gewünscht hast!«, habe ich sie aufgefordert und sie meinte, dass der Wunsch dann aber nicht mehr in Erfüllung ginge, worauf Valentin aber wusste, dass das Wunschkonzept bei Satelliten ein vollkommen anderes sei und dass der Wunsch voll nach hinten losgehen würde, wenn man ihn nicht verraten würde, und da lachten alle und Zoe zierte sich und dann sagte sie schließlich doch: »Ich wünsche mir einen Hund wie diesen!«

Wir nickten und wollten dann auch mit unseren Champagnerschalen auf ihren Wunsch anstoßen, da schob sie hinterher: »… und eine Hütte wie diese. Die will ich irgendwann auch haben!«

Wieder hoben wir die Gläser und da rief Zoe Neufeld aber noch mal: »… und einen sofortigen Stopp der Klimakatastrophe, Weltfrieden für alle und …«

Herr Schmidt, Valentin, ich und selbst Anton guckten Zoe gespannt an, und die hob dann auch endlich ihr Glas und schloss feierlich: »… und Sackratten für Tobias Schlüter!«

Da war dann für einen Moment Stille, bis Herr Schmidt

schließlich fröhlich in die Runde toastete: »Auf den Weltfrieden und auf die Sackratten von Tobias Schlüter!«

»Auf den Weltfrieden und auf die Sackratten von Tobias Schlüter!«, wiederholten Valentin und ich, und wir alle erhoben die edlen Kristallschalen und prosteten dem Satelliten zu.

7

Am nächsten Morgen, so gegen neun, wurde ich von Anton geweckt. Per Zungenkuss! Also er schlabberte mit seinem nassen Lappen über meinen Mund, der in dem Moment zufällig offen war. Daher! Widerlich war's und ich hatte es Zoe zu verdanken, die Anton in mein Schlafzimmer gelassen hatte.

Aber gut! Ich war wach und wir hatten ja auch noch was vor in Salzburg. Was auch immer das sein mochte, was da auf Leslies Liste stand. Außerdem hatte ich persönlich geplant, nicht allzu spät die Heimreise nach Schneverdingen anzutreten. – Wobei ich in meinem Kopf vergeblich nach einem Zusammenhang zwischen dem Wort *Heimreise* und dem Ort *Schneverdingen* suchte …

Wie auch immer: Ziemlich wach also kam ich wenig später vollständig angezogen und vor allem gründlich gewaschen auf die sonnige Terrasse, wo Zoe, Valentin und

Herr Schmidt schon am reich gedeckten Frühstückstisch saßen.

»Also, *Herr Graf* ...«, frotzelte Zoe gerade, weil Herr Schmidt erstaunlicherweise einen sehr eleganten Morgenrock aus schwerem, edlem Stoff trug und darin so aussah, als wäre er einem Historienroman oder einem Vampirfilm entsprungen. »... wie sieht's aus, Herr Graf? Was liegt an, Herr Graf? Was steht auf Leslies Liste, Herr Graf?«, bohrte sie weiter, stieß aber bei Herrn Schmidt ordentlich auf Granit, weil der lächelte nur: »Großes! Und es wird dir gefallen. Da bin ich mir sicher.«

»Grüß Gott, Herr Timmermann. Wie kann ich Ihnen dienlich sein? Wonach ist Ihnen? Kaffee, Tee, Schokolade?«, begrüßte mich Valentin übertrieben unterwürfig und ich stieg drauf ein: »Danke, für mich nur einen Wodka Martini. Geschüttelt, nicht gerührt.«

»*James Bond!* Hervorragend«, freute sich Herr Schmidt über meine kleine Filmeinlage und ich sagte dann aber auch noch mal ordentlich zu Valentin: »Gern einen Kaffee.«

Den kriegte ich auch und schob ein mit frischer Erdbeermarmelade bestrichenes Croissant in mich hinein und freute mich über diesen Luxus, den Valentin uns hier bot. Herr Schmidt strich beinah zärtlich über den geliehenen Morgenrock. Zoe war es, die Valentin schließlich fragte: »Sag mal, Prinz Tudor, deine Eltern! Machen die irgendwie in Drogen oder Menschenhandel oder so was? Warum sind die so reich?«

Valentin machte eine wegwerfende Geste und antwortete: »Ah, gäää, Reichtum! Was bedeutet das schon?«

»Na ja, ich kenn da jemanden in Köln, dem bedeutet Reichtum alles«, warf ich ein und dachte natürlich an meinen versnobten Freund Eric, dessen Eltern ihn monatsweise mit Geld zuschütteten, weil seine Mutter hatte eine eigene Zahnarztpraxis und seinem Vater gehörte das Zahntechniklabor.

»Na ja, okay«, gab Valentin zu. »Geld hat schon auch seine Vorzüge. Aber darüber sprechen meine Eltern nicht, versteht's?! Sie sind auf ihre Art sympathisch bescheiden geblieben, obschon sie einen enormen Umsatz in der Hotelbranche machen.« Er machte eine kleine effektvolle Pause, nahm sich einen rot glänzenden Apfel aus der Obstschale, rieb ihn unnötigerweise an seinem Shirt und sagte dann noch: »Jetzt grad sind sie in Dubai. Geschäftlich. Übers Wochenende.«

»Pervers!«, sagte Zoe.

»Respekt!«, sagte ich.

»Hut ab, Valentin, Hut ab!«, sagte Herr Schmidt.

»Zu freundlich, *mein Sohn*!«, sagte eine Männerstimme – praktisch gesehen aus dem *Off*.

Alle Köpfe – inklusive Valentins – wirbelten enorm überrascht zur Quelle der Stimme herum – also zur Terrassentür. Und dort standen ein asketischer Typ mit Glatze und eine dunkelblonde Frau mittleren Alters mit teuren Metallkoffern zu beiden Seiten.

»H… … …«, begrüßte Valentin die beiden weitgehend sprachlos.

»Hallo, Valentin … *mein Sohn*!«, betonte die Frau überrascht, irritiert, amüsiert … wie soll ich sagen: irgendwie mit einer Mischung aus allem.

Und der Mann fuhr ganz entspannt fort: »Allerdings muss ich dich in zwei kleinen Details korrigieren, *mein Sohn*!«

»Äh … ja?«

»Ja! Also Detail Nummer eins wäre: Wir machen unseren *enormen Umsatz* nicht in der Hotelbranche.«

»Aha?«, staunte Zoe.

»Ja, da hat der Valentin wohl in den letzten fünfzehn Jahren etwas gründlich missverstanden. Meine Partnerin und ich haben eine Künstleragentur.«

»Nein?!«, staunte jetzt Herr Schmidt begeistert.

»Doch, doch!«, bestätigte die Frau freundlich. »Das ist zwar vermutlich nicht so einträglich wie die Hotelbranche, aber für dieses bescheidene Eigenheim reicht es.«

»Kommen wir zu Detail Nummer zwei«, nahm der Mann den Faden wieder auf. »Wir waren nicht in Dubai, sondern in Bologna, Italien.«

»… ach!«, machte Valentin.

»Ja – *ach*! Das musst du wohl verwechselt haben, weil es ja auch so ähnlich klingt, *mein Sohn*«, witzelte der Mann.

Möglich, dass ich ein echter Spätzünder bin, aber erst da dämmerte mir, dass hier etwas ganz und gar nicht stimmte.

Herr Schmidt war anscheinend schon weiter, weil der sagte lächelnd: »Und ich nehme an, Sie sind keine *Tudors*, richtig?!?«

»Tudor? Wie das *Haus Tudor* in England? – Oba gäää, naaa!«, antwortete die Frau mit wegwerfender Geste und der Mann schob hinterher: »Entschuldigen Sie! Wie unhöflich, dass wir uns nicht gleich vorgestellt haben. Das ist meine Partnerin Eleonore Wallner und ich bin der Peter. Peter Fuschelberger.«

»Stark!«, staunte Zoe jetzt auch noch mal und dann wanderte ihr Blick neugierig zu Valentin Tudor hin, der nun im absoluten Mittelpunkt dieser Unterhaltung stand. Und der saß da mit einem rot glänzenden Apfel in der Hand wie ein Stillleben und grinste verzweifelt.

Schließlich stammelte er: »Ich … Mir … Es … tut … tut … tut mir furchtb…«

»Mein Morgenrock steht Ihnen übrigens ganz ausgezeichnet, Herr …?«, grätschte ihm da aber der Mann, der Peter Fuschelberger hieß, voll in die Entschuldigung.

»… Schmidt! Armin Schmidt!«, antwortete Herr Schmidt. Worauf er Zoe und mich auch noch schnell vorstellte und selbstverständlich Anton nicht vergaß, der das ganze Schauspiel von dem Couchkissen aus zu verfolgen schien, das Zoe ihm neben den Frühstückstisch gelegt hatte.

Anton also verhielt sich – wie immer – sehr cool. Nur ich war da nicht ganz so gelassen. Alles andere als das. Für mich war das hier die amtliche Ruhe vor dem verdammten Sturm. Persönlich malte ich mir aus, dass Frau Wallner und dieser Herr Fuschelberger uns lediglich hinhielten. Für die österreichische Gendarmerie nämlich, die diese Terrasse in Kürze und vollkommen unangemeldet brutalst stürmen würde. Unsere Gesichter würden die Einsatzleute auf die geschmackvollen portugiesischen Fliesen klatschen und uns mit Einweghandfesseln fixieren. Nur Anton selbstverständlich nicht, weil der ja auch immer so niedlich guckt. Und dann würde die Staatsmacht sehr nervös jeden Wimpernschlag von uns beobachten und bei Bedarf dem einen oder *der* anderen mit den Kolben der mitgebrachten Sturmgewehre die Nasen brechen und …

»Gä, Valentin, Schatz, sei so lieb. Holst uns noch zwei Klappstühle aus dem Gartenhäuserl!?«, zerrte Herr Fuschelberger mich aus meinem düsteren Zukunftsszenario.

Und Valentin, dem man kurz erklären musste, wo das *Gartenhäuserl* der Villa war, holte die Stühle. Bizarr war es! Vollkommen bizarr! Die beiden Überraschungsgäste, denen die Villa gehörte, setzten sich vollkommen entspannt zu uns an den Tisch, ließen sich von *Sohn* Valentin auch noch Kaffeetassen und Frühstücksteller bringen und man plauderte miteinander – also Herr Schmidt und das Künstleragentenpaar plauderten miteinander. So angeregt, als hätte man sich gerade in einem Salzburger Café kennengelernt … oder was weiß ich, in einer Shisha-Bar in Dubai. – Sehr bizarr, das Ganze, *sehr*!

Bis Armin Schmidt irgendwann verstohlen auf seine Armbanduhr schaute und meinte: »Meine Güte, schon zehn Uhr durch. Wir sollten uns allmählich auf den Weg machen.« Er stand auf, entschuldigte sich kurz bei den Herrschaften, weil er sich ja auch noch umziehen musste, und ging sehr gemächlich in die Villa.

Und als wäre das der Startschuss gewesen, sprangen Zoe, Valentin und ich hoch und fingen an, den Frühstückstisch abzuräumen.

»Aber gä!«, österreichelte Herr Fuschelberger. »Jetzt werd's bitte nicht ungemütlich. Wir machen des gleich, wenn's ihr gegangen seid's.«

Und da hatte ich wieder so eine Ahnung, dass der Herr Fuschelberger parallel zur Plauderei mit Herrn Schmidt die ganze Zeit heimlich unter dem Tisch per Messenger mit der beinharten Salzburger Kampfeinheit in Kontakt stand und vereinbart hatte, dass diese uns doch besser vor der Haustür abfangen sollte, weil die edlen Terrassenfliesen aus Portugal ja sehr empfindlich gegenüber

Springerstiefeln und Nasenblut seien, worauf der Truppenchef vollstes Verständnis signalisierte, weil der war im letzten Jahr noch mit seiner neuen Freundin an der portugiesischen Algarve gewesen und …

»Henk?«, haute mich da Zoe aus der Achterbahn meiner Fantasien.

»Äh … anwesend!«, antwortete ich seltsam und sie dann wieder: »Deine Sachen, Henk. Hast du alles?«

Ja, hatte ich. Meine Sporttasche hatte ich vorhin schon gepackt und sie zu dem Gepäck von den anderen an der Eingangstür abgestellt.

Zoe, Valentin und ich brachen also zusammen mit Herrn Schmidt auf, der wenig später herausgeputzt und angezogen wieder in der Terrassentür stand.

»Oh, halt, meine Lieben!«, bremste er uns da aber noch mal aus. Worauf er erneut seine fette Brieftasche aus der Umhängetasche kramte und ein paar Geldscheine herausfummelte. Die hielt er Eleonore Wallner und Peter Fuschelberger hin und erklärte: »Für den großartigen Champagner und die ausgezeichneten Zigarren, die meine Freunde und ich hier genossen haben.«

»Herr Schmidt!«, sagte Frau Wallner lächelnd. »Wollen Sie mich und den Peter beleidigen? Stecken's das Geld wieder ein, sonst werde ich sehr ungemütlich.«

Herr Schmidt gehorchte, steckte das Geld wieder ein und dann verabschiedeten wir uns endgültig von den beiden, traten nacheinander aus der Villa …

… bis auf Valentin! Den hielt Herr Fuschelberger doch noch mal auf, zeigte auf seine rechte Hand und sagte: »Der Apfel da, *Sohn*!«

»Ja?«

»Der bleibt hier!«

Dann aber standen Herr Schmidt, Zoe, Anton, ich und auch Valentin endgültig vor der Villa in der Morgensonne und …

… nichts geschah! Keine Gendarmerie, keine Kampftruppe, niemand, der uns die Nasen brach.

»Was für ein herrlicher Morgen!«, strahlte Valentin Tudor, als wäre nichts gewesen, worauf Herr Schmidt, Zoe, ich und sogar Anton ihn irgendwie verwundert ansahen, worauf er so vollkommen ahnungslos sagte: »Was?!«

»Wie – *was?!?*«, fragte ich zurück.

»Was *wie – was?!?*?«, machte er daraus, und …

… bevor Zoe sich auch noch einbringen konnte, meinte Herr Schmidt ganz entspannt zu Valentin: »Wirklich sehr nett, deine Eltern. So gastfreundlich und kultiviert. Und so feinsinnig humorvoll.«

Und da guckten nicht nur Zoe und ich Herrn Schmidt ziemlich verstandnisfrei an. Nein, auch Valentin glotzte ihn – wie soll ich sagen – vielfragend sprachlos an, weil eins war mal hundertprozentig sicher: Peter Fuschelberger und Eleonore Wallner waren ganz sicher nicht Valentin Tudors Eltern. Das musste auch Herrn Schmidt klar sein. Und möglich, dass Valentin den Mund aufmachte, um das noch mal zu klären, aber da kam ihm Zoe zuvor, die gut gelaunt sagte: »Wissen Sie was, Herr Schmidt? Da haben Sie absolut recht. Sehr coole Eltern hat unser Früchtchen hier. So welche hatte ich mir immer gewünscht.«

Valentin setzte zur ersten Silbe an, aber da sagte ich auch schon zu ihm: »Kommst ganz nach deinem Paps. Besonders die Haare.«

Und da schaute er mich an, dann Zoe und Herrn

Schmidt, und grinste schließlich: »Ihr habts alle miteinander einen Mördersprung in der Schüssel.«

»Sagt jetzt gerade mal der Richtige!«, grinste Zoe zurück und fragte Herrn Schmidt, wo es jetzt hingehen würde und was denn nun laut Leslies Liste zu tun sei, und er antwortete: »Zum Residenzplatz, Pferde stehlen.«

Wenn du mich fragst, was gegen das Stehlen von Pferden spricht: Alles! Kutscher, die Kutschen, mit denen die Pferde irgendwie *verzäumt* sind, ein Haufen Zeugen, die örtliche Gendarmerie, Straßenverkehr …

… aber selbst wenn Zoe und ich das alles schon auf dem Weg zum Residenzplatz auf dem Schirm gehabt hätten, trotz alledem hätten wir gesagt: »Ja, klar, Herr Schmidt! Pferde stehlen! Sind wir dabei!«

Ich meine, das war ja schließlich der Grund, warum wir beide Herrn Schmidt überhaupt nach Salzburg begleitet haben. Also jetzt nicht wegen des Pferdediebstahls. Das wussten wir ja vorher nicht, dass dieser Quatsch auf Leslies Liste stand. Aber es stand nun mal auf ihrer Liste und jetzt waren wir nun mal irrerweise in Salzburg, und da zieht man ja nicht einfach so kurz vorm Ziel den Schwanz ein … wie Zoe selbst erklärte.

Kurz und gut: Wir sagten Herrn Schmidt, dass das eine ausgezeichnete Idee wäre, und auch unser Neuzugang Valentin Tudor wollte unbedingt mitmachen.

Gut war: Wir hatten einen Plan!

Schlecht daran: Er funktionierte nicht!

8

Als wir am Residenzplatz ankamen, war es kurz vor halb elf. Mein Zug Richtung Schneverdingen ging um 12:25 Uhr. Also Zeit genug, um vor meiner Heimreise noch ein paar Pferde zu stehlen ... irre!

Aber ich muss sagen, der Plan, den wir uns auf dem Weg hierher ausgedacht hatten, war wirklich nicht *so* übel. Etwas wacklig vielleicht, aber im Prinzip durchführbar. Alles in allem setzten wir auf das Moment der Ablenkung. Das war die Idee von Herrn Schmidt. Er und Valentin würden vor den Augen der Kutscher, die mit ihren Fiakern in einer Reihe vor der Dommauer parkten, das Hütchenspiel spielen. Mit Herrn Schmidt als zahlendem Opfer. Mit etwas Glück würden die beiden wenigstens einen der Kutscher ködern können. Einen, der dämlich genug war auf die Masche hereinzufallen, und unbedingt mitspielen wollte.

»Der da!«, sagte Zoe mit einem diabolischen Leuchten in den Augen und zeigte aus sicherer Entfernung von der Platzmitte aus auf den Herrn Kutscher, dessen Bekanntschaft wir schon am Abend zuvor gemacht hatten. Es war der Arsch, dessen rappeldürre Schimmel besonders traurig schauten und der unseren Herrn Schmidt so widerlich angepöbelt hatte.

»Sehr gute Wahl, Zoe!«, lobte Herr Schmidt und gab Valentin ein Zeichen. Der nickte ihm zu und setzte sich in Bewegung. Und dann blieb er ein paar Meter vor unserem Zielopfer stehen und kramte sein Hütchenspiel aus seinem alten Seesack. Kurz darauf schlenderte Herr

Schmidt mit Anton an seiner Seite auf ihn zu und blieb ebenfalls *ganz zufällig* exakt dort stehen und sah *sehr interessiert* zu, wie er mit dem Hütchenspiel begann.

Teil zwei unseres abartig genialen Planes war der Part von Zoe und mir: In einem großen Bogen flanierten wir vom zentralen Brunnen auf die Dommauer zu und positionierten uns direkt hinter unserem Zielopfer – dem grobschlächtigen Arsch auf seinem Kutschbock. Wir brauchten nur noch zu warten, bis dieser Depp anbiss, von der Kutsche kletterte, um aus purer Geldgier beim Hütchenspiel mitzumachen …

… was der stumpfe Kutscher aber einfach nicht tat! Höchst nervig war das: Herr Schmidt legte mehrmals sehr deutlich ganze fünfzig Euro Einsatz auf die blaue Samtdecke und Valentin spielte sein Hütchenspiel so dermaßen langsam, dass man schon hätte blind sein müssen, um am Ende nicht zu wissen, unter welchem Becher die Kugel lag. Herr Schmidt aber zeigte auch beim dritten Mal auf den Becher, unter dem die Kugel garantiert nicht war.

Mit *Ach herrje!* und *Ich Pechvogel!* und *Sapperlot, das gibt es doch gar nicht!* versuchte Herr Schmidt die Aufmerksamkeit des Kutschers zu wecken, aber so rein gar nichts wurde unter dem ranzigen Filzhut des Vollpfostens geweckt. Der blieb einfach nur stumpf auf seinem Kutschbock hocken und wartete auf Kundschaft. Kundschaft kam aber nicht.

Dann aber – extremste Überraschung – stand plötzlich eine junge Frau vor der Hütchenspiel-Kleinkunst-Bühne von Herrn Schmidt und Valentin.

»Ach du Scheiße, Nele Koch!«, stieß ich aus.

»Wer soll das sein?«, fragte Zoe.

»Schmidts Altenpflegerin.«

»Ach du Scheiße. Wo kommt die denn auf einmal her?«

»Schätze, Schneverdingen.«

»Schon klar, Sherlock. Frage ist, wie sie den Schmidt gefunden hat.«

»Ja, was weiß ich. Vielleicht haben sie ihm einen Peilsender implantiert. Wie in *Die Tribute von Panem*«, habe ich noch geantwortet und Zoe darauf: »Sehr unwahrscheinlich!«, und dann ist sie um den Fiaker mit unserem stumpfen Kutscher darauf herum und auf die Szene zumarschiert … und ich dann natürlich hinterher.

»Herr Schmidt, noch mal …«, sagte Nele Koch gerade zu Herrn Schmidt, als Zoe und ich dazustießen: »… Sie können nicht einfach so aus dem Seniorenheim abhauen. Wenn das jeder täte …«

»… gäbe es vielleicht die Seniorenresidenz Schneverdingen gar nicht«, vervollständigte Herr Schmidt entspannt lächelnd. »Was ich sehr schade für Sie fände, Nele. Weil ich glaube, dass Sie eine sehr gute Altenpflegerin sind.«

Und sie darauf: »Danke, das ist sehr nett, Herr Schmidt. Aber jetzt müssen Sie bitte mit zurück nach Schneverdingen kommen. Wir könnten den ICE um 12:25 Uhr noch locker schaffen.«

»Können wir nicht, weil Herr Schmidt ganz locker hierbleibt!«, mischte Zoe sich ein.

Erstaunt guckte die Altenpflegerin zu Zoe herüber, nahm mich bei der Gelegenheit auch wahr: »Ach, guck an. Der Jörg!«

»A geh – *Jörg* ist dein wahrer Name?! Welches dunkle Geheimnis hast du noch … *Jööörg*?«, fragte Valentin mit gespieltem Entsetzen, ich schüttelte den Kopf und wollte das Missverständnis klären, aber da sagte Nele wieder zu Herrn Schmidt: »Herr Schmidt! Ich weiß nicht, was hier läuft, aber ich würde Sie nun wirklich sehr darum bitten, mit mir zurückzukehren.«

»Bald, meine Liebe, bald. Vorher müssen noch ein paar sehr wichtige Dinge erledigt werden«, antwortete Herr Schmidt und Zoe direkt hinterher: »Da hörst du's, Schätzchen. Und jetzt ab ins Heim mit dir!«

Worauf Nele sie verständnisfrei anguckte und zu ihr sprach: »Wie wär's, wenn du dich da einfach mal heraushältst?!?«

Zoe: »Kein Grund, hier so auszurasten!«

Worauf Nele sie stumm anglotzte und …

… da quatschte sehr unerwartet ein Typ mit Zehneuroschein in der Hand den Valentin im Ruhrpott-Slang an: »Wie sieht's aus, Wuschelkopp?! Is dat hier jetzt ein Hütchenspiel oder wie oder wat?!?«, worauf Anton neben Herrn Schmidt, sehr überraschend für mich, plötzlich anfing zu knurren.

»Und wat will die kleine Fellwurst hier?!?«, fragte der Typ und Zoe antwortete für Anton: »Er will, dass du dich verpisst!«

Da fiel dem Typen im ersten Moment die Kinnlade runter, und weil ihm im zweiten Moment auch nix einfiel, was er hätte darauf sagen sollen, erklärte Valentin ihm noch mal etwas höflicher: »Schaun's, gnädiger Herr. Das hier is a reine Privatveranstaltung. Also: Servus und auf Wiederschauen!«

Da guckte der Typ nun Valentin stumm an, dann noch mal Zoe und meinte: »Ich komme wieder!«

»Ouuuuuuh, jetzt kriegen wir aber Angst, du Terminator in Beige«, rief Zoe ihm hinterher, als der dann auch endlich wegging. »Also, Herr Schmidt«, nahm Nele Koch geduldig den Faden wieder auf. »Können wir dann?«

»Sag mal, du Denkmaschine: Welchen Teil von *Es – müssen – noch – wichtige – Dinge – erledigt – werden!* verstehst du eigentlich nicht?«, legte Zoe nach, aber da kriegte sie keine Antwort mehr drauf, weil ihr exakt in dem Moment ein Hipster-Typ mit Bart und Dutt von hinten an die Schulter griff und irgendwie triumphierend tönte: **»Hab dich!«**

Was ganz klar ein echter Fehler war, weil erstens: Zoe ihren rechten Ellbogen reflexartig nach hinten in die Magengrube des Hipsters hämmerte und – zweitens – Anton knurrend auf den Dutt-Mann zupreschte und ihm seine Fangzähne voll in die linke Wade schlug.

Ergebnis: Der Hipster ließ ab von Zoes Schulter, krümmte sich vor Magenschmerzen und winkelte gleichzeitig jammernd sein perforiertes Bein an. Und gleichzeitig wirbelte Zoe echt sportlich um die eigene Achse, um dem Typen vielleicht noch mit der freigesetzten Zentrifugalkraft ihre Faust in sein Hipster-Gesicht zu schleudern. Da bremste sie aber plötzlich ab, als sie in das Gesicht des Typen guckte, und fragte ehrlich überrascht: »Schlüter?«

»Ja, verdammt!«, stöhnte der auf.

»Aber wie …???«, fragte Zoe, während der mysteriöse Mister Schlüter sich unter Antons argwöhnischen Blicken langsam wieder aufrichtete und erklärte: »Das Telefonat in Göttingen. Mit dem durchgeknallten Typen, der sich als *der liebe Gott* vorstellte.«

Da peilte ich endlich die Zusammenhänge und auch Herr Schmidt erinnerte sich fröhlich: »Aaaah, Tobias Schlüter! Der Titan aller Luschen, richtig?!«

Tobias Schlüter brummelte irgendwas in seinen Hipster-Bart und Zoe schlussfolgerte: »Du hast uns belauscht, du Sau!«

»Nicht in diesem Ton, Zoe Neufeld, und: Nein, habe ich nicht! Der *liebe Gott* da hat mich wohl irgendwie am Telefon hängen lassen. Aber es war trotzdem nicht zu überhören, als er gesagt hat, dass die Reise nach Salzburg geht. So einfach war das.«

»Und da bist du mir mal eben so hinterhergefahren. Wie krank ist denn das?!«, meinte Zoe und Valentin zu ihr: »Sehr krank! Ist das dein persönlicher Stalker?«

»Yep!«

»Ach du meine Güte! Da musst du die Polizei rufen!«, riet ihr Nele Koch, aber Schlüter stellte klar: »Blödsinn! Ich bin Sozialpädagoge …«

»Was keinen Unterschied macht!«, warf Zoe ein, aber er machte ungerührt weiter im Text: »… Sozialpädagoge! Praktisch gesehen Zoes persönlicher Betreuer im Kinder- und Jugendheim vom Sankt-Josef-Stift e. V. Hamburg.«

»Jetzt echt? Du bist aus einem Kinderheim abgehauen?«, habe ich Zoe gefragt und sie direkt: »Aus der Scheißwohngruppe, ja!«

»Und exakt dahin bringe ich dich auch wieder zurück, wenn's recht ist«, informierte Tobias Schlüter sie, ging einen Schritt auf Zoe zu und sackte mit schmerzverzerrter Miene über seinem linken, angefressenen Bein zusammen.

»Du bringst hier gar nichts mehr zurück, Sozpäd Schlüter.«

»Da hat sie recht«, sagte darauf Nele Koch und schob hinterher: »Die Bisswunde da, die muss behandelt werden. Wann wurdest du denn das letzte Mal gegen Tetanus geimpft?«

Tobias dachte nach und antwortete schließlich: »Weiß nicht genau. Vor fünfzehn Jahren oder so. Als Kind eben.«

»Nein?! *Du* warst mal ein Kind?«, witzelte Zoe extra erstaunt und …

… da rief jemand hinter uns: »Dat isser! Der macht dat hier mit dem Hütchenspiel. *Glücksspiel* eben!«

Wir alle drehten uns zu der Stimme um und – klar – da stand er: der Ruhrpott-Mann. Und an seiner Seite eine Polizistin, die erst die ganze Gruppe mit einem Blick abscannte, dann das Hütchenspiel vor Valentin auf dem Boden liegen sah und schließlich sagte: »Du also spielst des Hütchenspiel und nimmst die Touris aus!«

Worauf Valentin ein total erschrockenes Gesicht aufsetzte und bühnenreif gestand: »Verzeihen Sie mir, werte Frau Gendarmin. Ja, ich spiele das Hütchenspiel. Aber doch nur hier für meine Freunde. Und – last but not least – für meinen … ähm … Cousin Jörg hier. Als Geburtstagsüberraschung, verstehen's? Der Bua ist ganz narrisch mit dem Spiel.«

Worauf der Ruhrpott-Mann raushaute: »Der Kurze lügt doch!«

Worauf ich dann aber wortgewandt erklärte: »Gar nicht! Bin … öhmm … sechzehn geworden … also heute.«

Die Polizistin sah mich mit angehobener Augenbraue an, dann wieder abschätzend in die schweigende Runde. Alle nickten ihr zur Bestätigung meiner Aussage zu … selbst Nele und Tobias. Erstaunlicherweise.

»Also dann … *Jörg*!«, lächelte sie mich schließlich an. »Alls Guate zum Geburtstog, ge'?!«

»Dat, dat, dat ist doch wohl …«, stotterte sich der Ruhrpott-Mann vor lauter Empörung was zusammen und …

… da polterte jemand in die Runde: »Aba geh, gnä' Frau Wachtmeister. Die ganze Bande lügt!« – Der Kutscher war's, der nun direkt hinter uns stand. Den hatten wir wegen der ganzen Überraschungsauftritte alle nicht mehr so richtig auf dem Schirm. Ungünstiger Fakt war aber: Der Kutscher war weniger stumpf, als Zoe und ich angenommen hatten. *Alles* hatte er mitbekommen. Vom gefakten Hütchenspiel mit Lockvogel Schmidt, das er sofort durchschaute, über den Ruhrpott-Mann, der mitspielen wollte, bis zu Hundebiss-Opfer Sozpäd Tobias Schlüter. Und *alles* berichtete dieser ekelhafte Klotz von Kutscher nun der Polizistin mit so einem widerlich breiten, zahngelben Grinsen.

»… und des Madl hier is aus'm Kinderhaaam in Hamburg abgehauen«, schloss er seine Zeugenaussage, nach der niemand gefragt hatte.

Weshalb Zoe auch unmissverständlich zu ihm meinte: »Wer hat dich eigentlich gefragt, dämlicher Wichser?!«

Der Kutscher holte mit seinen Pfannenhänden drohend zur Ohrfeige aus und knurrte: »Pass auf, was sagst,

Madl, sonst gib i da a Watschn, dass da vierzehn Tog da Schädl wockelt!«

»Geh scheiß'n!«, retournierte Zoe halbwegs im Austria-Slang, Anton fletschte die Zähne und der Kutscher drohte vor Wut zu platzen, so dunkelrot wie der angelaufen war.

Und da war es die Polizistin, die sich schützend vor Zoe stellte und dem Kutscher sehr deutlich klarmachte: »Hier wird niemand verhauen, host mi?!«

Worauf der Kutscher wieder irgendwas Unflätiges knurrte, der Ruhrpott-Mann sich auch noch mal einbrachte, weshalb die Polizistin ihn ebenfalls maßregelte und …

… so ging das immer weiter und so fort, bis mir noch mal einfiel, weshalb wir überhaupt hier waren und welchen abartig genialen Plan wir hatten. Und da dachte ich erleuchtet: *Best Ablenkungsmanöver ever!*

Spontan machte ich einen unauffällig kleinen Schritt zurück – raus aus der Runde, Richtung Fiaker. Zoe und auch Herr Schmidt registrierten meinen Ausfallschritt und kapierten auf Anhieb, was ich vorhatte. – Pferde stehlen!

Und während ich mich Schritt für Schritt entfernte, brachten sich Zoe und Herr Schmidt ins Streitgespräch ein, um von mir und meinem Vorhaben abzulenken.

Pferde! Wenn ich vergleichen soll, würde ich sagen, dass ich mit denen *noch* weniger anfangen kann als mit Hunden, die nicht Anton heißen. Was ganz klar auch daran liegt, dass ich in meinem bisherigen Großstadtleben wahnsinnig wenig mit dieser Spezies zu tun hatte. Und nun wollte ich gleich zwei von ihnen stehlen. Ich stand also vor den beiden klapperdürren Schimmeln herum und hatte überhaupt keine Idee, wie ich sie dazu bewegen konnte, mir unauffällig zu folgen – null! Was erschwerend hinzukam, war, dass ich nicht den blassesten Schimmer davon hatte, wie ich die armen Tiere von ihrem Zaumzeug und überhaupt von der kompletten Kutsche befreien konnte und …

… ich kürze ab: Ich klaute das ganze Set! Also Pferde inklusive Kutsche. – Was überraschend easy war. Der Residenzplatz füllte sich allmählich doch mit Touris und niemand beachtete mich. Selbst die Fiaker-Kollegen vom Arschloch-Kutscher nicht. Ich saß also auf dem Kutschbock, fand und löste die Handbremse, schüttelte ein bisschen die Zügel hin und her und die echt gut dressierten Pferde setzten sich tatsächlich in Bewegung. Vorbei an der Plauderrunde um Herrn Schmidt, wo ich Zoe per Handzeichen irgendwie klarmachte, dass ich hinter der nächsten Ecke auf sie warten würde. – Was ich dann auch tat. Ich fuhr ungehindert um die nächste Ecke, parkte den geklauten Fiaker nah an der Mauer eines Museums und wartete und wartete und …

… wartete! Eine gute halbe Stunde tat ich das, während hinter mir niemand um die Ecke kam. 12:21 Uhr zeigte meine Smartwatch. Den ICE um 12:25 Uhr konnte ich vergessen. *Dafür stiegen vielleicht genau jetzt Herr Schmidt und Zoe Neufeld in den Zug – gezwungen von Altenpflegerin Koch und Sozpäd Schlüter …*, schweifte ich grad gedanklich ab, da kam mir die Idee, Zoe oder Herrn Schmidt einfach mal anzurufen.

Ich kramte mein Handy aus der Hosentasche, switchte es an, aber da fiel mir Denkgranate ein, dass ich weder von Zoe noch von Herrn Schmidt eine Handynummer hatte. Von dem armen Valentin ganz zu schweigen, der ja vielleicht nicht mal ein Handy hatte und sowieso sehr wahrscheinlich in diesem Moment in einer Arrestzelle auf einer Salzburger Polizeistation saß.

Verdammt einsam fühlte ich mich und plötzlich irgendwie auch ziemlich verloren, allein mit zwei geklauten Pferden in Salzburg. Ich warf noch mal einen Blick über meine Schulter Richtung Ecke Residenzplatz, hinter der nach wie vor niemand zum Vorschein kam, den ich kannte, und …

… da machte mein Handy in der Hand federnde Hüpfgeräusche – mein Kumpel Eric Langenberg rief an.

Und weil es irgendwie auch ein bisschen tröstlich war, mit jemandem zu reden, den ich verdammt gut kannte, nahm ich den Anruf entgegen und sagte etwas albern: »Hallo, Eric *Genious* Langenberg, mein alter Freund.«

Da kam erst nichts und dann aber doch irgendwann: »Hast du was geraucht?«

»Nein, noch nicht. Bin noch beim Gin Tonic. Vitaminfrühstück, weißt du?!«

»Verstehe! Und? Alles klar so weit da in Göttingen?«

»So weit, so gut, ja! Bin jetzt aber in Salzburg und habe soeben zwei Pferde geklaut. Inklusive Kutsche.«

Und jetzt ist die Sache die: Eric Langenberg und ich kennen uns schon so dermaßen lang und gut, dass wir raushören können, ob jetzt einfach nur *Scheiß* oder eben *ohne Scheiß* geredet wird. Vielleicht liegt's am Tonfall. Keine Ahnung. Jedenfalls: Erics Reaktion auf diese Info: »Ohne Scheiß jetzt?!«

»Ohne Scheiß jetzt!«, bestätigte ich.

»Verstehe!«, meinte er und nach einer ganzen Weile hinterher: »Warum?«

»Weil es auf der Liste von dieser Leslie stand, darum!«

»Das klingt logisch!«

»Geht so!«, sagte ich und …

… habe ihn darauf wieder filterlos und vollständig aufgeklärt. Von der Reise nach Salzburg bis eben zu dem Punkt, dass ich im Fluchtmodus mit einem vollständigen Fiaker an einer Museumswand parke und auf die anderen warte, aber anscheinend vergebens.

Wieder ausgiebiges Schweigen in der Leitung Salzburg–Köln und schließlich sagte mein bester Freund Eric Langenberg: »Deine Mutter meint, dass das echt kranker Scheiß ist und dass sie dich eh immer schon ziemlich unheimlich fand. Schon als Baby!«

»Was daran liegt, dass ich nie der Sohn war, für den sie mich hielt. Ich wurde ausgetauscht. – Russischer Geheimdienst, Klonprogramm, Unterwanderung der europäischen Union – das Übliche halt.«

»Krasser Scheiß! Und jetzt?«

»Wie – *und jetzt?*?«

»Was du nun zu tun gedenkst?«

»Ich weiß nicht. Sag du.«

Eric dachte wieder elendig lange nach und antwortete schließlich …

… irgendetwas, was ich nicht mehr verstehen konnte, weil ich just in dem Moment von einer Frau inmitten eines Touri-Quartetts laut und schrill angequatscht wurde: **»Junge! W's köstet die Ründe?«**

Ich zeigte auf mein Handy und erklärte der Frau: »Sorry, ich telefoniere gerade. Außerdem mache ich keine Stadtrundf…«

»Ei verbibbsch! Dö hätt's dör Hörr Kütsch'r wöhl nisch

nötisch, wös!«, sächselte mir einer der beiden Männer in meine Erklärung, was ich hier auch nur schlecht wiedergeben kann, weil ich bei dem sächsischen Gebrabbel nie weiß, welche Umlaute wohin kommen, und wann welche Konsonanten immer so hart verschluckt werden, ist mir auch ein Rätsel.

»Sind das Sachsen?«, hörte ich dann auch Eric nachfragen.

»Yep! Vier Stück!«, antwortete ich und wollte eigentlich auch weiter mit ihm sprechen, da stiegen die vier Sachsen nacheinander in die Kutsche ein.

»Ich ruf dich wieder an!«, habe ich noch zu Eric gesagt, bevor ich die Leitung kappte und zu den ungebetenen Passagieren klar und deutlich sagte: »Würden Sie bitte wieder aussteigen. Ich meine, ich hab ja gesagt, dass ich keine Stadtrundfahrten mache und …«

»Dös is en Fiok'r ünn mir sinn zahlüngswillige Touristn. Ünn keine Disküssiön mehr!«, brabbelte mir der zweite Sachsenmann in meine Erklärung.

Möglich, dass diese Leute es sogar irgendwie gut mit mir meinten oder vielleicht einfach keine Ahnung hatten, dass um die Ecke herum gleich ein ganzes Dutzend Fiaker auf Kundschaft wartete. Ehrlich gesagt, hatte ich aber auch keinen Bock mehr, denen das irgendwie zu erklären, weil sie mich eh ständig unterbrachen, weshalb ich kurz und bündig raushaute: »Runter von meiner Kutsche!«

Da guckten sie mich alle regelrecht perplex an und der eine Sachsenmann wollte sich dann auch schon in Bewegung setzen und wieder aussteigen, da …

… drückte ihn seine sehr wahrscheinliche Partnerin mit ihrer fleischigen Hand auf seiner runden Schulter wieder zurück in den Sitz und keifte mich an: »Sö, Bürschchen. Du mochst jötzt die Stadtründfohrt für üns. Dör Fiokor ist jo frei!«

»Ist er nicht und jetzt verpisst euch, ihr Arschloch-Sachsen!«, hörte ich jemand von vorne sagen. – Zoe! Überrascht drehte ich mich in Fahrtrichtung um und da sah ich die komplette Gang locker auf mich zukommen: Zoe, Valentin, Herr Schmidt und Anton. Warum aus dieser Richtung, völlig unklar. Am Fiaker angekommen strich Herr Schmidt zärtlich über die Mähne von einem der beiden Pferde und Zoe ermahnte er freundlich: »Oh, meine liebe Zoe, sag nicht *Arschloch-Sachsen*. Das klingt so vulgär.«

»Dann nur *Arschlöcher*. – Besser?«

Die Sachsen schwiegen und glotzten.

»Ich fürchte, nein«, lächelte Herr Schmidt und Zoe erklärte ihm: »Man muss solchen Leuten immer klar und deutlich sagen, was man über sie denkt und was man von ihnen will, sonst gehorchen sie nicht.«

»Dös is döch wöhl eine Frächh…«, keifte Sachsenfrau Nummer eins los und da – für mich persönlich verdammt überraschend – knurrte *ich* sie selber an: »Ihr habt die Lady gehört. Verpisst euch oder ich … ähm … ruf die Polizei!«

»Ah – naaa! Des lässt besser bleib'n, mein Freund!«, grinste Valentin vorausschauend, weil: Klar, die Polizei zu rufen wäre so ziemlich das Dämlichste, was ich auf einem geklauten Fiaker überhaupt tun konnte. Aber egal. Die Drohung allein reichte offensichtlich, weil die vier Sachsen einer nach dem anderen wieder aus der Kutsche kletterten und wortlos in Richtung Residenzplatz dackelten. Und bevor ich auch nur eine Frage stellen konnte – wieso, weshalb, warum … –, machten Herr Schmidt, Zoe, Valentin und Anton es sich mit Sack und Pack hinten auf den Lederbänken bequem. Von meinem Kutschbock schaute ich zu und fragte schließlich: »Und jetzt?«

Worauf Herr Schmidt seine rechte Hand hob, sie theaterreif in Fahrtrichtung streckte und sprach: »Auf zu neuen Ufern!«

9

Der letzte ICE Salzburg–Hamburg mit der planmäßigen Abfahrt um 14:05 Uhr schloss zischend die Zugtüren und rollte auf Gleis 3 aus dem Salzburger Hauptbahnhof. … Also sehr wahrscheinlich tat er das, weil hundertprozentig sicher weiß ich es halt auch nicht, da ich zur selben Zeit auf dem Kutschbock eines Fiakers saß und damit entlang der Salzach durch eine krasse Alpenlandschaft kutschierte. – Will sagen: Ich hatte noch einen weiteren Ausflugstag drangehängt. Herrn Schmidt zuliebe. Er hatte mich, Zoe und auch Valentin überredet, ihn auf der nächsten Etappe im Auftrag seiner Leslie zu begleiten.

»Wo soll's denn hingehen?«, fragte Valentin noch und Herr Schmidt sah lächelnd von Leslies Liste auf und antwortete: »Bozen!«

»Südtirol. Leiwand!«, grinste Valentin gut gelaunt.

»Liegt das nicht in Norditalien?«, fragte Zoe nach, Herr Schmidt nickte und ich rollte noch einmal mit den Augen, gab dann aber Eric Langenberg in Köln per WhatsApp Bescheid, dass ich noch eine Alibiverlängerung um einen weiteren Tag brauchte.

Krank!, antwortete er umgehend, was für mich aber hieß, dass ich mich voll und ganz auf ihn verlassen konnte, falls meine Eltern aus irgendwelchen bescheuerten Gründen auf die Idee kommen sollten, ihn anzurufen. – Diese Schwachstelle konnte ich also abhaken. Vorerst jedenfalls! Insgesamt gesehen lief es also für unsere durchgeknallte Schmidt-Gang *extrem leiwand*. – Ich … nein: *Wir* hatten im Teamwork zwei Pferde samt Fiaker geklaut. Diesen Punkt konnte Herr Schmidt also schon mal von Leslies Liste streichen. Und dass diese Aktion am Ende so erstaunlich reibungslos verlaufen war, war im Grunde genommen Antons Verdienst. Wenn er Tobias Schlüter *nicht* in die Wade gebissen hätte, wäre die Sache sehr wahrscheinlich komplett anders ausgegangen. Er hatte Tobias Schlüter aber nun mal in die Wade gebissen, weshalb dem, dort in der Plauderrunde auf dem Residenzplatz, irgendwann das Blut am Hosenbein herunterlief und in seine *verdammte Hipster-Birkenstocksandale* tropfte, wie Zoe mir später genüsslich beschrieb. Das hatte er selbst aber erst gar nicht bemerkt. Die Polizistin war's, die ihn drauf aufmerksam gemacht hatte. Und wie Zoe sehr detailverliebt berichtete, hatte er dann selber sehr langsam an sich hinuntergesehen und dann ist dieses *alte Weichei* bei dem Anblick des eigenen *Sozpäd-Blutes* augenblicklich kreidebleich geworden und buchstäblich aus seinen *Scheißhipsterlatschen* gekippt. Glück für ihn: Nele Koch hat ihn aufgefangen, und Glück für Herrn Schmidt,

Zoe und Valentin: Die Polizistin bestand drauf, dass die Bisswunde umgehend ärztlich behandelt werden müsse. Und so wurde der arme Schlüter, gestützt von den zwei Frauen, zum nächstbesten Hospital geschleppt. Zurück blieben also Herr Schmidt, Zoe, Valentin, Anton, ein Ruhrpott-Mann und: der Kutscher, der sich dann doch irgendwann mal zur Dommauer umgedreht hatte, wo sein Fiaker gewesen war. Weil – ein Plusquamperfekt jagt das gewesene – der Fiaker unlängst gemopst worden war. Kurz und gut: Der Kutscher war natürlich extrem wütend, brüllte den halben Platz zusammen und hatte uns sofort im Verdacht. Schließlich war ja auch *dieser hinterfotzige Jörg* – ich also – spurlos verschwunden. Beweisen konnte er aber nun mal gar nichts, weshalb sich Herr Schmidt, Valentin und Zoe von ihm verabschiedeten und ihn mit dem Ruhrpott-Mann ganz einfach stehen ließen.

»... und da hatte ich aber so ein ganz komisches Gefühl, weißt?«, erklärte Valentin am Ende noch. »Die Nackenhaare stehen mir zu Berge, i drah mi um – und kloar! – der Oide verfolgt uns.«

»Weshalb wir extra in die falsche Richtung spaziert sind und dann solange kreuz und quer durch die Gassen gelatscht, bis der Arsch von Kutscher schließlich aufgegeben hat«, schloss Zoe den Bericht.

»Das war sehr, sehr clever«, lobte ich sie von meinem Kutschbock aus und meinte dann mehr so zu meinem Handy, das mir auf der Karten-App die knallharten Fakten zeigte: »Hm, Bozen also ...«

»Ja, Bozen! Das wird dir gefallen ... *Jörg*«, betonte Herr Schmidt extralustig.

»Herr Schmidt, sagen Sie das bitte nicht. Am Ende frisst der Name sich noch fest«, habe ich ihn gebeten.

»Aber nur, wenn du Armin zu mir sagst«, antwortete Herr Schmidt und dann auch noch mal für Valentin und Zoe: »Das gilt für alle hier.«

»Geht klar … *Crazy-Armin*!«, grinste Zoe.

Ich sagte nichts, weil mir diese erzwungene Duzerei mit Leuten, die gefühlt zweihundert Jahre älter sind als ich, einfach nicht liegt, aber Valentin stimmte ebenfalls zu und schob noch hinterher: »Apropos Namen. Die beiden Pferde brauchen auch noch welche. Irgendwelche Vorschläge?«

… und da gab es auf den nächsten zwei Kilometern Diskussion darüber, wie die beiden Schimmel denn nun heißen sollten. Von *Lolek und Bolek* bis *Hanni und Nanni* war die Rede, aber am Ende setzte sich Herr Schmidt mit seinem Vorschlag durch, weshalb wir die Pferde auf die Namen *Siegfried und Roy* tauften.

Die Namen sagten uns nichts, aber Herr Schmidt klärte uns auf, dass *Siegfried und Roy* Freunde von ihm und Leslie gewesen seien und einst in Las Vegas berühmte Zauberkünstler waren. Mit grandiosen Raubtiernummern mit weißen Tigern.

Womit ich dann aber auch zum soeben erkannten Problem zurückkam, für alle das Handy mit der offenen Karten-App hochhielt und erklärte: »Siegfried und Roy sind der echte Knackpunkt dieser Reise. Ich meine, wir sind jetzt gut eineinhalb Stunden unterwegs und wir haben mit den beiden gerade mal rund zehn Kilometer geschafft.«

»Klingt nach einer Textaufgabe … *Jörg*!«, grinste Zoe, ich atmete einmal entspannt durch und erklärte weiter: »Bozen ist echt weit weg. Laut der Karten-App hier bestimmt noch über dreihundert Kilometer. Will sagen:

Mit Siegfried und Roy bräuchten wir sehr wahrscheinlich Tage.«

»Wir rechnen!«, konnte Zoe nicht aufhören, witzig zu sein. Und dann im Textaufgabenmodus weiter: »Siegfried und Roy benötigen für zehn Kilometer Wegstrecke eineinhalb Stunden. Wie viele Stunden sind es bei der dreißigfachen Strecke?«

»Fünfundvierzig!«, antwortete Valentin wie aus der Pistole geschossen.

»Äh … mindestens«, meinte ich und weiter: »Das kann also echt dauern, weil wir können mit Siegfried und Roy ja nicht einfach so durchfahren. Am Ende brechen die vor Erschöpfung zusammen und dann kommen wir im Leben nicht an.«

»Am Ende wird immer alles gut!«, wischte Herr Schmidt meine Bedenken mit einem Lächeln weg.

»Guata Spruch, Armin! Gfoit ma!«, lobte Valentin Herrn Schmidt und damit war das Thema dann auch vorerst erledigt.

Wir fuhren weiter durch diese extrem schöne Landschaft entlang der unfassbar türkisfarbenen Salzach, als wären wir Hauptmotiv eines wahnsinnig kitschigen Ölgemäldes. Herr Schmidt erzählte uns persönliche Geschichten von Siegfried und Roy. Zoe wurde gefragt, was es jetzt mit dem Kinderheim auf sich hatte, worauf Zoe aber meinte, dass das uns einen echten Scheiß anginge. Valentin zeigte uns Tricks mit verschwindenden Kugeln in der Hand und ich …

… ließ gleich die ganze Salzach im Tal verschwinden. Was natürlich Quatsch ist. Ich hatte mich schlicht verfahren und war sehr wahrscheinlich irgendwo hinter einem Nest namens Kuchl falsch abgebogen.

»Na leiwand, *Jörg*. Und was gedenkst du nun zu tun, *Jörg*?«, witzelte Valentin.

»*Jörg* fährt weiter!«, antwortete Zoe für mich. »Schon allein wegen diesem heißen Scheiß hier mit all den Bergen und der Natur. Oder was meinst du, Captain Schmidt?«

Captain Schmidt drehte sich nachdenklich nach hinten um, dann wieder nach vorn und antwortete schließlich: »Alle Wege führen nach Bozen! *Jörg* soll weiterfahren.«

»Henk!«, korrigierte ich alle miteinander und: »Geht klar!«, grinste ich aber auch noch hinterher und gab Siegfried und Roy mit wackelnden Zügeln Zeichen, dass es schön gemütlich immer so weitergehen sollte, bis wir in Bozen sind. Wie ich mit einem kompletten Fiaker und zwei ausgewachsenen Pferden auf einem schmalen Feldweg hätte wenden sollen, hätte ich eh nicht gewusst, wie das gehen soll.

Und so ließen wir uns alle immer weiter durchs Ölgemälde treiben, bis irgendwann rechts des Weges wieder ein glasklarer Bach auftauchte.

»Ist das wieder die Salzach, *Kutscher Jörg*?«, wollte Valentin wissen und ich darauf: »Könnte, muss nicht!«

»Panta rhei«, sprach Herr Schmidt.

»Gesundheit!«, antwortete Zoe.

»Meint?«, fragte ich nach und Herr Schmidt erklärte: »Es ist Griechisch und bedeutet *Alles fließt*. Ein Aphorismus, verstehst du?«

»Nein!«

Zoe aber spulte ganz erstaunlicherweise ab: »Ein Aphorismus ist ein selbstständiger einzelner Gedanke, Urteil oder Lebensweisheit. Das kannst du dir aussuchen ... *Jörg*.«

Ich applaudierte ihr zeitlupenartig und Herr Schmidt

vergab ein »Sehr gut!« und ergänzte: »Ein Aphorismus! Dieser hier geht auf den Philosophen Heraklit zurück. *Alles fließt.*«

»Meint???«

»Meint nach Heraklits Flusslehre, dass, wer in denselben Fluss steigt, dem fließt anderes und wieder anderes Wasser zu. Anders: Man kann nicht zweimal in denselben Fluss steigen.«

Ich drehte mich von meinem Kutschbock nach hinten zu Herrn Schmidt um und fragte ihn: »Wir können also tun und lassen, was wir wollen, weil sich eh alles ständig und immer verändert?«

Und er darauf so verschmitzt: »Könnte, muss nicht!«

»… was im Grunde auch ein sehr krasser Aphorismus ist, je länger ich darüber nachdenke, *Jörg*!«, grinste Zoe und ich ganz erstaunt zurück: »*Du* kannst denken?«

Da lachte sie und boxte mir liebevoll in die Seite. Anton kläffte schwanzwedelnd, was dann wohl hieß, dass ihm das irgendwie gefiel, wenn der Kutscher vermöbelt wird. Möglich aber auch, dass er einfach nur damit sagen wollte: »Sonne, Berge und ein Fluss, der aus krassen Gründen nie derselbe ist. – Was ist das hier nur für ein abgefahrener Trip?!«

… und recht hatte er, der Anton! Siegfried und Roy zogen uns von Wiesen und Feldern durch bemooste Wälder, durch deren Baumkronen goldene Sonnenstrahlen fielen, die wiederum Schmetterlingsschwärme zum Leuchten und den rauschenden Bach an unserer Seite zum Funkeln brachten.

»*Auenland* – nichts dagegen!«, seufzte ich während einer Pause im Gras liegend in den Himmel.

»Wir, die smarten Gefährten. Ohne Ring und Stress, aber mit unserm Armin als Gandalf«, grinste Zoe neben mir.

»Sehr leiwand!«, befand auch Valentin, der ein paar Meter weiter auf der Blumenwiese wilde Sommeräpfel jonglierte.

»Yep!«, bestätigte ich. »Am Anfang wird Sauron erledigt und die restlichen tausendzweihundertdreiundneunzig Seiten darf gechillt werden.«

Herr Schmidt fütterte Siegfried und Roy mit weiteren Äpfeln und lächelte: »Und Saurons *Sklaven* haben wir auch befreit. Das Bild würde Leslie sehr gefallen.«

»Was war Leslie eigentlich für ein Mensch?«, fragte Valentin nach.

»Leslie? Was für ein Mensch?«, wiederholte Herr Schmidt. Er sah nachdenklich in den Himmel, dann strahlte er Valentin an und antwortete: »Der schönste! – Mein Leben, mein Licht!«

Da war Stille, weil – meine Herrn – Herr Schmidt konnte einen echt fertigmachen mit solchen Antworten. Weshalb Zoe ihn dann auch ermahnte: »Hach, Scheiße, Herr Schmidt, lass das!« Eine Träne kullerte ihr aus dem rechten Auge, die sie schnell und unauffällig wegwischen wollte. Jedoch: Zu spät …

»Sag mal, heulst du?«, fragte ich nämlich gnadenlos nach.

»Natürlich nicht, du *sicker Jörg*!«, knurrte sie mich extrafinster an und …

… wischte sich die zarte Tränenbahn von der Wange.

Siegfried und Roy waren satt und ausgeruht, alle saßen wieder in der Kutsche und ich gab den beiden sanfte Zügelzeichen, dass es weiterging Richtung Bozen. Allein: Bozen lag auch am frühen Abend noch in weiter Ferne. 291 Kilometer, um genau zu sein.

»Wir sind, glaube ich, zu weit nach links gefahren«, informierte ich *die Schmidt-Gefährten*, als wir nach langer Fahrt durch einen Wald wieder in ein kleines, idyllisches Tal fuhren, in dessen Mitte so märklinhaft ein kleiner Bauernhof lag.

»Von wo aus gesehen links?«, wollte Valentin wissen.

»Von Salzburg aus«, antwortete ich und deutete mit meinem Finger auf die Karten-App meines Handys.

»Zu weit westlich also«, meinte Zoe.

»Das andere *Links*. Von Salzburg aus gesehen«, korrigierte ich sie und drehte auch noch mal mein Handy für sie um, damit sie verstand, was ich meinte.

»Östlich also«, sagte Valentin.

»Ja, genau. Östlich. Meine ich ja. Hab ich ja auch gesagt. Einfach mal zuhören, du irrfahrender Jörg«, legte Zoe nach.

Herr Schmidt warf ebenfalls einen flüchtigen Blick auf mein Handy und meinte schließlich: »Dann sollten wir vielleicht doch allmählich ein Lager aufschlagen. Siegfried und Roy sind genug gelaufen.«

»Naaa, hier wird gar nichts aufgeschlagen!«, sagte plötzlich eine tiefe Männerstimme von dem Hang her, an dessen Fußende ich den Fiaker geparkt hatte. Ein Bauer um die dreißig oder vierzig Jahre alt. Schwer zu sagen bei dem Rauschebart im Gesicht und der Löwenmähne auf dem Kopf. Mit einer Sense in der rechten Hand stand er da auf der Wiese über uns. Und gut möglich, dass Zoe prophylaktisch ihre verbalen Geschosse abfeuern wollte, aber da sagte der Mann auch schon mit entwaffnendem Lächeln: »Deppert seid's. Mit einem Fiaker nach Bozen.

Ihr kommt jetzt erst mal mit zu uns. Die Pferde da brauchen frisches Wasser und, wie's ausschaut, auch dringend was zu futtern.«

Ferdi hieß der Mann und seine Partnerin Rosa. Den beiden gehörte der kleine *Märklin*-Biobauernhof und sie waren die besten Gastgeber der kompletten Alpen. Weil nicht nur Siegfried und Roy brauchten dringend was zu futtern, sondern auch wir. Nachdem Ferdi die Pferde in einem Stall abgezäumt und ihnen Hafer in einen Trog geschüttet hatte, zeigte er Zoe und mir noch, wie man sie ordentlich striegelt. Dann führten wir die beiden Schimmel auf eine Koppel, wo sie in der sanften Abendsonne irgendwie den Eindruck machten, dass sie ihr Glück nicht fassen konnten. Der gute alte Siegfried machte wiehernd ein paar halbe Bocksprünge und Roy wälzte sich genüsslich im Gras. – Vom Gatter aus schauten Zoe und ich den beiden noch eine Weile zu, nachdem Ferdi zurück ins Haus gegangen ist.

»Pferd müsste man sein«, seufzte Zoe entspannt.

»Wünsch dir das nicht, Zoe Neufeld. Womöglich wirst du im nächsten Leben eins, dann musst du Leute wie mich auf deinem Rücken tragen«, warnte ich sie.

»Gar nichts muss ich. Leute wie dich werde ich abwerfen und so lange auf ihnen rumtrampeln, bis sie bitterlich weinen und sich reumütig für ihr perverses Verhalten entschuldigen.«

»Autsch!«, jammerte ich gespielt und behielt für mich, dass dies der beste Moment war, seitdem ich zum letzten Mal mit Eric Langenberg in Köln auf der Deutzer Brücke gestanden hatte – am Tag vor meiner Abreise nach Schneverdingen. Ein lauer Sommerabend war's, wir schauten den großen Frachtkähnen auf dem Rhein hinterher, bis ich schließlich sagte: »Schätze, dass ich dir stark fehlen werde.«

Worauf er meinte: »Einen Scheiß wirst du mir. Ich werde auf den Kölner Dom steigen und den Bürgern dieser Stadt zurufen: **»Hosanna! *ES* ist weg! Ihr könnt wieder rauskommen!«**

Und ich darauf: »Sobald wir die Stadtgrenze erreicht haben werden, werde ich dich komplett vergessen haben.«

Und er darauf wieder irgendwas, bis es dann wirklich Zeit für mich war zu gehen.

»Mach et jut, *du KID*!«, sagte er noch.

»Mach selber … *Arsch*!«, sagte ich liebevoll, haute ihm zum Abschied kräftig auf den Rücken und ging weg.

»Was ist so lustig?«, holte Zoe mich aus meinen Gedanken.

»Äh … nicht so wichtig!«, grinste ich immer noch und dann rief Valentin uns von der Haustür zu, dass wir zum Abendbrot reinkommen sollten. Was wir dann auch sofort taten, weil wir wirklich großen Hunger hatten.

Als wir die gemütliche Stube betraten, kam ich mir vor wie in einem Heimatfilm. Die niedrige Decke mit den gewölbten Querbalken, der knarrende Dielenboden, und in der einen Ecke links war ein bullernder Kachelofen, vor dem es sich Anton auf einer Decke gemütlich gemacht hatte, die er sich sehr entspannt mit einer schwarz-weiß gefleckten Katze namens Odysseus teilte. Und in der gegenüberliegenden Ecke saßen Herr Schmidt, Valentin, der Bauer Ferdi mit Bauersfrau Rosa. Und die schien gerade etwas angespannt zu sein …

»Willst du mich beleidigen, Armin?«, fragte die nämlich grad Herrn Schmidt ziemlich streng, als Zoe und ich dazukamen.

»Alles in Ordnung hier?«, fragte Zoe gleich misstrauisch nach.

»Oh nein, meine Liebe! Nichts ist in Ordnung!«, seufzte Herr Schmidt und erklärte mit gespielter Empörung: »Dieses Frauenzimmer hier weigert sich, Geld von mir anzunehmen.«

Worauf er seine fünfzig Euro wieder zurück in sein Portemonnaie steckte und ich zu ihm sagte: »Herr Schmidt, Sie können nicht alle Menschen kaufen.«

»Wir waren beim *Du*, **Jörg**! Und ich wollte den beiden Herrschaften hier lediglich Geld für die freundliche Bewirtung geben.«

»… was die Herrschaften freundlich ablehnen. Was wären wir sonst für Gastgeber?«, erklärte Ferdi mit einem Lächeln und schnitt mit seinem kernigen Taschenmesser hauchdünne Scheiben von dem duftenden Schinken.

Valentin rückte für Zoe und mich weiter in die Eckbank und Rosa schenkte uns aus einem Tonkrug selbst gemachten Apfelsaft ein.

Und nach hausgemachtem Käse zum frisch gebackenen Brot wurde uns ein selbst gebrannter Pflaumenschnaps kredenzt, den aber nur Rosa, Herr Schmidt und Valentin tranken. – Insgesamt gesehen war es einfach ein verdammt harmonisch schöner Abend in kachelofenwarmer Atmosphäre. Rosa und Ferdi erzählten, wie sie sich vor einigen Jahren dazu entschlossen hatten, ihre sicheren Agentur-Jobs aufzugeben, um von ihrem Ersparten dieses alte Gehöft zu kaufen und es wieder auf Vordermann zu bringen.

»Und was treibt euch um?«, fragte uns Rosa schließlich und Ferdi grinsend hinterher: »Und warum wollt's ihr mit einem geklauten Fiaker bis nach Bozen?«

Da war die *Schmidt-Gang* erstens ziemlich überrascht und, zweitens, auch mächtig sprachlos, weil dass wir so leicht als Pferdediebe zu durchschauen waren, damit hatten wir nun mal nicht gerechnet.

Schließlich erklärte Zoe aber: »Nicht geklaut, wir haben Siegfried und Roy gerettet!«

»So ist es, meine Liebe!«, hatte dann Herr Schmidt lächelnd bestätigt und ich selber habe Ferdi und Rosa nicht ohne Stolz gestanden, dass *ich* es war, der diesem unsympathisch groben Kutscher-Klotz den Fiaker entwendet hat.

»Großartig!«, lobte Rosa mich und Valentin erzählte den beiden schließlich auch noch von dieser mysteriösen Liste, die Herr Schmidt für seine verstorbene große Liebe Leslie Punkt für Punkt abhakt, und dass dieser Umstand uns alle nun nach Bozen führt.

»Ach …«, meinte Ferdi zunächst gerührt, dann aber gefestigt weiter: »… wie schön! Wirklich! Aber, lieber Armin, bis Bozen? Über die Alpen? Mit den beiden Pferden vorm Fiaker? Niemals! Das packen sie nicht.«

Herr Schmidt sah Ferdi nachdenklich an, lächelte schließlich sein Schmidt-Lächeln und verkündete: »Das macht gar nichts. Dann schenken wir euch Siegfried und Roy und gehen zu Fuß über die Alpen.«

Worauf Valentin in seinen zweiten oder dritten Pflaumenschnaps prustete, Zoe ein sehr bescheuertes Gesicht mit hochgezogener Oberlippe machte und ich selber fragte: »What?«

»Wir wandern!«, strahlte Herr Schmidt uns irre an.

Da wusste ich jetzt wirklich nicht, wie ich darauf reagieren sollte, weil klar war für mich und sehr wahrscheinlich auch für Zoe und Valentin: 291 ganze Kilometer durch die steilen Alpen latschen? No way! Die Mission war für mich jedenfalls exakt hier an diesem Punkt beendet und morgen würden sich unsere Wege trennen.

Still war's auf einmal. Nur Rosa und Ferdi tuschelten irgendwas, nickten sich zu und sie sagte schließlich: »Weißt du was, Armin? Wir nehmen die Pferde. Aber nur mit Gegenleistung!«

Rosa zwinkerte ihrem Ferdi einmal zu, Ferdi nickte, Herr Schmidt wollte schon wieder sein Portemonnaie aus der Gesäßtasche zücken und da erklärte Rosa aber zu Ende: »Wir fahren euch mit dem Bulli nach Bozen.«

10

Bozen! Oder *Bolzano*, wie die Italiener sagen. Man darf, glaube ich, beides sagen, weil die Leute hier in Südtirol sind zweisprachig unterwegs. Mindestens zweisprachig, weil unser City-Guide Armin Schmidt klärte uns auf, dass es nämlich noch eine weitere sehr alte Sprache gibt, die aber nicht mehr ganz so verbreitet ist wie Deutsch oder Italienisch und …

… sagen wollte ich: Bozen! Was für eine schöne alte Stadt! Rosa und Ferdi setzten uns nach einer vierstündigen Bulli-Tour über die sehr genialen Alpen direkt im City-Zentrum an einem Platz ab, der nach einem Minnesänger benannt wurde. *Walther von der Vogelweide* hieß der und soll hier ganz in der Nähe im Mittelalter geboren worden sein. Was aber Quatsch ist, sagt Herr Schmidt.

»Sag das mal den Bozenern. Dann freuen sie sich!«, meinte Zoe zu Herrn Schmidt, als wir vier zusammen mit Anton vor der Statue des guten alten Poeten standen.

»Später, wenn wir hier in Bozen fertig sind«, lächelte er verschmitzt.

»Worum geht's denn? Also was steht auf dem Zettel?«, habe ich nachgefragt und Valentin tippte auf: »Den Ötzi stasen!«

»Was?«, fragte ich.

»Wen?«, fragte Zoe.

»Stasen! *Stehlen!* Den Ötzi halt!«, antwortete Valentin, als wäre es das Selbstverständlichste der Welt, dass man den kennen müsste. – Kannten wir aber nicht. Also Zoe und ich nicht. Herr Schmidt natürlich schon, und der klärte uns auf, dass es sich bei Ötzi um eine Gletschermumie aus der Steinzeit handle, die man eben im Ötztal gefunden hatte. Daher der extrem originelle Name. Kurz und gut: Der Gletschermann wurde nach Bozen gebracht und dort in das archäologische Museum gesteckt. In einen Kühlraum wie beim Metzger, damit er nicht vergammelt.

»Pferde *stasen* geht okay, tote Menschen, eher nein! Da bin ich draußen«, machte Zoe klar, ich nickte, Valentin zuckte die Schultern und Herr Schmidt zückte den Briefumschlag mit Leslies Liste aus der Innentasche seines Jacketts, deutete mit dem Zeigefinger auf den Kuvert-Inhalt und verkündete feierlich: »Shoppen!«

Etwas irritiert schauten wir Herrn Schmidt an, weshalb der etwas ausführlicher erklärte: »Shoppen! Leslie will, dass ich shoppen gehe! Hier in Bozen.«

»Shoppen! Ja, macht Sinn. Bin wieder drin!«, meinte Zoe.

»Sehr schön, Fräulein Neufeld!«, freute sich Herr Schmidt.

»Sag noch einmal *Fräulein* zu mir und du findest dich gleich in der Kühltruhe von Ötzi wieder«, warnte Zoe ihn.

Herr Schmidt gackerte und Valentin lächelte: »Ah, geeeeeh, Zoe, entspann dich bitte. Es ist die höfliche Floskel aus einer fernen Zeit.«

»Steinzeit!«, knurrte Zoe und boxte Valentin liebevoll auf die Brust.

»Shoppen also!«, kam ich noch mal auf das Grundthema, den Anlass der Bozen-Reise, zu sprechen. … sehr crazy!

»Ja, shoppen, Herr Timmermann«, bestätigte der alte Mann.

»Hm, weiß nicht, Herr Schmidt. Ich meine, es ist doch Ihr Ding, Ihre Liste. Das ist doch für alle total nervig, wenn wir Ihnen hinterhergehen und Ihnen beim Shoppen zusehen. Da hat ja keiner was von.«

»Ganz genau, Jörg!«, meinte Zoe.

»Sag noch einmal *Jörg* zu mir und …«

»Jörg!«

»Jörg hat recht!«, lächelte Herr Schmidt. »Vorschlag: *Jeder* von uns hat Leslies Aufgabe zu lösen! Wir trennen uns und in, sagen wir, zwei Stunden treffen wir uns genau hier wieder. In Ordnung?«

Ja, das war natürlich in Ordnung für uns. Obwohl ich persönlich mit der Idee jetzt mal so gar nichts anfangen konnte. Ich hatte schlicht keinen Bock, durch Bozen zu latschen, um nach irgendwas zu suchen, was ich eh nicht brauchte. Praktisch gesehen: Ich hasste *Shoppen*! Immer schon. Ganz anders als beispielsweise Eric, der mich vor ein paar Wochen noch zu einer Tagestour nach Roermond überredet hatte – einem Ort in Holland, direkt hinter der Grenze. Was ich nicht wusste, aber er ganz klar: In Roermond befindet sich das größte Factory-Outlet-Center in Nordeuropa. Groß wie ein Dorf. Ein Mekka für Markenfetischisten wie Eric. Eine überfüllte Schnäppchenjäger-Hölle für mich. Einen verdammten Tag lang waren wir da. Und am Ende habe ich Eric Langenberg sogar noch geholfen, die Hälfte seiner 53 prall gefüllten Einkaufstaschen zu tragen, weil ich persönlich hatte nur ein Paar Joggingsocken gekauft. – Anderes Thema.

Thema hier: Shoppen in Bozen! *Die Gefährten trennten sich.* Zoe bot Herrn Schmidt an, sich um Anton zu kümmern, und ich wiederum bot Zoe und Herrn Schmidt an, auf ihr Gepäck aufzupassen, weil ich eh nicht vorhatte, die ganz große Shoppingtour zu machen. Was großzügig von mir war! *Verdammt* großzügig, wie ich wenig später feststellen musste, als ich am Fuße der Dichterstatue allein zurückblieb. Es war mittlerweile irgendwas um vierzehn Uhr und der Platz heizte sich immer weiter auf, als würde jemand einen sehr großen Föhn draufhalten. Heiß war's also und ich musste in den Schatten. Ich schulterte Zoes riesigen Backpacker, stemmte den steinschweren Koffer vom Schmidt und quälte mich vom großen Platz in die schattigeren Einkaufspassagen von Bozen. Vorteil: Meine eigene Sporttasche wog im Vergleich zu Rucksack und Lederkoffer quasi nichts. Aber – Überraschung – mir wurde im selben Moment der Nachteil daran bewusst. Meine Sporttasche war leer. Also *fast* leer. Zahnbürste, ein Paar Socken und eine Unterhose zum Wechseln – wie gehabt … aber inzwischen auch schon mal gewechselt. Was ich also dringend brauchte, war in erster Linie Unterwäsche, und ein zweites Paar Socken konnte auch nicht schaden. Schwer bepackt tauchte ich also ebenfalls in den Strom von konsumsüchtigen Kaufrausch-Junkies und …

… zwei Stunden später stand ich wieder am Denkmal vom Reimefürst Walther und da hatte ich das starke Bedürfnis, die Shopping-Queen Eric Langenberg anzurufen. Diesmal aber nicht aus Verzweiflung. Ganz im Gegenteil …

»Frag mich, was ich an einem Sonntagnachmittag in Bozen gemacht habe!«, forderte ich Eric auf, nachdem er endlich ans Telefon gegangen war.

»Warum sollte ich dich fr…«

»Frag einfach!«

»… also guuut!«, schnaufte er ins Handy und leierte schließlich runter: »Was hast du an einem Sonntagnachmit…«

»… ich war shoppen!«, preschte ich ihm triumphierend dazwischen.

»Aha!?«, machte er so gespielt unbeeindruckt und fragte extragelangweilt hinterher: »Und? Wieder ein Paar Socken gekauft?«

Worauf ich wie auf Koks meine komplette Shopping-Ausbeute aufzählte. Gleich ein 5er-Pack Socken hatte ich geschossen, außerdem ein 10er-Pack Unterhosen, dann eine Trinkflasche aus Stahl, zwei Taschenlampen, ein Paar orangefarbene Shorts, ein 3er-Pack T-Shirts, ein Paar Adidas-Schlappen und schließlich noch ein Klappmesser für den geräucherten Schinken, den ich ebenfalls gekauft hatte.

Schweigen in der Leitung. Dann: »Was willst du mit zwei Taschenlampen?«

»**Pah!** Die waren im Angebot! Zwei Taschenlampen für den Preis von einer!«, haute ich raus.

»Du bist irre!«, stellte er fest.

»Du bist neidisch!«, machte ich klar.

»Blödsinn!«, stritt er ab.

»Die Shopping-Queen bin ich!«, krönte ich mich selbst.

»Aha? *Shopping-Queen Jörg, die Erste?!*«, quatschte mir von hinten jemand ins Telefonat. – Zoe, die mit Anton soeben eingetroffen war.

»Wer war das?«, wollte Eric wissen.

»*Fräulein* Neufeld!«, antwortete ich ihm … mit einem dumpfen Stöhnlaut hinterher, den man macht, wenn einem eine Faust in die Seite gerammt wird.

»Die Depri-Tante?«, fragte Eric nach.

Und ich noch schmerzgedämpft: »Von *depri* war nie die Rede. Ich habe *finster* gesagt.«

»Mit wem quatschst du da?«, wollte Zoe von mir wissen.

»Mit einem Freund aus Köln«, antwortete ich.

»Bekannter!«, korrigierte Eric mich mit betont nasaler Stimme.

»Sag ihm, dass ich ihm persönlich zeige, wie *depri* geht. Erst ziehe ich ihm seine kleinen Knicker lang, dann …«

»Ich meld mich!«, bremste ich sie aus und kappte die Leitung nach Köln.

Kurz darauf trudelten auch schon Valentin und Herr Schmidt ein und wir alle präsentierten uns gegenseitig unsere Shopping-Ausbeute.

»Was willst du mit zwei Taschenlampen?«, fragte Valentin dann auch noch mal, der, wie Zoe, Herr Schmidt und selbst Anton, irgendwie mit schiefem Blick in meine Sporttasche glotzte.

»Zwei für eine!«, verkürzte ich und fragte Valentin, was er denn alles eingekauft hätte.

»Gekauft? Sagen wir: Es flog mir zu und es brauchte mich!«, erklärte er und streckte uns allen nach einer schwungvollen Pirouette seinen rechten Fuß entgegen, der in einem purpur-leuchtenden Schuh steckte.

»LED-Schuhe! Cool«, lobte Zoe Valentin etwas zu tonlos.

»Für mich wär das ja nichts!«, sagte aber Herr Schmidt ganz ungefiltert. Was Zoe auf ihrer Tour gekauft hat, war ziemlich offensichtlich, weil der schwarze, bodenlange Staubmantel, den sie jetzt trug, war einfach nicht zu übersehen.

Liebevoll strich sie über den gewachsten Stoff und antwortete für ihre Verhältnisse fast zärtlich: »Es war Bestimmung, höhere Gewalt … Schicksal!«

»Teuer?«, fragte ich.

»Weiß nicht!«, antwortete sie, und bevor überhaupt jemand nachhaken konnte, machte sie ganz stolz auf Anton aufmerksam.

»Oh, ein schwarzes Halstuch! Wie hübsch!«, freute sich Herr Schmidt über Antons Errungenschaft.

»… mit weißen Totenköpfen darauf! Wie niedlich!«, seufzte Valentin und Zoe glücklich: »Nicht wahr?!?«

»Echter Killer halt!«, grinste ich und dann präsentierte uns zu guter Letzt Herr Schmidt seine Errungenschaft.

»Was meint ihr? Ob ich damit diesen Part auf Leslies Liste abhaken kann?«

»Auf jeden!«, antwortete Zoe, als Herr Schmidt auf die Wanderschuhe zeigte, die er ebenfalls schon anhatte.

»Original *Trenker*-Schuhe!«, flüsterte Herr Schmidt ehrfürchtig.

»Luis Trenker, die oide Bergsteigerlegende aus den Schwarz-Weiß-Filmen? Leiwand! Die Schuach müssen ein Vermögen gekostet haben«, hauchte Valentin.

»Ja und nein!«

»Wie – *ja und nein!?*«, habe ich nachgehakt, obwohl mir die Antwort eigentlich schon klar war. – Der Verkaufspreis der Original-Trenker-Wanderschuhe lag bei 469,00 Euronen, die Herr Schmidt aber einfach nicht gezahlt hat. Er hat sich die Schuhe im Laden angezogen und ist damit einfach rausspaziert. *Versehentlich!*, wie er echt dreist behauptete.

»Na, so ein Zufall. Genau dasselbe ist mir auch passiert«, erklärte Valentin ganz erstaunt.

Zoe sagte nichts, weil allen klar war, dass auch sie den Mantel hatte mitgehen lassen.

»Na großartig! Ich bin mit einer Reisegruppe von Kleptomanen unterwegs«, stöhnte ich.

»Das kann man *sooo* nicht sagen … Jörg!«, widersprach Zoe. »Es ist nur *ein* Mantel und Antons Halstuch habe ich bezahlt.«

»Ich denke auch, dass du das ein klein wenig zu verkniffen siehst«, meinte Herr Schmidt.

»Regelrecht spießig!«, ergänzte Valentin und …

… da nahm ich eine kleine Gruppe von Leuten wahr, die aus Richtung der Einkaufsstraße auf uns zumarschierte. An ihrer Spitze war eine kleine, drahtige Frau mit Namensschild am Revers. Und die streckte plötzlich ihren Arm exakt in unsere Richtung aus und teilte mit ernster Miene dem Trupp etwas mit.

»Freunde! Da kommt was auf uns zu!«, warnte ich meine Kleptomanen-Gang.

Zoe, Valentin, Herr Schmidt und selbst Anton drehten sich zu der Gruppe um und alle miteinander wussten, wie verkniffen und spießig es gleich werden würde, wenn nicht noch ein Wunder geschähe. Die Meute kam näher und näher, hatte schließlich das Denkmal erreicht, umringte uns und …

… dann riss die kleine drahtige Frau, auf deren Namensschild einfach nur *Brigitte* stand, einen kleinen bunten Kinder-Sonnenschirm hoch und verkündete: »Walther von der Vogelweide! Spruchdichter und Minnesänger! Geboren 1170 in Lajen im Eisacktal und …«

… so weiter und so fort. Die Frau war einfach nur eine Stadtführerin und ihr Tross bestand aus harmlosen Touristen, die Bozen kennenlernen wollten. Entspanntes Aufatmen in unserer Runde. Und so quatschte Herr Schmidt der kleinen, strengen Frau auch einfach fröhlich ins Wort und sagte: »Das ist ein Trugschluss, liebe … Brigitte! Vogelweides wahrscheinlicher Geburtsort liegt in Niederösterreich, also im Osten des Landes, nicht in Südtirol!«

Brigitte verstummte und fixierte Herrn Schmidt mit versteinerter Miene.

»Alter Finne! Er hat es tatsächlich getan! Er hat den *Bozis* ihren Walther genommen! Hut ab, Schmiddi!«, strahlte Zoe.

Da sah man richtig, wie Brigitte so *reload-technisch* wieder hochfuhr, ihren kleinen bunten Schirm wie Thors Hammer drohend in Herrn Schmidts Richtung schwenkte und …

… was sie dann hätte sagen wollen, das sollten wir wohl nie erfahren, weil Anton hatte die Gestik der aufgebrachten Stadtführerin total fehlinterpretiert und schoss knurrend auf sie zu. Laut kreischend fuhr Brigitte herum, schleuderte dabei Thors Hammer-Schirmchen gegen die Gesichter mehrerer Teilnehmer der Stadtführung, von denen einige ebenfalls aufschrien, zurücksprangen und weitere Touris hinter sich zu Fall brachten. – *Dominoeffekt am Waltherplatz.*

»Hach, das ist mir aber jetzt sehr unangenehm!«, sagte Herr Schmidt zu der kleinen Frau, deren Gekreische in Schimpftiraden übergegangen war. Inhalt: Unklar! Fakt war: Die Lady war echt sauer. »Wenn das dein Köter ist, dann wird dich das teuer zu stehen kommen, du …!«

Herr Schmidt zog die Augenbraue hoch und Zoe Neufeld baute sich vor der kleinen Frau auf und sprach: »Hör zu, du Brigittenzwerg! Wenn hier einer Herrn Schmidt duzen und beleidigen darf, dann bin ich das, klar?! Und jetzt mach dich vom Acker, bevor ich richtig sauer werde.«

Da war Brigitte doch tatsächlich sprachlos und schaute sich hilfesuchend nach ihrem Touri-Trupp um. Der war aber von rund fünfzehn Personen auf eine schwangere Frau mit Kind an der Hand zusammengeschrumpft. Die übrigen dreizehn hatten die Gelegenheit genutzt, um in den Einkaufsstraßen der Stadt zu verschwinden.

Und weil da mindestens ein Fragezeichen greifbar über der Stadtführerin aufploppte, sagte das Kind an der Hand von der schwangeren Frau: »Die sind weg, weil du so unsympathisch bist.«

»Pass auf, was du sagst, du verzogenes, dummes Kind!«, keifte Brigitte zurück.

»Nicht in diesem Ton! Verstanden?«, knurrte die Mutter sie an.

Worauf Brigitte kurz überlegte, sich ein gekünsteltes Lächeln ins Gesicht tackerte und in einem Tonfall, der Liebenswürdigkeit simulierte, sagte: »Ja, natürlich! Verstanden! Könnten Sie vielleicht noch kurz hierbleiben. Ich brauche Sie gegebenenfalls als Zeugin!«

»Zeugin für was?«, fragte die Mutter der Kleinen.

»Na, als Zeugin der Hundeattacke auf mich. Der Drecksköter da hat mich angefallen!«

Aber die Mutter lächelte uns freundlich zu, bevor sie mit düsterer Miene Stadtführerin Brigitte erklärte: »Erstens: Ich weiß nicht, welchen *Drecksköter* Sie meinen! Zweitens: Der Herr hat recht! Walther von der Vogelweide stammt aus Niederösterreich! Ich sollte es wissen. Ich bin dort aufgewachsen!«

Dann drehte sie sich mit ihrem Mädchen um und ließ die Brigitte maximal sprachlos stehen.

»Leute! Wie sieht's aus? Abflug?«, fragte Zoe.

Alle nickten, Herr Schmidt verabschiedete sich dann aber tatsächlich noch mal höflich von dem verstummten Giftzwerg und wir alle machten uns auf den Weg Richtung Bahnhof.

Der Fahrer des Shuttlebusses fuhr wie der letzte Henker. Ungebremst ballerte er um die Kurven, deren Straßenränder senkrecht in den sicheren Tod abfielen. Röntgenaugen hätte er haben müssen, um überhaupt ansatzweise wissen zu können, ob hinter der nächsten Steilwand ebenso kamikazemäßiger Gegenverkehr auf uns zuschoss. Hatte er nicht! Wusste er nicht!

Dass ich überhaupt in einen Shuttlebus gestiegen bin

und nicht in den nächsten Zug Richtung Deutschland – also grobe Richtung Schneverdingen –, daran ist Herr Schmidt schuld. Überredet hatte er mich, mitzukommen. Genauer: *Uns* hatte er überredet. Zoe, Valentin und mich – schon wieder. Für eine weitere Etappe, die der alte Mann für seine Leslie ansteuerte. Also *ansteuern ließ* mittels todessüchtigem Shuttlebusfahrer. *Völs am Schlern* hieß das nächste Ziel …

… wenn wir dieses überhaupt jemals lebend erreichen würden!

»Angst?«, fragte Valentin, der neben mir saß und wohl bemerkte, wie ich meine feuchten Hände in den Sitz krallte, nachdem Mister Helldriver zum wiederholten Male einem entgegenkommenden Fahrzeug im allerletzten Moment ausgewichen war … ohne zu bremsen, versteht sich.

Da guckte ich ihn verständnislos an, als hätte er mich gerade gefragt, ob die Erde wirklich rund ist. Natürlich hatte ich Angst! Und es war mir nicht klar, wie man während dieses Höllentrips derart entspannt ein Buch lesen konnte, wie Valentin es gerade tat – oder locker zu plaudern, wie Zoe und Herr Schmidt auf der rechten Sitzreihenseite im Shuttle des Todes, das war mir ebenfalls ein Rätsel.

»Anton, wir müssen reden!«, meinte Herr Schmidt zu seinem Hund, der neben ihm auf dem Schoß von Zoe saß. Und der reckte seinen Kopf mit halb aufgestellten Schlappohren und guckte den Schmidt so niedlich schief an, als wäre er einem Disney-Film entsprungen.

»Du darfst die Menschen nicht immer gleich anknurren. Von *Beißen* ganz zu schweigen!«, ermahnte er ihn, worauf Zoe widersprach: »Anton hat alles richtig gemacht! Du siehst ja, wie die Leute sind. Bescheuert sind sie und aggressiv.«

»Ach, Zoe! Gewalt ist keine Lösung. Glaub mir! Man muss mit den Leuten reden. *Reden* ist wichtig!«

»Ja, okay! Kann man machen, Schmiddi. Allerdings habe ich die Erfahrung gemacht, dass es noch nie geschadet hat, den Pissbirnen dieser Welt prophylaktisch erst mal eine zu zimmern. Verbal oder gleich physisch. Wenn dann noch Gesprächsbedarf ist – *gerne*!«

Herr Schmidt dachte mit Finger am Kinn nach und sagte dann: »Weißt du, hitzige Zoe, es war Willy Brandt, der mir mal gesagt hat …«

… und was *der* nun wiederum zum Themenkomplex *Gewalt ist keine Lösung* zu sagen hatte, das wird wohl auf ewig ein Geheimnis bleiben, weil der Busfahrer auf schnurgerader Strecke plötzlich und ohne jede Vorwarnung rechts abgebogen ist. In eine Nebenstraße weiter bergaufwärts. Noch enger, kurviger und steiler als die Straßen zuvor.

Ich kürze ab: Wir überlebten. – Knapp vielleicht nur. Das weiß man ja am Ende nicht. Mitten im Wald mündete die Straße in einem Wendehammer. Der Busfahrer schmiss uns raus und Herr Schmidt atmete grundzufrieden die frische Luft ein, die hier oben um einiges kühler als im Bozener Backofen war.

»Herrlich!«, atmete er aus und dann ließ er uns einfach doof mit dem Gepäck stehen und ging beschwingt über einen kurzen Schotterweg, vorbei an einem Tennisplatz, zu einem Hotel auf einer Lichtung. – *Hotel Waldsee* hieß der Drei-Sterne-Laden und was soll ich dir sagen: Es war *grand*! Aber so was von! Das Haupthaus im Stil von, wie soll ich sagen, Alpenvollmilchschokoladenwerbung vielleicht. Das trifft es, glaube ich, ganz gut. Vor weißer Wand Holzbalkone und jeder von ihnen voll mit rosa wuchernden Monstergeranien und mit Aussicht auf den mächtig beeindruckenden Berg. *Schlern*, sein Name!

Zoe, Valentin, Anton und ich sind dem Schmidt dann natürlich hinterhergegangen. Und als wir das Hotel betraten, stand der auch schon an der Rezeption und plauderte mit der Wirtin, die ihrerseits ebenfalls perfekt in einen Alpenvollmilchschokoladenclip gepasst hätte. Frau Kritzinger hieß sie. Typ: drahtige Südtirolerin mittleren Alters mit pechschwarzen Haaren und in weinroter Dirndltracht. Sie begrüßte Herrn Schmidt mit einem Strahlen im Gesicht, dass man hätte denken können, die steht da schon seit Jahren hinter der Theke und wartet nur auf Herrn Schmidt – so unglaublich freundlich! Fakt war: Herr Schmidt und seine Leslie waren vor vielen Jahren schon mal Hotelgäste hier und Frau Kritzinger erinnerte sich, als wäre es letzte Woche gewesen. Und so zeigte sie dann auch ehrliche Bestürzung, als Herr Schmidt ihr sagte, dass sein Schatz vor einigen Jahren verstorben sei.

»Ach ja«, seufzte sie. »Leslie konnte so wunderbar Violine spielen. Was hatten wir eine Freude an diesen Abenden.«

»Wohl wahr, wohl wahr«, antwortete Herr Schmidt und dann noch lächelnd hinterher: »*Que sera, sera – whatever will be, will be* – das war einer von Leslies Lieblingssongs. Was geschieht, geschieht, meine liebe Judith.«

Frau Kritzinger tupfte sich eine Träne aus dem Auge und …

… dann nahm sie uns da im Eingang stehend schließlich auch wahr.

»Das sind meine lieben Freunde. Zoe Neufeld und Henk Timmermann, ebenfalls aus Deutschland, und Valentin Tudor aus Österreich«, strahlte nun Herr Schmidt.

»Ungarn, nicht Österreich!«, korrigierte Valentin Tudor Herrn Schmidt.

»Ich dachte Rumänien«, hakte Zoe nach.

Da guckte Valentin erst etwas überrascht und schob dann aber grinsend hinterher: »Korrekt, gnä' Frau. Aber in Ungarn habe ich mein Herz verloren.«

»Ach, wie goldig!«, lächelte Frau Kritzinger und dann fragte sie Anton, der nun auf Herrn Schmidt zutippelte: »Ja, und wer bist denn du?«

Und Anton sehr cool darauf: *Ich bin der, der den ganzen Laden hier zusammenhält. Ohne mich läuft hier gar nichts!*

... also klar, die Worte hatte ich in dem Moment spontan in Anton reininterpretiert, als er Frau Kritzinger freundlich ansah und sie zur Begrüßung kurz anbellte. – Aber im Grunde stimmte es. Anton war der Casting-Experte, der uns für dieses *Rudel* auserwählt hatte.

11

Geregnet hat's. Die ganze Nacht durch. Was rede ich?! Regelrecht geschüttet hat es. Zu einem Gewitter, das so dermaßen knallheftig war, dass Valentin irgendwann neben mir in unserem Doppelbett sagte: »Südtirol macht keine halben Sachen.«

Und wie zur Bestätigung blitzte es im nächsten Moment sekundenlang auf und das folgende Donnergrollen war dermaßen laut, dass wir beinah nicht gehört hätten, dass gleichzeitig jemand an die Tür klopfte.

»Wer da?«, fragte Valentin gut gelaunt und prompt kam die genervte Antwort: »Ich bin's. Zoe! Mach die verfickte Tür auf!«

Valentin und ich guckten uns leicht verdutzt an und er antwortete: »Momentchen noch. Der Henk und ich müssen uns nur rasch wieder was überziehen, verstehst?!«

Was selbstverständlich ein Witz war. Wir hatten natürlich noch unsere Shorts und T-Shirts an und überhaupt sollte ich an dieser Stelle klarstellen, dass Valentin und ich ein Doppelzimmer teilen *mussten*. Das Hotel war komplett ausgebucht. Bis auf zwei Einzelzimmer und eben dieses Doppelzimmer. Und eine andere Kombi als Valentin und ich kam für ein Doppelbett irgendwie nicht infrage.

»Haha, wie witzig. Mach auf, du Spast!«, knurrte Zoe jedenfalls sehr unentspannt zurück, und nachdem Valentin ihr fix die Tür geöffnet hatte, stand sie im nächsten Moment mitten im Zimmer und ... nichts weiter. Sie stand einfach nur da. Still und stumm. Und das einzig Entspannte an ihr war Bart Simpson auf ihrem knielangen Schlafshirt.

»Ähm ... du kannst wohl auch nicht schlafen bei dem Krach, was?«, fragte ich sie, um die Stimmung etwas aufzulockern. Aber exakt in dem Moment entluden sich da draußen wieder ein paar Blitze, gefolgt von mordsmäßigem Donnergetöse.

Zoe zuckte zusammen und machte intuitiv einen Schritt vom Fenster weg.

»Kann es sein, dass du unter einer ganz leichten Astraphobie leidest?«, fragte Valentin charmant nach.

»Einer was?«, fragte sie zurück.

»Angst vor Gewitter!«

»Quatsch!«, antwortete sie so abfällig wie möglich, um gleich drauf noch mal zusammenzuzucken, weil draußen wieder die Blitze mit einem Mordslärm einschlugen, als verkündeten sie das Ende aller Tage.

Da hatte ich so eine Ahnung, was Zoe hier wollte: Pennen! Bei uns im Doppelbett! Und weil ich Zoe ja nun schon ein wenig kannte, hatte ich ebenfalls eine Ahnung davon, dass sie sich eher die Zunge bei vollem Bewusstsein herausreißen würde als zwei pubertierende Jungs zu fragen, ob sie bei ihnen schlafen könnte. Möglich, dass Valentin eine ähnliche Ahnung hatte, jedenfalls peilten wir uns aus den Augenwinkeln kurz an, Valentin nickte und ich sagte zu Zoe: »Also, versteh das nicht falsch, aber wenn du willst, kannst du bei uns schl…«

»Geht klar! Aber Fummeln ist nicht und ich schlaf nicht in der Ritze!«, haute sie direkt raus und lag wenig später rechts neben mir auf *meiner* Hälfte. Was hieß, dass *ich* in der Ritze schlafen musste.

Am nächsten Morgen, so gegen sechs Uhr, wachte ich mit Zoes Hand im Gesicht und Valentins Oberschenkel in der Bauchgegend auf. Mein Handy auf dem Nachtschränkchen klingelte albern. – Sprungfederhüpfgeräusche – Eric Langenberg.

»What the fuck …?«, brummelte Zoe aus den Tiefen ihrer Albträume und da hatte ich mich auch schon vorsichtig über sie hinweggestreckt, nach dem Handy gegriffen und den Anruf entgegengenommen.

»Es ist sechs Uhr, du Penner!«, begrüßte ich meinen besten Freund Eric Langenberg.

»Es ist, wie es ist, und der Penner bist du!«, antwortete der und weiter: »Geweckt wurde *ich*! Eine Stunde früher als nötig! Die Schule macht nämlich leider erst um acht auf, weißt du?«

»Eric, bitte! Was soll der Scheiß. Es ist echt früh und …«

»Sag das deiner Mutter. Die hat mich geweckt!«

»Ach komm, Langenberg. Es ist echt zu früh für *Deine-Mutter-Witze*!«, habe ich noch komatös genölt, worauf er mir aber sehr klarmachte, dass er weit davon entfernt sei, schlechte Scherze über meine *extrem attraktive* Mutter zu machen. Die hatte nämlich tatsächlich bei ihm angerufen, weil sie wiederum nicht seine Herrschaften aus dem Schlaf reißen wollte. Und dieses wiederum, weil sie schlicht wissen wollte, ob Eric wüsste, wann ihr Sohn – ich also – in den Zug nach Schneverdingen gestiegen sei und wann ich denn wohl dort eintreffen würde.

»Ach – du – Scheiße! … aber warum …?«, fragte ich mich und Eric antwortete ungeduldig gereizt, als würde er meine schleppenden Gedanken mitlesen: »Weil du ein Penner bist! Weil du nicht ans Telefon gegangen bist, als deine arme, verzweifelte Frau Mama versucht hat, ihren erstgeborenen Endspast zu erreichen.«

»Ach, Shit. Nicht gehört!«, sagte ich mit gedämpfter Stimme, weil Zoe wieder anfing zu knurren.

»Wie – *nicht gehört!*? Das hört man doch, wenn die eigene Mutter anruft«, machte Eric mir starke Vorwürfe.

»Es liegt am Klingelton, okay?!?«, erklärte ich ihm, ohne näher auf die Details einzugehen. Also *das* Detail, dass ich für meine Mutter ebenfalls einen eigenen Klingelton abgespeichert hatte … die Spieluhr halt. Jedenfalls hatte ich den Klingelton im Tiefschlaf wohl einfach nicht wahrgenommen.

»Verstehe!«, verstand Eric nichts. »Fakt ist, dass ich deiner Mutter gesagt habe, dass ich mal kurz zum Gästezimmer hochgehe, um dich, Penner, zu wecken, damit du sie zurückrufst. Um sie bei der Gelegenheit dann auch gleich zu fragen, ob es denn wohl okay wäre, wenn du,

Oberpenner, einfach noch ein paar Tage länger hier in Köln bleibst.«

»Shit, Shit, Shit! Komplett vergessen«, habe ich geflucht und …

»A geeeh, Heeenk! Gehst bitte vor die Tür, wannst mitten in der Nooocht telefonier'n wüüüllst?!«, österreichelte Valentin links neben mir.

»Wer war das?«, wurde der extrem neugierige Eric Langenberg im besten Sinne hellhörig.

»Wer w…? Ach so! Das war Valentin Tudor. Du weißt schon. Der rumänische Hütchenspieler, von dem ich dir erzählt hab. Wir schlafen in einem Bett, weil …«

»Verstehe!«, verstand Eric Langenberg natürlich auch jetzt wieder mal gar nichts, was deshalb sehr schnell klar wurde, weil er direkt hinterherschob: »So, so, der Valentin und du also, in einem Bett. Warum hast du mir denn nie erzählt, dass du …«

»Boah, Langenberg. Lass es!«, zischte ich ins Telefon und Zoe rechts neben mir knurrte: »Henk! *Bitte!* Leg auf oder geh raus!«

Und klar! Nach einer kurzen Pause der maximalen Verwirrtheit Eric dann: »Pervers! Miss Darkness ist auch noch dabei. Henk Timmermann, du pansexueller Liebesgott, du …«

»Ich meld mich!«, habe ich ihn ausgebremst und das Gespräch dann auch beendet.

Anschließend bin ich direkt zum Balkon raus, um meine Mutter in Schneverdingen anzurufen und …

… da bot sich mir eine dermaßen abgefahrene Kulisse, dass ich den eigentlichen Grund, warum ich rausgegangen war, auch gleich wieder vergessen hatte. Nebel lag wie ein dichter Watteteppich über der Schilfwiese neben dem kleinen See, der Völser-Weiher heißt. Darüber der noch dunkle Wald, aus dem das bläuliche Bergmassiv ragte. Ein erster Sonnenstrahl kam dahinter hervor. Ich fühlte mich wie in einer extrem kitschigen Wackelbildpostkarte. *Gern am Schlern!*, ging mir dann auch noch ein Werbeslogan durch die Birne, den man in so einer geschwungenen Schreibschrift großzügig in den rosa Himmel hätte tippen können.

»Und jetzt einmal in die Kamera lächeln, Anton! Bitte!«, hörte ich jemanden unten von der Terrasse her sagen – Herrn Schmidt, der dabei war, ein Selfie mit Anton vor diesem grandiosen Bergpanorama zu schießen. Problem war nur, dass Anton keine Lust auf Selfie hatte und jedes Mal, wenn sein Herrchen den Auslöser des Uralthandys drückte, den Kopf aus dem Bildrand drehte.

»Hallo, Herr Schmidt. Kann ich helfen?«, rief ich zu ihm hinunter.

Er guckte hoch, strahlte mich an und nickte.

»Hier, schaut mal. Die hat der Henk von mir und Anton geschossen«, sagte Herr Schmidt zu Zoe und Valentin, als wir Stunden später zusammen in der urigen Gastwirtschaft des Hotels am Frühstückstisch saßen.

»Leiwand!«, lobte Valentin mich, der sich mit einer Original-Pfeiltaste unterhalb des winzigen Displays des Handyknochens durch die Fotos klickte.

Zoe warf auch einen kurzen Blick darauf, machte immerhin eine Daumen-hoch-Geste, versank gleich drauf aber auch wieder in der regionalen Dolomiten-Tageszeitung, die sie sich aus der Zeitungsauslage genommen hatte, und sagte mehr so zu sich selbst: »Was für eine geile Bestie?!«

»Ich schon wieder?«, habe ich albern nachgefragt und sie antwortete mit einem irren Grinsen: *»M Neunundvierzig!«*

»Was soll das sein? Neuzugang bei *Star Wars* oder so?«, tippte Valentin voll daneben, weil …

»*M Neunundvierzig* ist ein Bär. Ein Braunbär, um genau zu sein!«, klärte Zoe uns nämlich auf und hielt uns den Artikel vor die Nase. Ein Schnappschuss war auch dabei und auf dem war der Bär mit seinem ziemlich zotteligen Fell auf einer erlegten Kuh zu sehen. Also er stand mit allen vieren drauf und sein Opfer – die tote Kuh – glich einer Luftmatratze, aus der man schon zur Hälfte die Luft rausgelassen hat.

»Und er ist clever und unzurechnungsfähig. Ein richtiges Psychobärchen!«, schob Zoe hinterher und fasste für uns den Artikel über *M49* zusammen.

M49 lebt in einem Südtiroler Tiergehege. Also er *lebte* da, weil er es vorzog von dort auszubrechen. Zweimal schon. Fingerdicke Gitterstäbe hat er dafür verbogen und einen meterhohen Elektrozaun überwunden. – Vielleicht hatte er daher den Zottelfell-Look. *M49* war also auf der Flucht und machte die Gegend hier unsicher. Er riss Ziegen, Schafe und Kühe, plünderte in guter alter Bären-Tradition Bienenstöcke und in einer Nacht soll er auf einem Bauernhof randaliert haben, weil er ins Haus wollte und die verdammte Tür aber verschlossen war. Die hatte er dann komplett zerkratzt, bevor er wieder abgezogen ist.

»*M Neunundvierzig* ist so eine dermaßen amtliche Krawalltüte! Wo der auftaucht, geht garantiert was kaputt!«, grinste Zoe am Ende ihrer Zusammenfassung.

»Aber bitte! Macht euch keine Sorgen!«, lächelte da

die Wirtin Frau Kritzinger, die uns exakt in dem Moment die besten Spiegeleier der Welt servierte. »Der Braunbär wurde zuletzt vor einigen Tagen in der Nähe von Trient gesichtet. Also wirklich sehr weit weg von hier.«

»Ausgezeichnet! Dann wird es auf unserer Bergwanderung keine unentspannten Begegnungen geben«, freute sich Herr Schmidt.

»Eijeijei, mein lieber Armin. Da solltet ihr heute wirklich drauf verzichten. Es hat die ganze Nacht durch kräftig geregnet. Die Wege sind dann immer gefährlich rutschig«, warnte Frau Kritzinger ihn.

»Ach, da werden wir schon drauf achten bei unserer Bergbesteigung. Außerdem muss ich ja mein neues Schuhwerk ausprobieren«, kicherte Herr Schmidt so albern wie ein Achtjähriger.

»*Bergbesteigung*, *Bergbesteigung*. Ich versteh immer nur *Bergbesteigung*. Wo sollen wir denn raufkraxeln, wenn ich fragen darf«, wollte Zoe wissen.

Und da blitzte etwas in den Augen des Herrn Schmidt so irre auf, als er sagte: »Auf den Gipfel des Schlern.«

»Eijeijei …«, meinte Frau Kritzinger noch mal kopfschüttelnd und verließ uns dann aber schon wieder, weil sie schließlich auch noch andere Gäste bedienen musste.

Valentin zückte sein Handy aus der Hemdtasche und tippte etwas ein.

»Das ist grundbescheuert, Armin. Was willst du da?«, fragte Zoe den alten Mann.

Da zog er lächelnd ein Briefkuvert aus seiner Jackentasche und hielt es Zoe hin.

»Ach, richtig. Leslies Liste. Darum geht's!«, stöhnte sie, nahm das Kuvert aber gar nicht entgegen.

»Oida! Ganze zweitausendfünfhundertdreiundsechzig Meter ist der Schlern hoch!«, informierte Valentin mit erhobenem Handy die Runde.

»Aber, junger Tudor, du darfst nicht vergessen, dass wir bereits auf achthundert Metern über dem Meeresspiegel sind. Dann sind es insgesamt nicht mehr ganz so viele Höhenmeter bis zum Gipfel, verstehst du?!«, machte Herr Schmidt den Schlern kleiner, als er war.

»Na, immerhin dann noch tausendsiebenhundert über den Daumen«, stellte ich die Fakten klar und …

… Herr Schmidt schaute erst mich, dann Zoe und zuletzt Valentin stumm an und verkündete schließlich: »Kein Problem, meine Lieben. Dann spaziere ich mit Anton eben allein da hoch.«

Anton, der bisher still unter dem Tisch lag, setzte sich auf und bellte einmal. Und das klang, als wollte er Zoe, Valentin und mir sagen: *Jetzt wollt ihr den alten Mann da tatsächlich allein hochkraxeln lassen?!? Weil es geregnet hat? Weil eure verdammten Markenschuhe schmutzig werden könn-*

ten? Weil ihr Angst vor ein bisschen Höhe habt? Was seid ihr nur für erbärmliche Weicheier.

Das hat er alles selbstverständlich *nicht wirklich* gesagt, aber ich dann ganz real in die Runde: »Kein Ding, Herr Schmidt. Bin dabei!«

Herr Schmidt, freudig überrascht, klopfte leidenschaftlich auf meiner rechten Schulter rum und lobte mich: »Sehr schön, Henk Timmermann. Ich werde auch nie wieder *Jörg* zu dir sagen.«

»Ach, Jörg, du alter Schleimer!«, stöhnte Zoe mich direkt an. »Aber so läuft das nicht, weil ich selbstverständlich auch mitkomme.«

Und »Jörg, Jörg, Jörg!« sagte auch Valentin mit gespielter Entrüstung. »Da werde ich wohl ebenfalls mitkommen müssen. Am Ende verlauft's euch und werdet alle sterben.«

»Fein, fein, fein!«, freute sich Herr Schmidt und Anton bellte wieder einmal auf.

… was wohl so viel heißen konnte wie: *Na also. Geht doch!*

12

Matschig war's. Aber so was von! Der Einstieg war ja noch okay. Ein breit angelegter sogenannter Ziehweg, auf dem auch Pferdekutschen, Traktoren und Shuttlebusse hoch- und runterfahren konnten. Eigentlich! Unterm Strich waren es nämlich nur eine Pferdekutsche und ein Traktor, die uns auf dem Weg nach oben überholten. Und überhaupt waren wir so ziemlich die Einzigen, die bescheuert genug waren, nach einer extrem verregneten Gewitternacht den Berg hochzustiefeln. Erste kritische Momente zeigten sich, als wir auf den ersten amtlichen Wanderweg durch den Wald abbogen. Verdammt rutschig war's. Was vor allem für mich ein echtes Problem war, weil meine Sneaker waren nun mal absolut nicht bergsteigertauglich. Ich musste höllisch aufpassen, nicht ständig auf den glitschigen Felsenstufen auszurutschen. Eher easy dagegen war der steile Anstieg. Der alte Schmidt war erstaunlich fit und bewegte sich mit seinen neuen Trenker-Schuhen in gleichmäßig kleinen Schritten nach oben. Diese Wandertechnik hätte ihm Reinhold Messner, auch eine Bergsteigerlegende, beigebracht, erklärte er uns. Damals – 1986 –, während einer Wanderung durch Osttibet. Da haben wir aber nicht weiter nachgefragt.

Jedenfalls: Anton, Zoe und ich konnten mithalten. Natürlich das!

»Du tust was?«, fragte Zoe fast angewidert nach, als ich erklärt hatte, dass ich ziemlich regelmäßig jogge.

»Okay, okay, okay. War gelogen. Ich bin Hochleistungsmasturbant! Daher meine Bombenform«, habe ich daher noch mal rausgehauen.

Riesenbrüller! Zoe gackerte, Herr Schmidt kicherte. Nur einem fehlte derzeit der Humor und vor allem die Luft zum Lachen: Valentin Tudor!

»Oida, i schwöre! Wann i wieder obi bin, stell i des Rauchen ein!«, japste er rund zehn Meter hinter uns in den Waldboden.

»*Unten!* Wenn du wieder *unten* bist, nicht *obi*«, korrigierte Zoe ihn.

»Des meine ich. *Obi* ist *unten*«, röchelte Valentin.

»Das klingt orientierungslos«, meinte Zoe, weshalb ich schlussfolgerte: »Österreichisch! Wer die Sprache erfunden hat, muss besoffen gewesen sein.«

»Aber auf eine charmante Art«, lächelte Herr Schmidt.

Wenig später hatten wir die erste steilere Etappe aber auch schon hinter uns und wir kamen aus dem Wald auf eine große, saftig grüne Weide, die zu der ersten Alm unserer Wanderung gehörte – der *Tuff-Alm*. Null Ahnung, wer sich den Namen hat einfallen lassen und was er zu bedeuten haben könnte. Vielleicht waren die Leute, die der Alm den Namen gaben, ja auch total verrückt. Was dafür spricht, sind die Tiere, die hier oben ganz normal in der Gegend rumstehen. Das erste, das wir auf einem Hügel Gras malmend entdeckten, war ein Kamel. Gefolgt von einem weiteren Kamel hinter dem Hügel, wo auch mehrere Alpakas rumlagen. Also diese flauschigen lama-ähnlichen Tiere, die wegen ihres langen Halses irgendwie auch ziemlich unecht wirken. Die für diese Gegend weitgehend normalste Gattung, der wir hier begegneten, waren zwei Esel hinter einem Gatter.

»Fuck! Fuck! Fuck!«, fluchte Zoe, die mit Anton vor den Eseln stehen geblieben war.

»Was ist los? Bist du in was reingetreten?«, habe ich nachgefragt.

»Quatsch! Die sind alle so verdammt süß. Die Esel und die Alpakas«, antwortete Zoe und streichelte dem rechten Esel zärtlich über das Fell.

»Und was ist mit den Kamelen?«, fragte Valentin.

»Kamele gehen so. Hübsche Augen, aber mieser Charakter. Ich traue ihnen einfach nicht.«

»Also dasselbe Verhältnis wie zu den meisten deiner Mitmenschen?!«, resümierte Herr Schmidt.

Zoe glotzte leicht überrascht aus ihrem schwarzen Staubmantel, dann aber grinste sie: »Exactamente, Schmiddi. Genau dasselbe Scheißverhältnis. Unterschied: In den meisten Fällen fehlt es meinen persönlichen Mitmenschen selbst an Charakter.«

»Hartes Urteil, gnä' Frau. Und wie sieht es mit uns aus?«, fragte Valentin.

»Mit euch? … hm … lass mich überlegen …«

»Ich hab dich lieb, Zoe!«, habe ich ihr voll in die Überlegungen geschossen.

Treffer, versenkt! Herr Schmidt und Valentin lachten und Zoe hatte ich so dermaßen überrumpelt, dass ihr nichts weiter einfiel, als nach einer Weile selbst zu grinsen: »Ich find dich auch *ganz nett* … Jörg!«

High Five! – Dann wanderten wir weiter.

Der Waldweg war nun etwas schmaler, ging aber nicht mehr ganz so steil bergauf … vorerst jedenfalls nicht. Dafür hatte der Weg für meine Sneaker aber noch einen anderen total originellen *Stiftung-Waren-Flop-Test* auf Lager: einen Gebirgsbach, der breit und quer über den Weg plätscherte. Die Trenker-Wanderschuhe vom Schmidt waren wasserdicht und Zoe hatte erstaunlicherweise ein Paar Trekkingschuhe, die genauso wie Valentins alberne Leuchtschuhe das Wasser abhielten. Nur Anton und ich holten uns nasse Pfoten. Aber irgendwie war es egal und gehörte dazu – da in Südtirol, auf einem traumschönen Weg nach oben, zum Schlerngipfel hoch, mit einer durchgeknallten Gang … und aber auch mit einem Gefühl, dass ich irgendetwas vergessen hatte. Und während wir weiter durch den Wald wanderten, der aussah, als würde hinter der nächsten Ecke irgendeine Elfe auf einem dieser moosbewachsenen Felsen rumsitzen und einem hässlichen Zwerg mit glasklarer Stimme Elfenarbeiterlieder oder so was vorsingen, währenddessen also haute Herr Schmidt eine Anekdote nach der anderen raus und ich grübelte verschärft darüber nach, was ich Wichtiges vergessen haben könnte.

»… und jetzt ratet mal, wer da plötzlich vor Leslie und mir mitten im brasilianischen Urwald stand!«, forderte Herr Schmidt uns alle auf, worauf Zoe spröde antwortete: »Willy Brandts Mutter!«

Herr Schmidt schüttelte nachsichtig den Kopf, Valentin lachte und ich schlug mir mit der flachen Hand gegen die Stirn, weil soeben das Stichwort gefallen war, das mein Gedächtnis auf Vordermann brachte: *Mutter! Meine! Anrufen!*

Ich kramte mein Handy aus der Hosentasche und …

… da hörten wir aus Richtung hangabwärts eine Frau durch den Wald unentspannt laut sagen: **»Das ist mir ganz egal, ob die Brezeln gegen die Regeln verstoßen. Ich bin extra zum Kiosk am See da unten runter, um für alle welche zu kaufen. Und wenn du, Volker, keine willst, steck sie dir einfach in den …«**

»Henriette, bitte!«, unterbrach sie eine Fistelstimme, die eindeutig diesem Volker gehörte, weil: **»Leck mich, Volker!«**, antwortete die Frau.

»Richtig so, Henriette!«, freute sich Zoe. »Das ist die Sprache, die Männer verstehen.«

»Jetzt pauschalisierst du aber, meine Liebe. Nicht alle Männer sind so schlicht«, wandte Herr Schmidt ein und …

… da brannte plötzlich Anton durch. Von jetzt auf gleich, den sehr steilen Abhang runter, Richtung *Brezel-Fight*.

»Scheiße, Anton, bleib hier!«, rief Zoe noch hinterher, aber vergebens: Anton hörte nicht und war weg.

»Da lang!«, schlug Valentin vor und zeigte nach hinten auf die Abzweigung, an der wir vor rund hundert Metern vorbeigewandert waren.

Der breite Weg führte zu einem schmaleren Pfad, an dessen Anfang ein mördergroßer, kantiger Camper parkte. Ein beigefarbener Unimog von Mercedes. Mehr Lkw als Wohnmobil. So einer, mit dem du auch locker durch die Wüste brettern könntest. Und der stand nun sehr logisch mitten in Südtirol herum und …

… sagen wollte ich eigentlich, dass wir über diesen

schmalen Pfad eine kleine Lichtung erreichten und auf der war Theater. Also es sah aus wie Theater. Klassisch modern irgendwie. In der Mitte eine junge Frau mit rötlichen Haaren und Brötchentüte in der Hand und vor ihr stehend ein Mann mit dünnem Pferdeschwanz. Und drum herum verteilt an die zehn Nebendarsteller. Und alle miteinander von oben bis unten dreckverschmiert, als wären sie in einem Truppeneinsatz der Nato.

»Anton!«, rief Herr Schmidt seinen Hund, der schwanzwedelnd vor der Frau mit Brötchentüte stand, die aller Wahrscheinlichkeit nach Henriette hieß.

»Wenn das Ihr Köter ist, dann nehmen Sie ihn gefälligst an die Leine!«, meckerte der hagere Pferdeschwanztyp ihn zur Begrüßung an.

»Sonst passiert was, *Volker*?«, fragte Zoe ihn, die den Volker-Mann wegen seiner dünnen Fistelstimme ebenfalls gleich zuordnen konnte.

Der, erst leicht irritiert, dass man seinen Namen kannte, antwortete: »Was passiert, ist, dass ich den Hundehalter anzeige. Hunde haben hier im Wald nichts verloren. Sie bringen das ganze Ökosystem durcheinander.«

»Oh – mein – Gott, Volker. Geht's noch?«, stöhnte diese Henriette. »Das ist spießig und sehr peinlich!«

»Das finde ich aber nicht, du!«, mischte sich nun jemand aus der zweiten Reihe ein. Eine Frau mit langen, erdverkrusteten Haaren. »Der Volker hat nämlich recht. Hunde sind ganz schlecht für den Wald!«

»Ach, Birthe, dass ausgerechnet du den Volker verteidigst. Das wundert mich jetzt schon«, seufzte Henriette in Richtung der Frau, die höchstwahrscheinlich Birthe hieß.

»Ja, wieso denn?«, fragte die so ganz unschuldig nach,

worauf Zoe für Henriette antwortete: »Das war Ironie, du Hobbit.«

Da lachte Henriette schallend auf, weil Zoe anscheinend voll ins Schwarze getroffen hatte, und Volker aber meinte: »Jetzt reicht es. Nehmt den Köter an die Leine und verschwindet. Das ist ein Privat-Camp hier.«

Wir schauten uns um und da nahmen wir auch zum ersten Mal die aus Ästen und Blättern zusammengefummelten Tipis zwischen Bäumen und Felsen wahr. – Das Ganze war offensichtlich so eine Art Survival-Camp … mit Volker als Leader.

»Oida. Des is kei Camp. Des is a richtig sicker Schmarrn, den's hier mitten in den Wald reingehauen hobt«, urteilte Valentin.

Volker, Birthe und fast alle anderen *Survivor* waren sprachlos und Henriette strahlte dankbar: »Ganz genau *das*! Es ist sick! Seit acht Tagen kriechen wir jetzt wie die Neandertaler im Wald rum.«

»Das war das Konzept, Äpfelchen. Leben wie Neandertaler…innen«, erklärte der Volker abfällig mit dieser bescheuerten Gender-Lücke.

»Erstens: Wenn die Neandertaler *und* Neandertaler*innen* so gelebt hätten wie wir, wären sie drei Wochen darauf verhungert – ergo ausgestorben! Zweitens: Nenn mich noch einmal *Äpfelchen* und …«

»Was dann, *Äpfelchen*?«, unterbrach Volker die Henriette ganz blöd grinsend und da flog ihm direkt eine Brötchentüte um die Ohren. Die Augen aller Neandertal-Konzept-Camp-Teilnehmer…*innen* wurden traurig groß, als die schönen Brezeln aus der aufgeplatzten Tüte auf den matschigen Waldboden fielen.

Und da drehte sich Zoe mit strahlendem Gesicht zu

uns um und sagte: »Die gefällt mir irgendwie. Darf die mit?«

Worauf Anton direkt antwortete: *Ja, sicher darf die mit. Was glaubst du, warum ich euch hierhergelockt habe? Ich bin fürs Casting zuständig. Schon vergessen?*

… was man eben alles so in einen einzigen Kläff-Laut hineininterpretieren kann.

Und klar war aber: Natürlich durfte Henriette mit. Und wichtiger noch: Sie wollte auch!

Ihre Klamotten waren schnell gepackt, weil sie survival-konzepttechnisch gesehen auch nur wenig dabeihatte. Bis auf eine Zahnbürste und ein paar Klamotten extra, die sie noch aus diesem Monster-Truck holte, der ausgerechnet dem Ökospießer Volker gehörte.

»Woher ich diesen *Ökospießer* kenne?«, wiederholte Henriette Zoes Frage, als wir wenig später zusammen mit ihr wieder auf unserem Pfad zum Gipfel hoch waren. »Der ist Dozent an der Uni, an der ich studiere.«

»A geh, ein Dozent?! Und warum sagt er *Äpfelchen* zu dir?«, fragte Valentin.

»Weil …«, druckste sie herum und Herr Schmidt wieder so wissend lächelnd: »Weil die Henriette und Volker ein Paar sind, richtig?!«

Henriette nickte verschämt und Zoe machte eine Geste, als müsse sie sich übergeben. Rücksichtsvollerweise versteckt hinter Henriettes Rücken. Nur für Valentin und mich sichtbar.

»Aber das war's jetzt endgültig! Jetzt ist Schluss!«, schob Henriette schnell hinterher, als hätte sie Zoes Kotznummer im Rücken gespürt.

»Freie Fahrt für Birthe also!«, kombinierte Zoe noch

mal messerscharf, aber da reagierte Henriette nicht drauf. Jedenfalls nicht äußerlich und Herr Schmidt wechselte darauf eh schnell und elegant das Thema und fragte Henriette, woher sie komme, was sie studiere, wie alt sie sei und ob sie zufällig mit der Schauspielerin Andrea Sawatzki verwandt sei, weil mit der hätte sie starke Ähnlichkeit.

26 war Henriette Kettler und – nein – sie war nicht mit dieser Andrea Sawatzki verwandt. Sie lebte in Münster, wo sie auch studierte – Biologie und Religion auf Lehramt.

»Jetzt ehrlich? Bio *und* Reli?«, fragte Zoe beinah entsetzt nach.

»Ja, warum denn nicht. Das sind beides hochspannende Fächer«, erklärte Henriette, Herr Schmidt stimmte ihr nickend zu und Valentin aber befand: »Oida, Biologie und Religion – des widerspricht sich. Wannst mit allem fertig bist und als fesche Biolehrerin an der Tafel vor der Klasse stehst, kannst deinen Schülern unmöglich erklären, dass der Mensch vom Affen abstammt, wannst nach der Pause dersölben Klasse als ebenso fesche Relilehrerin beschreibst, wie der liebe Gott den Adam aus einem Stück Lehm gefertigt hat.«

»Du bist mein Mann, Tudor!«, strahlte Zoe – *High Five.*

Henriette konnte das natürlich nicht so stehen lassen und versuchte dem Valentin klarzumachen, dass die Dinge insgesamt gesehen doch etwas komplexer sind, als er glaube.

»Das ist es ja! Ich glaube an nichts!«

»Mein Mann, Tudor!« – *High Five.*

Und da aber erhob der alte Schmidt seinen rechten Zeigefinger in den strahlend blauen Himmel und sprach:

»Der erste Trunk aus dem Becher der Naturwissenschaft macht atheistisch, aber auf dem Grund des Bechers wartet Gott.«

»Wow! Den muss ich mir merken!«, sagte Henriette beeindruckt.

»Willy Brandt?«, fragte Valentin.

»Werner Heisenberg!«, antwortete Herr Schmidt.

»Ah, der aus der Drogen-Serie! *Breaking Bad!* Den kenn ich«, sagte Zoe. Herr Schmidt schüttelte resigniert den Kopf und erklärte, dass der Heisenberg ein deutscher Physiker gewesen sei.

Ich selber hielt mich raus aus der Diskussion, weil einerseits – andererseits: Die Beweise sind erdrückend, dass der Mensch *nicht* aus Lehm zusammengeklatscht wurde. Aber vielleicht meinten die Leute, die den ersten Teil der Bibel runtergeschrieben haben, das ja auch mehr so sinnbildlich. Das weiß man ja alles nicht.

Wie auch immer: Ich hielt mich raus und switchte mein Handy an, weil mir wieder eingefallen war, dass ich meiner Mutter unbedingt schreiben musste. Die Frage, ob ich noch länger bei Eric Langenberg in Köln bleiben durfte, stand ja noch aus. Und klar: Nachdem das Handy ein Netz gefunden hatte, strömten die verpassten Anrufe und Textnachrichten meiner Mutter mit einem Ping-Gewitter ein. Ich hörte erst die Sprachnachrichten ab, weil ich natürlich wissen wollte, auf welchem Stand meine Mutter war. Gut möglich, dass mittlerweile eh alles aufgeflogen war, weil sie in der Zwischenzeit doch einfach mal bei Erics Eltern angerufen hatte, die von meinem Besuch in Köln ja nun mal so gar nichts wussten. War aber nicht … Eric hatte ganze Arbeit geleistet und mir etwas Zeit verschafft.

… ach, mein armes Kätzchen. Durchfall hast du?!, sagte meine Mutter ganz mitleidig in der Sprachnachricht und weiter: *Was hast du denn nur wieder gegessen, Junge? – Na ja, egal. Bleib doch einfach noch einen Tag länger in Köln und meld dich, wenn, wie soll ich sagen, alles raus ist, okay?!*

Ja, klar, okay! Mach ich! Danke!, hatte ich ihr daraufhin kurz und bündig mit *Daumen-hoch*-Icon zurückgeschrieben und mir fest vorgenommen, sie später dann aber auch noch mal anzurufen. So gegen drei, wenn wir auf dem Gipfel vom Schlern waren.

So gegen drei hatten wir gerade mal rund die Hälfte des Weges geschafft. Der Aufstieg war alles in allem doch anstrengender als gedacht. Herr Schmidt hielt sich nach wie vor ganz gut mit seiner *Uhrwerk-Technik* der kleinen Schritte. Auch wenn seine Uhr mittlerweile ein klein wenig nachging. Was aber natürlich absolut in Ordnung für alle war, weil Herr Schmidt war nun mal ein alter Mann. Wer allerdings wirklich aus dem allerletzten Loch pfiff, war der fünfzehnjährige Valentin. Mit jedem Schritt, den er mit seinen Leuchtschuhen zurücklegte, schwor er bei Gott, dass er nie wieder eine Zigarre anfassen würde.

»Ich dachte, du glaubst nicht an Gott?«, fragte Henriette ihn erbarmungslos kalt grinsend.

»Bei Bedarf … schon. Des … is … ein … Not…fall!«, japste er.

»Du rückgratloser, wendehalsiger Teilzeitatheist!«, schimpfte Zoe mit ihm.

»Starker Tobak!«, setzte ich als Letzter in unserem Track für den armen Valentin irrsinnig komisch noch eine feine Spitze drauf und konzentrierte mich gleich darauf aber auch wieder voll auf meine eigenen Schritte, um mit den verdammten Sneakers auf dem teils sehr engen und glitschigen Pfad nicht wegzurutschen. Dann fiel mir ein, dass ich ja noch meine Mutter anrufen wollte, fingerte im Lauf nach dem Handy in meiner Hosentasche, rutschte weg und …

… fiel ins Leere! Vom schmalen Pfad den steilen Abhang hinunter. Kurzer freier Fall, dann Bodenkontakt. Ich titschte auf wie ein Flummi, sodass mir für den ersten Moment die Luft wegblieb. Unaufhaltsam schoss ich weiter hinunter. Ich griff nach Wurzeln, die aus der Erde ragten, um meine Abfahrt irgendwie abzubremsen, verfehlte sie aber. Elegant wie ein Kartoffelsack polterte ich durch das Gelände. Ich rauschte durch Büsche, touchierte einen verdammten Felsen, schoss nur haarscharf an einem Baum links vorbei, dann am nächsten rechts, wieder links und …

… Vollbremsung mittig! Vorteilhaft: Es war kein Baum, in den ich reingebrettert bin. Weich war's! Nicht *ganz so* vorteilhaft: Es war ein Fell, das mich stoppte. Ein sehr struppiges Fell! Das von *M49* … dem Psychobären! Direkt vor mir saß er. Hangabwärts. Vis-à-vis. Breitbeinig saß er da und wirkte echt überrascht. Treffender vielleicht: fassungslos! Aber ob überrascht oder fassungslos, da fehlt mir am Ende eh die Vergleichsmöglichkeit. Noch nie zuvor hatte mich ein Bär so angeglotzt. Und ich glotzte zurück. Aber mehr geschockt als fassungslos. Geschockt und außerordentlich besorgt! Und ganz erstaunlich dann aber: ein glasklarer Gedanke, der mir durch den Kopf schoss: *Du darfst einem Bären nicht direkt in die Augen schauen. Das mögen die nicht. Auf gar keinen Fall mögen die das.*

Instinktiv senkte ich den Blick auf meine verdammten Sneaker und konnte immerhin aus dem Blickwinkel noch erahnen, dass *M49* nach wie vor ziemlich fassungslos da rumsaß, weil ihm vielleicht auch die Vorstellung fehlte, dass ausgerechnet ihm so etwas derart Bescheuertes passieren konnte.

Kein Blickkontakt! Und keine hektischen Bewegungen! – Das weiß man doch, dass Bären so etwas leiden können wie Scheiße, wenn man sich hektisch bewegt. – *Ich bin die Ruhe selbst. Ich bin ein Stein. Uninteressant für Bären! Ein Stein. Schwer, kalt, stumm und extrem uninteressant.* – Ich atme flach und still in meine Brust hinein und …

… dann klingelt mein Handy. – Spieluhr! Mutter!

Bären können Spieluhrmusik nicht ausstehen!, geht mir glasklar durch den Kopf, ich fummle mein Handy aus der Hosentasche, nehme den Anruf entgegen und flüstere wahrheitsgemäß: »Hallo-Mama. Ist-grad-ganz-schlecht. Ruf-dich-wieder-an. Versprochen!« Ich kappe die Verbindung und stecke das Handy zurück in meine Hosentasche. – Und ob *M49* von Anfang an eher überrascht oder vielleicht doch mehr fassungslos war, ist dann eh egal, weil keiner der beiden Begriffe aktuell mehr passt. – *M49* ist definitiv sauer. Und unfassbar sauer brüllt er mich an.

Bär nicht direkt ansehen! Ruhig bleiben!, denke ich noch mal sehr rational und …

… dann erst starre ich den Brüllbären voll an und kreische los. *M49* hechtet nach vorne auf mich zu und ich, panisch, schaufle mich mit Beinen und Armen rückwärts den matschigen Hang hoch. – Freestyle, aber mit dem letzten Funken Verstand, der mir sagt: *Bären finden es richtig kacke, wenn man ihnen den Rücken zudreht und einfach abhaut.* Was diesem Bären hier aber anscheinend komplett egal ist, ob vorwärts oder rückwärts, weil der einfach unbeschreiblich sauer immer weiterbrüllt und mir mit seinen Pranken mit den beeindruckend langen Krallen durchs Gesicht scratchen will. Er verfehlt mich. Ich schaufle mich im Rückwärtsgang weiter nach oben, nur weg von ihm, seinen Pranken, seinen Krallen, seinem Kopf, seinen Zähnen und …

… dann rutsche ich wieder mit den verdammten Sneakers weg, schlittere nochmals Richtung *M49* und trete ihm bei dem allgemeinen Gestrampel voll gegen die Bärenschnauze. – Bär hält inne. Fassungslosigkeit pur.

»Sorry! Das wollte ich nicht! Es sind die Sneaker, weißt du …«, quatsche ich mich um Kopf und Kragen, dann …

… fällt *M49* benommen hintenüber, verliert die Kontrolle und trudelt den Hang weiter hinunter. Drei Meter, vier Meter, vielleicht noch fünf bis acht Meter, dann wird er ausgebremst. Durch einen Felsen in seiner Bahn. – *M49* glotzt mich an. Benommen! Fassungslos! Echt sauer!

»Sorry! Sorry! Sorry!«, entschuldige ich mich, kehre dem Bären *voll* den Rücken zu und stolpere hektisch den Hang hoch.

Oben angekommen: Kein Mensch weit und breit.

Na toll!, denke ich mehr als enttäuscht, weil es meiner Wandergruppe nicht mal aufgefallen ist, dass sie einen Mann verloren haben.

Ich wage einen kurzen Blick über die Schulter – kein Bär in Sicht. Gebe trotzdem alles und renne weiter! Stolpernd, rutschend – egal!

Dann – endlich: Hinter der nächsten Biegung erkenne ich Zoes schwarzen Mantel in einiger Entfernung – zweihundert Meter vielleicht, steil bergauf. Ich renne, mir brennt die Lunge.

»Ämmm … neun…und…!«, japse ich – Zoe und auch die anderen haben mich offenbar gehört. Sie bleiben stehen und blicken irritiert zu mir herunter – »…vier…zig!«

»Wer ist *M Neunundvierzig*?«, fragt Henriette, stockt und gibt sich erschrocken selbst die Antwort: **»Ein Bär! Hinter dir!«**

Ein Blick über meine Schulter und, ja, da ist er: *M49*! Der unentspannteste Bär, dem ich je begegnet bin, galoppiert ungestüm hinter mir her, macht Meter.

Extrem unpassend denke ich nochmals darüber nach, dass ich gar nicht beurteilen kann, wie unentspannt andere Bären im Vergleich zu *M49* sein können, weil ich noch nie einem anderen Bären begegnet bin. – Dann: Ein Stein fliegt nur sehr knapp an meinem Kopf vorbei.

»Öha! Pardon! Des wollt ich nicht!«, ruft Valentin, der den Bären hinter mir treffen wollte. Klar! Aber selbst wenn er ihn mit dem Steinchen touchiert hätte, es hätte diesen Berserker von Braunbären sicher nicht aufgehalten. Gute zwanzig Meter noch zwischen *M49* und mir und – wenn du so willst – bis zum bescheuertsten Romanende aller Zeiten, weil der *Ich-Erzähler* ganz überraschend nix mehr zu erzählen hat, wenn nicht noch ein Wunder gesch…

13

Anton hieß das Wunder!

»Fuck!«, wiederholte Zoe nervös neben mir auf den Holzdielen vorm offenen Kamin sitzend.

»*Fuck* ist kein gutes Mantra, meine Liebe«, sagte Herr Schmidt hinter uns mit ruhiger Stimme. Er saß auf einem Stuhl und streckte seine Hände nach dem wärmenden Kaminfeuer aus.

Anton hatte mir – was erzähle ich –, uns allen hatte er das Leben gerettet.

»Fuck! Fuck! Fuck!«, wiederholte Zoe und ebenfalls nicht zum ersten Mal: »Ich hätte ihn festhalten müssen. Ich bin schuld.«

Anton war losgerannt. An mir vorbei und auf M49 zu.

»Noch mal, Zoe: Du hast es nicht ahnen können. Und selbst wenn, hättest du Anton so schnell nicht zu fassen gekriegt«, wiederholte Herr Schmidt.

»Ach, Herr Schmidt …«, atmete Zoe untröstlich aus.

»Ach, *Fräulein* Neufeld, sind wir jetzt wieder beim *Sie*«, lächelte Herr Schmidt sie an und sie sah über die Schulter zu ihm hoch und lächelte zurück – unentspannt, verzweifelt.

Anton! Dazwischen war er geprescht. Zwischen M49 und mich. Im letzten Augenblick.

»Dass er dazwischengesprungen ist, war schon sehr, sehr ungewöhnlich«, meinte Henriette links von mir.

»Anton war halt kein gewöhnlicher Hund«, entgegnete Valentin, der rechts neben Zoe saß.

»Könntest du das bitte lassen?«, bat sie ihn dann auch leicht angespannt.

»Ja, was denn?«

»Von Anton in der Vergangenheitsform zu reden!«

»*Das* ist die richtige Einstellung!«, lobte Herr Schmidt sie aufmunternd, wobei mir persönlich die Idee fehlte, wie man den letzten Ereignissen überhaupt etwas Positives abgewinnen konnte, weil …

… Anton war dazwischengeprescht. Zwischen *M49* und mich. Im letzten Augenblick. Alles schon erzählt. Dann, neu jetzt: Anton hat den Bären wild angebellt. Was vielleicht so viel heißen konnte wie: *Lass den Typi hier in Ruhe und verpiss dich einfach, klar?!*

Worauf *M49* wieder losbrüllte und das tat, was er anscheinend immer tat, wenn er sauer war: Er schleuderte einem seine rechte Pranke entgegen. Anton wich aus, schoss aber wieder nahtlos nach vorn und zwickte *M49* in den linken Arm. *M49* – überrascht, fassungslos, fürchterlich angepisst – legte noch mal mit seiner rechten Pranke nach und dieses Mal traf er. Anton wurde durch die Büsche den Steilhang hinuntergeschleudert, als wäre er nur ein lästiges Insekt. Er jaulte kurz auf, war dann aber überraschend schnell auf den Beinen, jumpte wieder auf den schmalen Pfad, diesmal aber sehr clever auf die Rückseite von *M49*, um ihm seine Reißzähne in den verdammten Bärenarsch zu rammen. – Extremst sauer wuchtete *M49* seinen massigen Körper herum und traf Anton ein zweites Mal mit seinen beschissen scharfen Krallen. Irgendwo. Wo genau, das konnte ich nicht sehen, weil zwischen Anton und mir jetzt dieser verstrahlte Bär war, von dem ich nur noch das Hinterteil sah. Der Psycho hatte mich vergessen. Mehr Ablenkung ging nicht. Dank Anton, der wieder jaulend durch die Gegend flog. Und *M49* sprang ihm diesmal hinterher. Vom Pfad runter in die Büsche. Was dann geschah …

… kann ich nicht mehr sagen, weil die anderen – Herr Schmidt, Zoe, Henriette und Valentin hinter mir – mich aus meiner Schockstarre riefen und mir befahlen, dass ich rennen solle – *now*! Und genau das tat ich. Ich drehte mich zu ihnen um und rannte los! Bei ihnen angekommen, hörte ich noch mal Anton wild kläffen, dann jaulen, dann … nichts mehr.

»Anton!«, schrie Zoe verzweifelt. Zurückrennen wollte sie. Genau wie ich. Aber da wurden wir von Henriette und Herrn Schmidt gleichzeitig zurückgehalten.

»Es hat keinen Sinn!«, erklärte uns Herr Schmidt sehr deutlich. Und es war uns klar, dass er recht hatte. Nichts konnten wir tun, außer selber die Beine in die Hand zu nehmen und abzuhauen. Und zwar bevor diesem durchgeknallten Braunbären *M49* durch die kranke Birne ging: *Da war doch noch was?!?*

Wir nahmen also die Beine in die Hand und flohen pfadaufwärts. Gehetzt und schneller, als es die alten Beine des Herrn Schmidt eigentlich zuließen. Von Valentins zigarrenverwöhnten Lungenflügeln ganz zu schweigen. Aber Hut ab vor beiden. Keinen Mucks machten sie und gaben alles. Bis zu einer Passage, die selbst mich, den Langstreckenläufer, beinah in die Knie zwang. *Prügelsteig* hieß originellerweise der Weg und er führte steilaufwärts durch eine enge Felsenschlucht. Meine Schenkel brannten, mein Rachen war vor Aufregung trocken wie die Wüste Gobi und in meinen Ohren pochte der Puls bis zum Anschlag. Wie sich Herr Schmidt fühlen musste, konnte ich nur ahnen. Dann aber, endlich, öffnete sich die Felsenpassage und der freie Blick fiel auf einen grünen Talkessel, durch den allerdings ein ebenso steiler Weg führte. – Ein Fest für Lungen und übersäuerte Beinmuskel.

Und gerade, als Valentin japste: »Dies ist ein guter Tag zum Sterben! Lasst mich einfach hier liegen. Wenn der Bär kommt, werde ich ihn aufhalten. Mit meinem jungen, zarten Körper, den er fressen soll und …« – gerade als er dieses alles japste, rief Henriette: »Da! Eine Schutzhütte!«

Und tatsächlich. In Luftlinie von etwa dreihundert Metern steilaufwärts war sie: eine Blockhütte an der Waldgrenze zum Schlernmassiv.

»Oh, die Sesselschwaige! Endlich!«, japste Herr Schmidt, der die Hütte offenbar von der Erstbesteigung mit seiner Leslie noch kannte.

Wir alle rissen uns noch mal zusammen und gaben alles. Mit der Angst im Nacken, dass *M49* uns jeden Moment einholen konnte, kraxelten wir die letzten glitschigen Meter bis zur Almhütte rauf und …

… *Betriebsferien!*, stand auf einem Schild an der verschlossenen Eingangstür. Niemand war da. Aber immerhin hing der Schlüssel an einem Nagel neben der Tür und wir konnten rein. – Wir waren in Sicherheit! Vorerst!!!

Wir betraten also die Almhütte und ich persönlich kam mir vor wie in der Zeichentrickserie *Heidi*. Im vorderen Teil war der offene Kamin mit reichlich Brennholz daneben. Im hinteren Teil war die Küche mit einem Holzofen, von der wir aber nicht ganz so viel hatten, weil es nichts gab, was wir hätten kochen können. Über eine schmale Treppe gelangte man zum offenen Dachboden mit einem kleinen, runden Fenster über dem strohbedeckten Schlaflager.

»Das ist ja wie bei Heidi?«, meinte dann überraschenderweise auch Henriette mit einem entspannten Lächeln im Gesicht, worauf Zoe aber finster nachhakte: »Und wer ist die Bitch schon wieder?«

»Ach, Zoe, lass Licht in dein finsteres Herz«, sagte Herr Schmidt.

Und bevor Zoe darauf noch einen Grauton finsterer reagieren konnte, legte Henriette ihr sanft eine Hand auf die Schulter und sagte beinah zärtlich: »Heidi ist ein Waisenkind aus einem Schweizer Kinderroman, das vom Schicksal nicht verwöhnt, aber mit einem Happy End belohnt wird. *Heidis Lehr- und Wanderjahre* heißt das erste Buch.«

Das hatte Zoe wohl irgendwie berührt, weil sie sah Henriette stumm und ernst an und fragte schließlich doch halb grinsend nach: »Hat diese Heidi am Ende eine Pumpgun aus ihrem Staubmantel gezogen und alle Arschlochbären dieser Welt klargemacht?«

Worauf Henriette, ohne auch nur eine Miene zu verziehen, geantwortet hat: »Ja, genau. So in etwa. In Teil zwei, der den Titel hat: *Heidi kann brauchen, was es gelernt hat.*«

»Klingt nach einem krassen Mehrteiler mit einem beinharten Westernheld wie Clint Eastwood in der Hauptrolle«, befand Valentin, der *Heidi* ganz offensichtlich auch nicht kannte, worauf ich mich eben outete: »Ich kenn nur die Serie aus Japan. Zeichentrick. Mit Ziegenpeter, dem Alm-Öhi und dieser Frau Rottenmeier in den Hauptrollen.«

»Du hast Klara vergessen«, ermahnte Henriette mich mit erhobenem Zeigefinger.

»Ach, Scheiße, ja. Das Mädchen im Rollstuhl, das später wieder laufen kann«, erinnerte ich mich und glasklar auch daran, dass Eric Langenberg und ich vor *sehr-sehr langer Zeit* alle Heidi-Folgen zusammen geschaut hatten und *wir beide* speziell bei dieser Wunderheilungsfolge uns flennend in den Armen lagen.

»Und was ist mit diesem Ziegenpeter? Ist der irgendwie, wie soll ich sagen, pervers?«, fragte Valentin dann noch mal interessiert nach, worauf selbst Zoe tatsächlich für einen Moment entspannt die Mundwinkel nach oben schob.

Und das war auch der Moment, in dem wir uns entschieden, dort zu übernachten. In der Sesselschwaige. Und damit Frau Kritzinger vom Hotel Waldsee sich bloß keine Sorgen machte und womöglich noch die Bergwacht alarmierte, rief Herr Schmidt sie an und erklärte ihr, dass wir eben hier oben bleiben würden. Den Vorfall mit *M49* hat er erst gar nicht erwähnt, weil er auf keinen Fall wollte, dass Frau Kritzinger möglicherweise mit einem Jagdgewehr oder – was weiß ich – einer Pumpgun hier auftauchen würde, um den Bären über den Haufen zu ballern.

Übernachten in einer verlassenen Almhütte stand also an. Immerhin war ja auch schon sechs Uhr durch. Was ich vor allem daran merkte, dass ich einen Mordshunger hatte. Und verdammt vorteilhaft war dann, dass drei von uns fünf Wandervögeln daran gedacht hatten, etwas Proviant einzupacken. Die Vögel, die an gar nichts gedacht hatten, hießen Valentin Tudor und Henk Timmermann. Ich persönlich hatte nur ein paar Kaugummis aus meiner rechten Hosentasche zu bieten. Und Valentin – Überraschung – zwei Havannas, die er aus seinem Seesack gezaubert hatte. Aber Henriette hatte ganz erstaunlicherweise noch ein paar Brezeln extra in ihrem Rucksack und Zoe zog gleich eine ganze Salami aus dem Inneren ihres Staubmantels. Die hatte sie vom Frühstücksbuffet mitgehen lassen. Also exakt so dreist wie Herr Schmidt, der am selben Buffet gleich einen ganzen Bergkäse und ein paar Äpfel in seiner Umhängetasche hatte verschwinden lassen.

Später, nach dem Abendbrot, hatte Valentin das Kaminfeuer entfacht, vor dem wir nun alle hockten, und Herr Schmidt sagte noch mal zu Zoe: »Positiv denken, Zoe! Das ist wichtig!«

»Sehr richtig, Armin. Denn: Wenn du denkst, es geht nicht mehr, kommt von irgendwo ein Lichtlein her«, steuerte Valentin auch noch ein Sprüchlein bei, steckte sich eine seiner Havannas zwischen die Zähne und zündete sie mit einem brennenden Ast aus dem Kaminfeuer genüsslich an.

»Ich dachte, du wolltest das Rauchen einstellen«, hakte ich nach.

»Stimmt. Er hat es geschworen. Bei Gott sogar«, ergänzte Henriette erbarmungslos.

»Gott will nicht, dass ich aufhöre!«, hängte sich Valentin sehr weit aus dem Fenster und …

… da klingelte mein Telefon. – Die Spieluhr. Meine Mutter, die ich Idiot vergessen hatte zurückzurufen.

»Fuck!«

»Jörg! Jörg! Jörg! *Fuck* ist kein gutes Mantra«, grinste Zoe kopfschüttelnd, worauf Henriette fragte, warum sie mich immer *Jörg* nannten, und Valentin Ringe in die Luft rauchend antwortete: »Es ist der Jörg in ihm. Seine Bestimmung!«

»Alle Mann jetzt mal die Klappe halten. Auch du, Herr Schmidt!«, befahl ich und nahm hastig den Anruf entgegen.

»Hallo, Mam… *Mutter*!«, flötete ich so fröhlich wie möglich ins Handy.

»Na, du bist aber schwer zu erreichen, mein Sohn«, stellte meine Mutter nüchtern fest.

»Na, ich war ja auch krank. Du weißt schon, der Durchfall.«

Zoe lachte einmal kurz und hell auf, ich legte für sie schnell und streng einen Finger auf meinen Mund, aber zu spät: Meine Mutter hatte sie gehört und wollte wissen, wer das war und was so lustig ist. Worauf ich aus dem Stegreif erklärte, dass das Erics neue Freundin Ursula sei, die ein bisschen schlicht gestrickt ist und über jeden Scheiß lacht.

Den Boxhieb, den Zoe mir in die rechte Seite verpasste, atmete ich weg und hörte meine Mutter irritiert sagen: »Ursula?! Wie alt ist denn diese Ursula? So heißt ja heute kein Mensch mehr.«

»Ähmmm … schwer zu sagen, aber ich würde auf vierzehn tippen.«

Zoe schnitt alberne Fratzen und meine Mutter meinte: »Na ja, geht mich ja auch eigentlich nix an. Also, Kätzchen, wir sehen uns Donnerstag. Grüß mir mal die Langenbergs von mir.«

»Ja, mach ich. Und bis Donnerstag«, habe ich zurückgeflötet und das Telefonat beendet.

»Hat deine Mutter dich gerade *Kätzchen* genannt?«, fragte Henriette links neben mir, die offenbar ebenso gute Ohren haben musste wie meine Mutter, amüsiert nach.

»Nein!«, log ich und dann wechselte ich geschickt das Thema und fragte in die Runde: »Sagt mal, habt ihr eigentlich keine Eltern, die öfter mal was von einem wollen?«

»Das fände ich sehr unheimlich, wenn meine Eltern mich heimsuchten und etwas von mir wollten. Die sind nämlich vor langer, langer Zeit verstorben«, lächelte Herr Schmidt.

»Genau wie meine!«, schoss Zoe direkt und zu schnell hinterher, weshalb eigentlich jeder merkte, dass sie überhaupt keinen Bock auf dieses Thema hatte und die Antwort vermutlich gelogen war.

»Da schau her. Deshalb also Adresse *Kinderheim*. Wegen deiner viel zu früh verstorbenen Eltern, richtig?«, hakte Valentin aber terrierhaft nach.

Zoe sah ihn ernst an, überlegte kurz irgendetwas, ihr Blick entspannte sich, schaute in die komplette Kaminrunde und antwortete schließlich: »Meine Eltern sind nicht tot … also irgendwie schon. Für *mich* sind sie es. Und wegen ihnen bin ich im Kinderheim aufgewachsen. Was gut war … sehr gut sogar!«

»Und warum bist du dann abgehauen?«, habe ich gewagt nachzufragen. Wobei mir eigentlich schon im selben Moment klar war, dass Zoe darauf eh nur mit irgendeinem Scheiß antworten würde, aber – Überraschung: »Wegen Lara!«, antwortete sie prompt. Und nach weiterer Überlegung schob sie hinterher: »… und wegen Fiona, diesem Giftmittel. Und Fatima darf man nicht vergessen. Und last but not least: wegen Tobias-*Sozpäd-mit-Scheiß-Dutt-an-der-Birne*-Schlüter, der versucht, diese Wohngruppe zu leiten, in die man mich vor zwei Monaten einfach mal so reingeworfen hat. Raus aus dem Kinderheim, rein in die Schlangengrube. Gegen meinen erklärten Willen. Dass das mal klar ist!«

Stille im Heidi-Haus. Nur Kaminfeuergeknister, sonst nichts.

»Also meine Eltern, falls das irgendjemanden der anwesenden Herrschaften interessiert, erfreuen sich bester Gesundheit und leben in Tschechien im schönen Prag, nahe der Karlsbrücke«, informierte Valentin uns dann schließlich gut gelaunt.

»Ich dachte, Rumänien«, erinnerte sich Zoe.

»Ich dachte, Ungarn«, erinnerte ich mich auch an irgendwas.

»Und ich dachte, du wärst in Österreich aufgewachsen«, erinnerte Herr Schmidt sich schließlich noch, worauf Valentin wieder genussvoll an seiner Zigarre zog, einen perfekten Ring in die Luft stieß und sinnfrei in die Runde grinste: »Alles korrekt!«

Henriette hob ihre linke Augenbraue und fragte betont erschüttert: »Oh, Gott, wo bin ich hier nur reingeraten?«

»In die Psycho-Schmidt-Gang!«, grinste Zoe schräg.

»Zusammengestellt vom Casting-Profi Anton!«, schob ich hinterher, was total bescheuert war, denn von jetzt auf gleich erlosch Zoes zartes Licht der guten Laune und man konnte beinah wörtlich die düsteren Gedanken um das Schicksal Antons auf ihrer Stirn ablesen.

14

Die Nacht war okay. In einer Holztruhe fanden wir Bettlaken, die wir über das Stroh legten, und genügend Decken waren auch vorhanden. – Original italienische Armeedecken.

»Geil. Die sind aus Glaswolle«, stöhnte Zoe rechts neben mir liegend, weil die Wolldecken wirklich verdammt kratzig waren.

»So gewinnt man Kriege!«, behauptete Valentin links neben mir.

»Mit kratzigen Wolldecken?«, fragte Henriette nach, die nebenbei ihre Handynachrichten checkte.

»Aber gewiss, verehrteste Frau Kettler. Soldaten, die unkommod schloafen, haben am nächsten Morgen erwiesenermaßen auch eine Mörderlaune.«

»Das ist sehr krank, weißt du?!«, meinte ich zu Valentin und Herr Schmidt kicherte: »Die Lösung sind Alpaka-Decken. Kuscheln für den Weltfrieden!«

»Arschloch!«, knurrte Henriette.

»Also, bittschön, wertes Fräulein Kettler!«, tadelte Valentin Henriette und sie zeigte auf ihr Handy und klärte auf: »Nicht Armin. Ich meinte Volker! Volker-*Arschloch*-Kunz. Er schreibt, dass er mir die Brezeln, die ich aus unserer gemeinsamen Urlaubskasse bezahlt habe, in Rechnung stellen wird.«

»Was für ein kleinkarierter Wichser!«, stellte Zoe fest.

»Wichser! Auch recht!«, meinte Henriette.

»Was der Volker braucht, ist Liebe und Anerkennung«, sagte Herr Schmidt, worauf Zoe aber ganz klar meinte, dass das, was der Volker jetzt unbedingt bräuchte, wären ein paar aufs Maul.

»So entstehen Kriege!«, sagte Herr Schmidt und Valentin ergänzte: »… und man gewinnt sie mit kratzigen Wolldecken! So schließt sich der Kreis.«

Alle lachten und kurz darauf war dann aber auch Ruhe. Stille in den Bergen. Nur noch das Plätschern des Wasserzulaufs von der Holztränke vor der Hütte war zu hören. Und mit diesem wunderbaren Geräusch schlief ich ein …

… und wachte am nächsten Morgen mit einem albernen Sprungfederhüpfgeräusch unter meinem Kopf wieder auf. – Anruf, Eric Langenberg.

Saumüde fummelte ich mein Handy aus meiner Hose, die ich als Kopfkissen benutzt hatte, nahm den Anruf entgegen und nölte: »Was?!«

»Wie – *was?!?*«, wiederholte Eric extravorwurfsvoll. »Für den Durchfall kann man einfach auch mal *Danke* sagen?«

Da brauchte ich eine Weile, bis ich kapierte, was er meinte, und das war natürlich die ungeahnte Entwicklung meines *Fake-Besuches* in Köln.

»Oh, sorry! Ja, klar! Danke für den Durchfall!«, grinste ich schließlich ins Handy und Zoe neben mir knurrte: »Sag, Timmermann, was stimmt mit dir und deinem Kumpel eigentlich nicht?!?«

Worauf Eric natürlich wieder sofort nachfragte: »Ist sie das schon wieder? Die liebestolle Depri-Lady aus Hamburg?«

»Idiot!«, meinte ich zu ihm und dann noch: »Da fällt mir ein: Offiziell heißt sie nun Ursula, ist vierzehn Jahre alt und ihr beide seid zusammen. Also seit dem letzten Telefonat mit meiner Mutter. Ging nicht anders.«

Denkrauschen in der Leitung, dann: »What?«

»Ja, was gibt es daran jetzt nicht zu verstehen, Langenb…«

»Oida, bittäää!!! Gehst bittäää raus. I will schloafen!«, jammerte Valentin.

»Der Rumäne schon wieder?!«, stellte Eric fest.

»Yep!«

»Henk, wäre es möglich, dass du einfach rausgehst?«, quengelte nun auch Henriette von rechts außen und Herr Schmidt von ganz links meinte noch: »Oder einfach später noch mal anrufen. Wäre ja auch eine Möglichkeit.«

Und Eric Langenberg natürlich: »Alter Finne. Da geht es ja ganz schön ab bei euch im Hotel der einsamen Herzen. Mann, Mann, Mann …«

Ich warf die kratzige Wolldecke zur Seite und kroch mit Eric am Ohr aus dem Schlaflager. Und während ich die schmale Holztreppe nach unten wackelte, informierte ich ihn über die gestrigen Ereignisse – meine Rutschpartie, *M49*, Antons tragisches Opfer, Sesselschwaige – draußen stapfte ich durch das taufrische Gras Richtung

Holztränke, während ich Eric über die Notlüge *Ursula* aufklärte, weil Zoe mir ja ins Gespräch reingegackert hatte. Dann, an der Holztränke angekommen, schaute ich zum ersten Mal richtig hoch und …

… glotzte in die Augen von *M-Motherfucking-Problembär-49*.

»Was ist?«, fragte Eric nach, weil von meiner Seite kein Input mehr kam.

Stocksteif stand ich da und dann fiel mir wieder ein, dass man Bären nicht direkt in die Augen sehen darf, sofort warf ich meinen Blick auf den Boden und hauchte ins Handy: »Bär! Direkt vor mir!«

Und Eric: »… … du verarschst mich!«

Und ich flüsterte: »Nein! *M49!* Scheiß drei Meter vor mir.«

Rauschen in der Leitung, dann: »Du musst ihn ansehen. Bären können das echt nicht leiden, wenn man sie nicht ansieht!«

Ich: »Jetzt echt?«

Er: »Echt jetzt!«

Ich: »Und ich dachte genau andersrum!«

Er: »Wenn *M49* ein Pitbull wäre, dann ja. Bloß nicht anglotzen. Das können Pitbulls leiden wie Scheiße. – Egal jetzt! Guck ihn selbstbewusst an und mach dich groß.«

Langsam schaute ich hoch, fixierte den Blick von *M49*, der extrem selbstbewusst zurückfixierte. Also senkte ich meinen Blick wieder und hauchte ins Handy: »Ich kann nicht.«

»Scheiße, Henk! Dann renn zurück in die Hütte!«

Ich dachte über Erics Tipps in Sachen *Mein Umgang mit Braunbären* nach und da wurde mir noch mal sehr deutlich, dass wir beide von dieser Thematik *null Ahnung* haben. Ich entschied mich daher für eine neue Variante und blickte *M49* mehr so *halb* selbstbewusst in die Augen, blieb dafür aber stocksteif vor ihm stehen und tat so, als wäre ich eine Zimmerpflanze oder so was.

M49 hingegen fixierte mich und fing an, mit dem Kopf hin und her zu wackeln, als hätte er einen Knopf mit Musik im Ohr.

Well, shake it up, baby, now – Twist and shout – Come on, come on, come, come on, baby, now – Come on and work it on out …, geht mir ganz bescheuert der Song einer Band durch die Birne, die *The Beatles* heißt und die es seit geschätzten fünfhundert Jahren nicht mehr gibt und die ich auch nur deshalb so gut kenne, weil mein Opa mütterlicherseits, der hat mir letzte Weihnachten noch eine CD von der Band geschenkt, obwohl mein ausdrücklicher Geschenkewunsch ein verdammtes *MacBook* war.

»Bist du noch dran?«, fragte Eric.

M49 schwenkte seinen Schädel hin und her und ich sagte: »Ja, noch!«

»Was auch gut sein soll: Anbrüllen und gleichzeitig die Arme hochreißen!«

Ich dachte über Erics weiteren Tipp nach, während *M49* – *… Well, shake it, shake it, shake it, baby, now …* – immer heftiger mit der Birne hin und her wackelte, und antwortete: »Das ist eine echte Scheißidee!«

Und weil ich aber auch so ein unbestimmtes Gefühl hatte, dass das so einen Braunbären auf die Dauer auch rasend macht, wenn man einfach nur mit einer Unterhose bekleidet vor ihm steht und so ganz ignorant gar nichts tut – weil ich eben so ein Gefühl hatte, holte ich nun doch tief Luft, um einfach nur laut loszubrüllen, da …

… hüpfte auf einmal sehr überraschend ein Hund ins

Bild, legte sich sehr relaxt einfach neben *M49* und bellte ihn einmal kurz und schwanzwedelnd an. – Anton!

»Was war das?«, fragte Eric nach, während ich registrierte, wie *M49* augenblicklich mit der bescheuerten *Shake*-Nummer aufhörte und Anton zu seiner Rechten anguckte.

Anton bellte noch mal, *M49* hob seine rechte Tatze und …

… gerade als ich dachte, dass *M49* mit seiner Scheißtatze mit den scheißscharfen Krallen dran Anton nun endgültig wie mit einem Eierschneider in Scheiben zerlegen wird – gerade als ich dieses alles also sehr bildhaft dachte, senkte *M49* im nächsten Moment ganz behutsam seine Tatze, legte sie kurz und vorsichtig auf Antons Rücken ab, blökte ihn – wie soll ich sagen – *echt niedlich* an, zog die Tatze zurück, drehte sich um und …

… haute ab! Einfach so!

Eric, besorgt: »Henk? Sag einen Ton … für den Fall, dass du noch lebst!«

»Alles gut – meld mich!«, hauchte ich ins Handy, kappte die Verbindung nach Köln und sagte zu Anton: »Guter Hund! Richtig guter Hund!«

15

»Ich glaube, Schatz, du kannst Anton jetzt wieder runterlassen. Weißt du, er hat ja nur ein paar Kratzer abbekommen und er läuft wirklich gern allein«, erklärte Herr Schmidt Zoe, als wir uns wenig später wieder auf den Weg zum Schlerngipfel machten.

»Ich lasse Anton nie wieder los«, verkündete Zoe aber und sah dabei den Helden des Jahrhunderts auf ihren Armen mit einem Ausdruck an, den ich in der Form bei ihr auch noch nicht gesehen hab: *glücklich!*

… also den Moment jetzt mal nicht mitgezählt, als ich Anton frühmorgens in die Hütte ließ und er die schmale Treppe zum Schlaflager hochtippelte. Und als Zoe dann auch endlich wach war und gepeilt hatte, dass keiner von uns, sondern der quicklebendigste Anton es war, der ihr im Gesicht herumleckte, als sie *das* endlich gepeilt hatte, hatte das amtliche Glück einen Namen: Zoe Neufeld. Geweint hat sie vor Freude. Auch wenn sie später behauptet hat, dass ihre Augen nur deshalb getränt hätten, weil sie eine Glaswoll-Allergie habe.

Und nun hatte sie Anton auf dem Arm, lächelte ihn permanent glücklich an, und der wiederum machte irgendwie einfach nur den Eindruck, dass er runterwollte.

»Wie wäre es …«, pfiff Valentin jetzt schon nach ein paar Hundert Metern wieder konditionsfrei aus dem letzten Loch, »… wann der Anton und ich eifoch tauschen? Da kann der Hund wieder den Berg auffa und oba rennen, wie's ihm g'follt, und i schau ihm dabei ganz relaxt von deinen Schultern aus zu.«

»Vergiss es, *Ventilo*«, antwortete Zoe und Henriette, die gerade neben ihr herlief, sah Anton nachdenklich an und meinte: »Wirklich sehr, sehr ungewöhnlich, dieser Hund! Freundet der sich einfach mit einem Bären an.«

Worauf Herr Schmidt von der Spitze unseres kleinen Abenteurer-Trecks her sagte: »Das alles ist vielleicht weniger ungewöhnlich, als wir denken. Ich erinnere mich an eine Begegnung mit einem finnischen Naturfotografen – *Lassi* hieß der. Lassi Rau… Rau… Rau… irgendwas mit *Rau* auf jeden Fall … finnisch halt. – Jedenfalls dieser Lassi hat mir und Leslie beschrieben, wie er eines Morgens aus seinem Tarnzelt heraus zufällig beobachtet hat, wie ein Bär und eine junge Wölfin gemeinsam durch den finnischen Nebel streiften. Er hat die beiden dann verfolgt und über Wochen beobachten können. Sie gingen gemeinsam auf die Jagd, teilten sich die Beute und hatten sogar gemeinsame Schlafplätze. Und weil Leslie zu ihm meinte, dass er uns wohl einen Bären aufbinden wolle, zeigte er uns auf seinem iPad zum Beweis die wirklich beeindruckenden Bilder, die er von den beiden geschossen hatte.«

»Per…«, japste Valentin, »…vers!«

»Was du immer im Kopf hast«, meinte Zoe und Anton machte klar: *Das ist nicht pervers, es ist die ganz normale Allianz zweier Jäger, die erkannt haben, dass sie bei der Jagd im Team ihre Effizienz steigern können … na ja! Und außerdem ist so ein Bär wirklich verdammt kuschelig.* – Und klar wieder: Anton hatte natürlich wieder mal nur gebellt. Sein Statement war allein meine Interpretation. Schätzungsweise wollte er einfach nur von Zoes Arm herunter. Und sie ließ ihn dann auch endlich.

Der Aufstieg zum Schlerngipfel hoch war schon wirklich verdammt sportlich, muss ich sagen. Die Pfade waren mittlerweile zwar trocken und so gut wie rutschfrei, aber auch über weite Strecken ziemlich steil. Valentin hatte mehrmals angekündigt, dass er sich die Pulsadern aufschneiden würde, sollte nicht bald eine Seilbahn auftauchen. Was er dann natürlich nicht tat, trotz mangelnder Seilbahnen.

Und auch Herr Schmidt wurde von Höhenmeter zu Höhenmeter immer wortkarger, bis er schließlich ganz verstummte. Vermutlich, damit er sich voll und ganz auf seine Uhrwerktechnik der kleinen Schritte konzentrieren konnte.

Dann endlich, nach stundenlanger Quälerei, hatten wir das 2457 Meter hohe Plateau des Schlern erreicht. Und da war direkt vor der Schlernhütte etwas, womit wir so gar nicht gerechnet hatten: Party! Nervig laut grölende, Dosenbier saufende Touris mit Bluetooth-Box, aus der die Bumsmusik von Andrea Berg quoll, die sich darüber beschwerte, tausend Mal betrogen worden zu sein. Und dass so gut wie niemand aus diesem dumpfen Haufen auch nur ein Zeichen von Erschöpfung zeigte, hatte schlicht damit zu tun, dass man den Schlern nämlich auch ganz bequem von der anderen Seite per Seilbahn hochfahren kann und die letzten paar Meter dann tatsächlich noch zu Fuß, dafür aber eben auch sehr komfortabel. Über den Touristensteig. Was die grölenden Sportsfreunde mit Sicherheit auch getan hatten.

Aber wurscht! Wir, sehr stolz auf uns, hatten das Plateau auf die harte Tour erklommen, und von da waren es aber noch mal ganze 106 Höhenmeter über den Geröllpfad bis zum höchsten Punkt mit Gipfelkreuz – unserem

Ziel! … *Herrn Schmidts* Ziel, der ganz klar diesen höchsten Punkt für seine Leslie unbedingt erreichen wollte. Weil dazu waren sie beide damals einfach nicht mehr gekommen. Genauer: Sie hatten den Aufstieg ganz relaxt an der Sesselschwaige abgebrochen und waren wieder ganz relaxt heruntergeschlendert.

»Also dann. Für Leslie!«, sagte Herr Schmidt, schnaufte noch einmal kräftig durch und – *tick-tack-tick-tack* – tippelte er im präzisen Uhrwerkmodus der kleinen Schritte dem Ziel entgegen und wir ihm nach – Zoe, Henriette, Anton, ich … und der endfertige Valentin aber stoppte noch mal den Schmidt-Tross und warnte uns japsend, dass wir uns nicht wundern dürften, wenn er dort oben am Gipfel angekommen eine Menge Blut werde spucken müssen.

»Geht klar. Wir sind drauf vorbereitet«, versicherte Henriette ihm. Worauf wir uns alle wieder in Gang setzten und Valentin kopfschüttelnd hinterher.

Dann, auf der Hälfte des Weges: Stress nahte von hinten. Drei stämmige Typen und eine junge Frau, die auch nicht so ganz *in shape* war, lachten bescheuert laut und unecht. Das Unechte erkennt man ja immer daran ganz gut, dass die Lacher so seltsam eckig und gepresst klingen – so, als würden sie gleichzeitig Stuhlgang haben. Worüber die vier hier konkret lachten, kann ich nicht sagen, weil wirklich gar nichts, was der Anführer und vermeintliche Witzemacher der Truppe von sich gab, irgendwie auch nur im Entferntesten lustig war.

»SO, Wuschelkopp! Jetz mach'sse mal Platz hier. *Fat Man is coming!* HÄ, HÄ, HÄ!«, pöbelte ebendieser Typ mit Zigarette im Mundwinkel Valentin so ganz stumpf von hinten an. Gepresstes Gegacker von seinem Gefolge.

»Leiwand, dass die Fetten die bescheuerten Body-Bashing-Gags schon selber reißen!«, belächelte Valentin ihn müde.

»Ich gib dich gleich *bescheuert*, du Ösi!«, bellte der selbst ernannte *Fat Man*. Und obwohl Valentin einen Schritt zur Seite gegangen war, rempelte der Typ ihn extrahart an. – *Maschinengewehrartiges Stuhlganggegacker* von seinen Leuten.

Und weil wir ja schon sahen, dass das Asi-Quartett an uns allen vorbeiziehen wollte, machten wir auf dem schmalen Geröllpfad freiwillig einen Schritt zur Seite. Also Herr Schmidt, Henriette und ich machten etwas Platz … *nicht* Zoe.

»Wie sieht's aus, Mäuschen! Brauch'ssu 'ne Extraeinladung oder wat?«, ranzte der Anti-Joker Zoe von hinten an.

Und klar: Zoe blieb stehen, machte keinen Platz, drehte sich dafür langsam zu dem Typen um, als wäre sie einem Italowestern entsprungen. Da tragen sie halt auch gern lange, dunkle Staubmäntel und bewegen sich genauso zeitlupenartig, wenn Ärger ansteht.

»Extraeinladung wofür, du Fleischsack?«, knurrte sie den Typen an, dem dann auch augenblicklich die gute Laune samt Zigarette aus dem Gesicht fiel. Und nach einigen Momenten dumpfster Sprachlosigkeit hob er echt sauer seine freie rechte Hand, streckte Zoe den Mittelfinger entgegen und ballerte laut los: »Pass auf, Bittsch…«, und stöhnte nahtlos lang gezogene *Aaaaaas* hinterher, während er vor Zoe in die Knie ging. Was er deshalb tat, weil Zoe sich in einer ungeahnt schnellen Italowesternheld-Bewegung seinen Mittelfinger geschnappt hatte und diesen nun hart Richtung Handrücken überdehnte. *Fat*

Mans Begleitung guckte sprachlos zu und Anton, der die Lage nicht ganz peilte, bellte an Herrn Schmidts Seite nervös los.

»Hör zu, Klopsi«, sagte Zoe zu dem Typen. »Wir wollen einfach nur in Ruhe da zum Gipfel hoch. Aus Gründen, die du nicht verstehst, weil du dämlich bist. Klar so weit?! Aber, hey, du hast die Wahl! A: Du fragst höflich, ob wir für dich und deine Sportsfreunde da netterweise Platz machen könnten oder B: Ihr geht uns nicht weiter auf den Sack und verpisst euch ganz schnell wieder dahin, woher ihr gekommen seid. Was meinst du, Klopsi?«

Klopsi, also der Typ jetzt, machte mit schmerzverzerrtem Gesicht irgendwie deutlich, dass er verstanden habe, und *Aaaaa* hatte er auch geantwortet. Daher löste Zoe ihren Schraubzangengriff, ließ seinen Mittelfinger los …

… worauf der Typ ihr prompt den Mittelfinger der linken Hand entgegenschleuderte und gleichzeitig wütend losbrüllte: **»Fick dich, dämliche Schl…«**

… um daraufhin die Bierdose fallen zu lassen und schon wieder total unoriginell *As und Aus* zu stöhnen, da Zoe sich in einer geschmeidig fließenden Bewegung diesen Finger ebenfalls geschnappt hatte. Und während sie ihn konsequent wieder über Klopsis Handrücken dehnte, informierte sie ihn ganz entspannt: »Falsche Antwort!«

Der Typ stöhnte, Anton – sprungbereit – knurrte und bellte nervös neben Herrn Schmidt und der sagte relaxt: »Ruhiiiig, ganz ruhiiig jetzt!« – Also in Zoes Richtung sagte er das, nicht in Antons.

»Hömma! Jetzt lass doch ma den Dirk los. Dat tut dem doch weh!«, meinte nun einer der beiden anderen Typen zu Zoe, worauf Valentin nachfragte: »A geh, der Trottel heißt Dirk? Wirklich?«

»Äh … ja, wirklich. Dabei hat er noch Glück gehabt. Ich bin sein Zwillingsbruder und heiße Uwe.«

»Oida! Kein Scheiß? Ihr habt's aber nur sehr wenig Ähnlichkeit miteinand.«

»Zweieiig!«, klärte Uwe auf.

»Also, ich finde den Namen *Uwe* nicht ganz so schlimm«, meinte Herr Schmidt. »Da gibt es auch eine Reihe von prominenten Menschen mit diesem Vornamen. Uwe Rahn zum Beispiel.«

»Kenn ich nich!«

»Fußballer, Nationalspieler!«

»Ach!«

»Ja – ach! Aber das war vor deiner Zeit. Neunzehnhundertvierundfünfzig schoss er den Siegestreffer gegen Ungarn«, erklärte Herr Schmidt und der Typ neben Uwe sagte: »Jau, dat sacht mir wat. Hab ich schon mal gehört. Irgendsonn durchgeknallter Radiofutzi …«

»Yep! Herbert Zimmermann war das: *… und Rahn schießt! Tooor! Tooor! Tooor! Tooor! Deutschland ist Weltmeister!*«, imitierte ich darauf mit überschlagener Stimme gar nicht mal so übel den legendären Höhepunkt der Reportage.

Und da lachten auch Uwe, der Typ neben ihm, und die Frau im Klopsi-Quartett gackerte begeistert: »Äy – meeega! Dat is ja voll dieselbe Stimme.«

Ich bedankte mich für das Kompliment und dann kamen wir aber auch wieder recht schnell zum Ausgangspunkt dieser Unterhaltung zurück: Dirk! Der kniete nach wie vor sehr unentspannt vor Zoe in seiner eigenen Bierpfütze und mit schmerzverzerrtem Gesicht warnte er sie: »Ich mach dich fertig, du alte Scheiß…«

»*Alte Scheiß…* – was, Dirk?«, unterbrach Zoe ihn gelassen, dehnte seinen Mittelfinger noch ein wenig weiter in Richtung Handrücken.

Dann, Dirks größter Fehler: Er holte mit der rechten Faust aus, um Zoe in die Flanke zu boxen, sie wich locker aus und dabei verlor er wiederum ganz blöd die Balance und kippte mit seinem ganzen Gewicht in Richtung Zoe und – *knack* – hörten wir das unverkennbare Geräusch, das es macht, wenn sich jemand den Mittelfinger bricht.

Dirk quiekte los wie am Spieß, Zoe ließ den Mittelfinger los und mit Blick auf den absurd nach hinten stehenden Finger meinte sie ehrlich erschrocken: »Oups, das wollte ich nicht!«

Worauf Herr Schmidt aber nur verständnislos den Kopf schüttelte und zu ihr sagte: »Da ist er aber auch selber schuld, der dumme Dirk.«

Zwillingsbruder Uwe nickte, der Typ neben ihm auch und die junge Frau sagte: »Dat stimmt! Dat der Dirki auch nie weiß, wann Schluss is?!«

Dann halfen die drei dem jammernden Dirki auf und der brüllte noch mal los: **»Dat gibt Ärger, ihr blöden Arschlöcher! Richtig großen Ärger gibt dat!«**

»Gibt et nicht, Dirk. Und jetzt halt einfach mal die Fresse!«, meinte Uwe überraschend deutlich zu ihm. Dann nickte er Zoe und Herrn Schmidt zu, bevor die drei mit ihrem *Dirki* sehr vorsichtig und langsam den Hang hinuntertippelten.

… und wir tippelten rauf. Die letzten Meter zum höchsten Punkt des Schlern. Bis zum Gipfelkreuz. Stimmung: *Leiwand!*, wie Valentin noch mal rasselte, bevor er sich auf einen Fels neben Herrn Schmidt fallen ließ und dann selbstverständlich kein Blut spuckte. Herr Schmidt seinerseits tippte sich an die Stirn, kramte aus seiner Umhängetasche sein Uralthandy und wollte ein Gruppen-Selfie von uns machen. Was etwas aufwendig war. Weil schließlich sollten wir alle aufs Bild – Herr Schmidt, Zoe, Valentin, Henriette, Anton und ich. Und da bot sich aber auch schon eine aufmerksame Wanderin an, das Gruppenbild zu knipsen.

»The Magical Six!«, grinste Zoe stolz mit erhobener Faust ins Handyobjektiv, worauf ich dann auch spontan meine Faust in die Höhe riss und ein bisschen drüber und laut wie Dirk grölte: »*The Magical Six!* Ganz genauso sieht es aus, Lady *Wonderfeld*!«

»Seven!«, korrigierte Herr Schmidt uns mit Peace-Zeichen für die Kamera.

»Wieso *seven*? Ich zähle nur *six*«, fragte Valentin zu Recht nach und Herr Schmidt antwortete: »Leslie! Leslie ist auch dabei. Stets und immer!«

Da schaute der Valentin ihn stirnrunzelnd an und dann grinste er schließlich: »Oida! Das ist sehr sick. Aber wer bin ich, dass ich dir widersprechen könnte?!«

»Ein süßer Nobody!«, antwortete Henriette liebevoll und dann strahlte sie ebenfalls mit ihrem rekordverdächtig breiten Lächeln in die Handykamera und rief: **»The Magical *Seven*! So sieht's aus!«**

16

Stunden später waren *The Magical Seven* wieder ganz unten angekommen. Also *fast* ganz unten, dafür aber größtenteils amtlich am Ende!

»Oida! Jetzt ehrlich? So lange no'?«, atmete Valentin ein und aus, als auch er das Hinweisschild gelesen hatte, auf dem stand, dass es noch dreißig Minuten bis zu dieser Tuff-Alm mit den Kamelen und Alpakas waren.

»Valentin Tudor, du altes rumänisches Weichei! Stell dich jetzt mal nicht so an. Das sind jetzt nur noch ein paar Meter abwärts«, versuchte Zoe ihn aufzubauen.

»I kann mich goar nicht mehr anstellen, weil mir dazu die Kraft fehlt, weil ich innerlich tot bin. Vor Stunden schon habe ich diesen zoarten Körper verlassen und schwebe über ihm – hörst, Zoe Neufeld?! … hörst du mi no'?«

»Hast du's auch eine Nummer kleiner?«, fragte Henriette und er darauf aushauchend: »Wie bitte? I kann di nimmer gscheit hör'n. Ich bin in anem Tunnel und werde von einem Strudel von Licht angesogen. – Da! Ich sehe Menschen! Tote Menschen! Sie winken mich zu sich und …«

»Nein, er hat's nicht kleiner«, habe ich für ihn geantwortet.

»Ach, wisst ihr was. Dann lasst uns doch eine kleine Verschnaufpause einlegen. Wir könnten da zum Survival-Camp runtergehen. Liegt ja auf dem Weg«, schlug ziemlich überraschend ausgerechnet Henriette vor, die ja endgültigst Schluss gemacht hatte mit ihrem Volker.

Herr Schmidt, Zoe, Valentin, ich und selbst Hund Anton sahen Henriette irgendwie einigermaßen überrascht an. Gut möglich, dass der Schluss mit Vollhorst Volker nicht ganz so endgültig war, wie Henriette gestern noch sehr sicher verkündet hatte.

»Sehr gute Idee, Henriette! Da gehen wir nun runter, verschnaufen etwas und dann sehen wir weiter!«, sagte Herr Schmidt fröhlich in das allgemeine Schweigen und da taten wir halt so, als wäre das die großartigste Idee des Jahrhunderts, ausgerechnet noch mal diesen Survival-Arsch-Volker zu besuchen … selbst Zoe, die noch mal raushaute: »Volker! Wie geil! Ich freu mich so!«

Das Survival-Camp war menschenleer. Also fast. Bis auf Volker eben, der vor einem Bündel Äste kniete, das er versuchte mittels zweier Feuersteine zu entfachen.

»Ach, Volker. Das versuchst du jetzt schon seit neun Tagen und nicht ein Mal hat es geklappt«, begrüßte Henriette ihren *Noch-nicht-ganz-so-wie-man-dachte-Ex* beinah zärtlich.

Volker guckte überrascht hoch und fistelte mit seinem Stimmchen zurück: »Die Geduld zu verlieren bedeutet, den Kampf zu verlieren.«

»Mahatma Gandhi!«, sagte Herr Schmidt.

»Gesundheit!«, wünschte Valentin.

Herr Schmidt schüttelte wieder nur so gespielt erschüttert den Kopf und Henriette fragte Volker echt entspannt, wie es denn so laufe und ob die Brezeln geschmeckt hätten. Was sie ganz klar ironisch gemeint hatte, aber Volker tackerte zurück: »Die Brezeln sind natürlich direkt in den Müll gewandert, was unnötigerweise große Diskussionen unter den Teilnehmern ausgelöst hat, weil der Großteil der Ansicht war, dass man Lebensmittel nicht einfach so wegschmeißen könne.«

»Innen!«, ergänzte Zoe.

»Wie – *innen!*?«

»Teilnehmer…*innen*! Du hast vergessen zu gendern, verdammter Chauvi!«, antwortete Zoe. Guter Gag, aber Volker rollte nur entnervt mit den Augen und registrierte anscheinend jetzt erst den leinenlosen Anton.

»Ich habe das gestern schon mal gesagt und nun wiederhole ich mich: Nehmen Sie Ihren verdammten Köter an die Leine. Das ist Privatgelände hier. Amtlich!«, herrschte er Herrn Schmidt an.

»Ist es nicht, Volker!«, widersprach Henriette ruhig. »Du hast dich mit dem Förster hier irgendwie geeinigt. Amtlich ist hier nur, dass du ihn bestochen hast. Mit ein paar Euro bar auf die Hand.«

»Außerdem heißt es *Hund*, nicht *Köter*, du Voll-Horst!«, belehrte ihn Zoe.

»Sehr richtig, meine Liebe«, bestätigte Herr Schmidt und zum Volker sagte er: »Der Hund braucht keine Leine. Sie sehen ja, dass er keinen Quatsch macht.«

Volker schüttelte resigniert den Kopf, wandte sich wieder an Henriette und fragte sie: »Also was soll das hier? Warum bringst du diese Leute samt Köter wieder mit ins Camp?«

»Hund!«, korrigierte Zoe ihn beharrlich.

»Ach, Volker!«, seufzte Henriette sichtlich enttäuscht.

»Wie – *Ach, Volker!*? Diese Spinner haben hier nichts zu suchen. Mach ihnen klar, dass sie hier nichts zu suchen haben, dann können wir über alles andere reden.«

»Was meint *alles andere*?«, fragte Henriette misstrauisch nach.

»Meint, dass ich noch fünfzehn Euro neunzig für die Brezeln von dir bekomme«, sagte Volker und ich bemerkte: »Falsche Antwort!«

Und er darauf wieder: »Wie – *falsche Antw...*«

... und weiter kam er nicht, weil Henriette ihm unglaublich wütend über den Mund fuhr: **»Du verdammter Kotzbrocken! Wie konnte ich nur so dämlich sein, mich auf dich einzulassen! Fünfzehn Euro neunzig, sagst du? Warte, Volker ...«**

Möglich, dass Volker an dieser Stelle noch etwas hätte sagen wollen. Falls ja, wäre er eh nicht mehr dazu gekommen, weil ihn im nächsten Moment ein prall gefülltes Ledersäckchen voll an der Stirn traf. Henriettes Geldbeutel, welchen sie aus ihrer Hosentasche gezogen und ihm entgegengeschleudert hatte. Der Gevolkerte schrie spitz auf und Henriette erklärte ihm extrem wütend: »Da sind irgendwas um zwanzig Euro drin. Vielleicht auch mehr. Nimm es einfach, behalt den Rest und ...«

»Alles in Ordnung, Volki?«, fragte plötzlich jemand mit verschlafener Quäkstimme aus dem Off. Wir drehten uns in Richtung Stimme um und sahen, wie jemand aus einem der Tipis robbte ... rücklings irgendwie, mit dem Po in Leinensackhose voran ... Birthes Po!

»... ... ach!«, peilte Henriette anscheinend die Gesamtsituation. »Birthe Schulz! Im Tipi ihres Dozenten für Botanik.«

»Autsch!«, kommentierte Zoe.

»D... das kann ich erklären!«, sagte Volker.

»Kannst du nicht!«, sagte Henriette, drehte sich auf der Stelle um und marschierte von der Lichtung runter ... und wir alle miteinander natürlich hinterher.

»Vielleicht hat die Birthe ja einfach nur ein kleines Mittagschläfchen in Volkers Tipi gehalten«, meinte Herr Schmidt, als wir von der Lichtung runter waren und dem schmalen Pfad durch den Wald bis zum Ziehweg folgten.

»Ja, klar. So ganz aus Versehen. Weil die Tipis sich ja auch so ähnlich sehen«, meinte Zoe darauf.

»Na ja, immerhin hatte sie ja noch ihre Hose an. Da muss also gar nichts gelaufen sein«, versuchte ich Henriette irgendwie zu trösten.

Und Valentin ganz begeistert: »Was für ein mörderstarker Klotz?! Leiwand!!!«

»Die breite Kiste von Birthe Schulz?«, fragte Henriette mit bitterer Ironie in der Stimme.

»A geh! Bist deppert? Der Unimog dort«, klärte Valentin auf und zeigte auf den amtlichen Camper, der, wie gestern schon, immer noch am Rande des Ziehweges stand.

»Der Typ, der sich ein derartiges Schlachtschiff zugelegt hat, hat mit Sicherheit einiges zu kompensieren«, meinte Zoe.

»Volker heißt der Typ und, ja, hat er!«, antwortete Henriette, dann griff sie plötzlich in den hinteren Radkasten des Unimogs und zauberte einen Lkw-Schlüssel mit Anhänger hervor, der irgendwie so gar nicht ins Gesamtkonzept passte: ein rosafarbener Plüschhase.

»Das ist *Miffy*! Den hab ich ihm geschenkt«, erklärte Henriette, der meine hochgezogene linke Augenbraue wohl aufgefallen sein musste.

Dann schloss sie die Fahrertür auf und schwang sich über die beiden Trittbretter ins Führerhaus.

»Was haltet ihr davon, wenn wir den Rest der Strecke mit einem *Unimog Vierhundertfünfunddreißig* zurücklegen?«, grinste sie in die Runde.

»Oida! Da halte ich persönlich sehr, sehr viel von!«, haute Sportskanone Valentin sofort raus und saß einen Wimpernschlag später neben Henriette auf dem Beifahrersitz.

Herr Schmidt, Zoe, Anton und ich gingen ebenfalls um das Wüstenschiff herum und da war Henriette auch schon durch die Verbindungsluke vom Führerhaus in die Wohnkabine nach hinten gehüpft, um uns die Tür zu öffnen.

»Hereinspaziert!«, strahlte sie uns an und zog mit zwei Handgriffen eine Trittleiter unter dem Eingang hervor, über die auch Herr Schmidt bequem ins Wageninnere steigen konnte.

»Stairway to heaven!«, smilte der entspannt und stieg ein … und Zoe mit Anton auf dem Arm und ich als Letzter hinterher.

»Schon mal so einen Klotz gefahren?«, fragte vom Beifahrersitz her Valentin die Henriette, die wenig später wieder auf dem Fahrersitz hinter dem großen Lenkrad saß. Herr Schmidt war ebenfalls durch die Verbindungsluke vom hinteren Teil nach vorn in die Fahrerkabine geklettert und hatte auf dem zweiten Beifahrersitz Platz genommen. Zoe, Anton und ich sind hinten geblieben und waren gespannt auf Henriettes Antwort.

»Ja, natürlich!«, sagte sie cool, warf den Schlüssel mit dem rosa Miffy-Hasen dran einmal lässig hoch, fing ihn wieder auf, steckte ihn ins Zündschloss und startete den Motor. Lässig warf sie den ersten Gang ein und …

… ziemlich unerwartet setzte sich der Unimog ruckartig in Bewegung – rückwärts nämlich! Zoe, Anton und ich stolperten halb durch die Luke nach vorn, Valentin flog vom Sitz und landete mit dem Lockenkopf im Handschuhfach, nur Herr Schmidt und Henriette blieben dank der Anschnallgurte auf ihren Sitzen. Dann endete die Unimog-Ausfahrt nach ein paar Metern ziemlich abrupt. Keine Ahnung, wodurch zuerst. Entweder mittels Handbremse, die Henriette geistesgegenwärtig gezogen hatte, oder aber durch den Holzstapel hinter uns, in den der Camper reingebrettert war.

»W… was soll das?«, hörten wir eine Fistelstimme gut dreißig Meter hinter dem Unimog rufen – Volkers, wie ich durch die Heckscheibe sehen konnte.

»Volker kommt!«, warnte ich die anderen.

»Raus aus meinem Unimog oder ich rufe die Polizei!«, hörten wir ihn erneut mit dünner Stimme rufen.

»Wie kann man sich in etwas verlieben, das Pferdeschwanz hat und eine Stimme wie ein Eunuch?«, fragte sich Zoe laut.

Worauf sie aber keine Antwort bekam. Schon gar nicht von Henriette, die grübelnd auf Gangschaltung, Hebel, Schalter und einen Knopf – für was auch immer – blickte und langsam sagte: »Das verstehe ich jetzt nicht.«

»Ich ruf die Polizei!«, drohte Volker – jetzt gute fünfzehn Meter hinter uns.

»Tja, hm, das ist definitiv der erste Gang, den du eingelegt hast«, meinte Herr Schmidt, der sich von der anderen Seite über den Schalterwald gebeugt hatte.

»Hört ihr?«

»Vielleicht ist da irgendwas verrutscht«, tippte ich.

»Polizei!!!«

»Wie – *verrutscht*? Gänge verrutschen nicht einfach so«, knurrte Zoe von links und in mein rechtes Ohr raunte Anton: *Was hier sträflich vernachlässigt wurde, ist die Kontrolle der Stellung des separaten Vor- beziehungsweise Rückwärtsganghebels. V wie Vorwärts. R wie Rückwärts. Da steht's, ihr Fernfahrer!*

… was Anton halt so sagt, wenn ich es in sein mürrisches Knurren reininterpretiere. Fakt ist, dass mir im selben Moment genau so ein *Hebeldings* in der rechten Ecke von der Gangschaltung aufgefallen war. Ich erklärte also den anderen meine Theorien dazu und endete mit »… *V* wie *Vorwärts*, *R* wie *Rückwärts*! Könnte sein!«.

»Äpfelchen?«, hörten wir draußen direkt neben der Fahrertür den Volker erstaunt fragen.

Äpfelchen, also Henriette, blickte einmal kurz und angewidert auf ihren Ex-Volker herab, versperrte die Tür per Knopfdruck.

»Mach die verdammte Tür auf, Henriette Kettler!«, fluchte Volker draußen.

»Er hat eine Stimme, die alles in mir erkalten ließe, wenn ich mit ihm das Bett teilen müsste und …«

»Du musst ja nicht!«, bremste Henriette Zoe grinsend aus.

Und weil dem Volker da draußen vermutlich die ungeteilte Aufmerksamkeit von Henriette fehlte, brüllte er noch mal: **»Wenn du nicht aufmachst, ruf ich die Polizei und zeig dich an! Verstehst du, Henriette Kettler? Ich zeig dich an!«**

Und da blickte Henriette doch noch mal cool auf ihren Ex-Volker herab, drehte die Scheibe herunter und sagte zu ihm: »Tu es und deine Tage sind gezählt, Herr *Doktor* Kunz!«

Und ohne auch nur irgendeine Reaktion von Herrn Doktor Kunz abzuwarten, drehte Henriette sich zu mir herum und fragte nach: »*V* wie *Vorwärtsgang*, sagst du?«

Und ich achselzuckend: »Könnte sein, muss nicht.«

Worauf Henriette sehr entschlossen den Schalter von der *R*-Position in die *V*-Stellung brachte, den Unimog-Dieselmotor kräftig aufbrüllen ließ, gleichzeitig Gas gab und die Kupplung fliegen ließ. – Und bingo, richtig getippt: Wir schossen nach vorn und ließen Doktor Volker Kunz dort stehen, von wo aus er uns einfach auch nur noch regungslos hinterherglotzte.

17

Ob Henriette Kettler vor dieser Abfahrt zum Hotel runter tatsächlich schon mal mit dem Unimog gefahren ist oder nicht, kann ich absolut nicht sagen. Was dagegen spricht, ist, dass sie nicht wusste, dass sich die Gänge sowohl rückwärts als auch vorwärts fahren lassen. Je nachdem eben, wie man den Hebel mit den Buchstaben *V* und *R* drauf umlegt. – *Wendegetriebe* nennt es sich. Nie gehört, bevor ich es nicht selbst gegoogelt habe. Was dafür spräche, dass Henriette schon mal mit dem Unimog gefahren ist, wäre, dass sie den echt gewaltigen Klotz sehr geschmeidig über den Ziehweg um zwei verdammt enge Kehrspitzen führte, ohne auch nur einen Baum umzunieten … oder Wanderer, von denen nun, wo das Wetter gut und die Wege trocken waren, wieder reichlich unterwegs waren.

Ich steckte mein Handy mit dem Unimog-Google-Wissen wieder zurück in meine Hosentasche und jetzt, wo sich die Lage deutlich entspannte, spürte auch ich meine bleischweren Beine.

»Sag mal, Prinz Tudor. Warum glotzt du unsere Fahrerin so an? Hast du dich verliebt?«, fragte Zoe neben mir durch die Luke zum Fahrerraum.

»Woooss? Bist du pervers? Die ist mir viel zu alt«, haute Valentin ungefiltert heraus, worauf Henriette ihm während der Fahrt die flache Hand über den Kopf klatschte.

»Jetzt hab *ich* mich verliebt!«, seufzte Zoe.

»Des überrascht mich nicht, Kleines«, grinste Valentin.

»Ich meinte, in unsere Fahrerin«, grinste Zoe zurück.

»Das verstehe ich!«, lächelte Herr Schmidt.

»Lasst mir Zeit! Ich habe mich grade erst getrennt«, smilte Henriette in Richtung Zoe nach hinten und darauf sagte dann Valentin auch noch mal zu Zoe: »Siehst du? Und exakt über dieses *furchtbare Drama* habe ich eben nachgegrübelt und komme einfach zu kanem logischen Schluss, verstehst?!«

Zoe, Herr Schmidt, ich und sehr wahrscheinlich auch Anton verstanden nicht und glotzten Valentin entsprechend an.

Und der fuhr dann auch fort: »Was ich meine, ist, dass es kanen Sinn macht, wann die Henriette den Volker in den Wind schießt, ihm dann auch noch den Unimog klaut und er daraufhin *nicht* die Polizei alarmiert.«

»Meine Theorie?!«, sagte Herr Schmidt dann. »Der gute Volker hat ein schlechtes Gewissen, weil …«

»Falsch!«, grätschte Henriette ihm da überraschend fröhlich in die Erklärung.

Worauf Zoe sich nachdenklich, mit Finger am Kinn, nach vorn in den Fahrerraum beugte und sagte: »Tu es und deine Tage sind gezählt, Herr *Doktor* Kunz! – Wer sich so von seinem Ex verabschiedet, hat sicher etwas gegen ihn in der Hand. Etwas, das belastend genug ist, damit der Volki schön stillhält.«

Herr Schmidt, Valentin, Zoe und ich guckten gespannt Henriette an, die über beide Wangen grinste, während sie den Unimog um die letzte Kurve lenkte.

»Bingo!«, triumphierte Zoe und fragte sensationslüstern nach: »Was ist es? Was hast du gegen Volker in der Hand?«

»Nacktfotos?!«, tippte Valentin.

Henriette lenkte den Unimog auf die Zielgerade Richtung Hotel, guckte zu Valentin rüber und sagte mit ihrem breiten Lächeln: »Das wäre kein Druckmittel, weil es nichts zu sehen gib…«

»Achtung!«, unterbrach Herr Schmidt Henriette und sie, reaktionsschnell, trat die Bremse bis zum Anschlag durch und zog gleichzeitig die Handbremse, um die zwei Wanderer, die wie aus dem Nichts plötzlich mitten auf unserer Fahrbahn standen, nicht platt zu fahren. – Zoe und ich flogen bei diesem Bremsmanöver von der hinteren Kabine durch die Luke und landeten irgendwie übereinanderliegend im Führerhaus vor der Frontscheibe. Mit platt gedrückten Gesichtern glotzten wir durchs Glas auf die beiden Wanderer herab, die höchstens eine Handbreit vor dem Unimog standen und blass und erschrocken zurückglotzten.

»What the fuck …???«, fragte Zoe, als auch sie peilte, wer da vor uns stand – Altenpflegerin Nele Koch und Sozpäd Tobias Schlüter.

»Die Welt ist halt ein Dorf … *Jörg*!«, versuchte Nele mir am frühen Abend auf der Terrasse vom Hotel Waldsee auf meine Nachfrage zu erklären, wie es möglich sein konnte, dass die beiden uns gefunden hatten. Sie hatten uns von Salzburg aus verfolgt und – extrem unglaublich eben – tatsächlich gefunden. Und Zufall oder Fügung: Ein Doppelzimmer in dem Hotel der Kritzingers wurde auch noch frei, das die beiden dann gebucht haben. Und nun saßen wir alle gemeinsam an einem Tisch auf der Terrasse, Nele erzählte den Quatsch mit *der Welt als Dorf* und Frau Kritzinger servierte uns die Getränke …

»Ich weiß, wie sie uns gefunden haben«, behauptete Zoe. »Die haben mir einen Mikrochip implantiert. Damals, als sie mich wegsperrten und …«

»Niemand hat dir was implantiert und weggesperrt hat dich auch keiner. Das weißt du ganz genau, Zoe Neufeld«, erinnerte sie ihr persönlicher Wohngemeinschaftsbetreuer Tobias Schlüter, der links neben Nele Koch mit seinem Weizenbier saß.

Zoe schwieg, dafür knurrte Anton, der neben Herrn Schmidt auf dem Boden saß, den Tobias mürrisch an. Gerade so, als wolle er sagen: *Halt doch einfach mal deine bescheuerte Klappe, du uncooler Hipster von Sozpäd. Ich habe nämlich das starke Bedürfnis, dir meine Reißzähne auch in die rechte Wade zu schlagen.*

»Anton, mein Freund. Ich dachte, das hätten wir geklärt?«, ermahnte ihn Herr Schmidt sanft und Anton regte sich dann auch ab, weil er vielleicht auch merkte, dass von Sozpäd Schlüter absolut keine Gefahr ausging.

»Also wie?«, habe ich da noch mal bei Nele nachgehakt.

»Also was – *wie*?«, fragte sie zurück.

»A geh! Wie's ihr uns gefund'n hobt, will der *Jörg* wissen!«, erklärte Valentin, bevor er wieder genüsslich an seiner Havanna saugte und drei kreisrunde Ringe in die Luft stieß.

»Bist du nicht eigentlich ein bisschen zu jung für so was?«, fragte Tobias ihn, worauf Henriette neben mir schnörkellos für Valentin antwortete: »Es ist Gottes Wille, dass er raucht.«

Bis auf Nele und Tobias lachten alle und Zoe riet ihrem Wohngemeinschaftsbetreuer, dass er sich einfach mal locker machen solle, und da antwortete der ruhig: »Ich bin locker, weil ich weiß, dass wir zwei Hübschen morgen zurück nach Hamburg fahren.«

»Pfff…«, machte Zoe und Herr Schmidt fragte da aber

noch mal interessiert nach: »Ist das denn die Aufgabe von Sozialpädagogen? Ausgebüxte Jugendliche zurückbringen? Wer ist denn da eigentlich zuständig?«

»Kopfgeldjäger!«, antwortete Valentin und blies einen weiteren Havannaring in den Abendhimmel.

Tobias Schlüter zögerte erst mit der Antwort, aber erklärte dem Herrn Schmidt schließlich: »Das wollte ich mit der Lady hier … hmmm … sagen wir mal, *intern* regeln. Ganz unbürokratisch ohne Staatsmacht!«

Und da war Zoe auch sprachlich wieder voll da und schoss zurück: »Pah! Intern! Einen Scheiß wolltest du, Schlüti! Sehr wahrscheinlich hattest du nicht mal die Eier, der Heimleitung mitzuteilen, dass eins *deiner Mädels* aus der Wohngruppe abgehauen ist. Gib's zu, Schlüti!«

Und er unbeeindruckt ruhig: »Gar nichts gebe ich zu! Und überhaupt: Das kannst du gern persönlich mit der Heimleitung klären. Morgen, wenn wir wieder in Hamburg sind.«

»Pfff…«, machte Zoe wieder und Nele Koch sprach Herrn Schmidt nun etwas unsicher an: »Apropos Heimleitung, Herr Schmidt! Es wäre super-supernett, wenn Sie meine Chefin, die Frau Kramp, heute noch anrufen könnten. Einfach nur so ganz persönlich, damit die sich keine Sorgen mehr macht … bitte!«

»Aha?«, entgegnete Herr Schmidt erstaunt. »Frau Kramp macht sich also Sorgen. So hätte ich die Gute gar nicht eingeschätzt.«

Und da guckte Nele den Herrn Schmidt so prüfend an und sagte schließlich zu ihm: »Macht sie auch gar nicht! Ich hab gelogen! Es geht um Ihre Kinder Gerald und Annette. Die machen Druck und wollen die Seniorenresidenz verklagen, wenn Sie da nicht bald wieder auftauchen.«

Da glotzte Herr Schmidt Nele ehrlich verdutzt an, platzte schließlich lachend los und erklärte ihr: »Gerald und Annette werden nichts dergleichen tun, weil sie dazu gar kein Recht haben. Ich bin ein freier Mann, Herzchen!«

Nele schielte verunsichert zu Tobias rüber, dann blickte sie wieder zu Herrn Schmidt rüber und sagte zu ihm: »Das können wir ja alles morgen Abend klären, wenn wir wieder in Schneverdingen sind, nicht wahr, Herr Schmidt?!«

Herr Schmidt lächelte Nele nur herzlich an und prostete ihr mit seinem Rotweinglas zu: »Auf Frau Kramp! Ich ruf die später vielleicht noch mal an.«

Ein merkwürdiger Abend war das irgendwie. Einerseits lag so was wie Abschiedsstimmung in der Luft, weil es dann ja wohl der letzte Abend war, den *The Magical Seven* miteinander verbringen würden. Andererseits war es eben auch ein sehr geschmeidig schöner Sommerabend, an dem Zoe beispielsweise keine Gelegenheit ausließ, dem *Schlüti* klarzumachen, wie enddämlich, strahlungsverhipstert und Oma-duttig sie ihn insgesamt fand, was der aber alles ziemlich cool wegsteckte. Muss man sagen.

Die Sonne war schon längst hinter dem gewaltigen Schlernmassiv verschwunden, wir plauderten über Unimogs, *M49* und Willy Brandt, da stand Nele plötzlich auf, reckte sich einmal und meinte, dass sie doch ganz schön erschöpft sei und nun ins Bett müsse. Worauf sich kurze Zeit später Sozpäd Schlüter demonstrativ gähnend erhob und sich ebenfalls verabschiedete.

Und als er dann von der Terrasse ins Hotelgebäude verschwand, rief Anton ihm hinterher: *Von wegen müde, Sozpäd! Du und die Koch, da läuft doch was!*

Klar wieder: *Einmal bellen – meine Fantasie!* Aber da sprach auch schon Zoe Neufeld in die Runde: »Und ich hätte meine Eltern drauf verwettet, dass der Schlüter schwul ist.«

»Du hasst deine Eltern!«, erinnerte Valentin sie.

»Ja, okay, trotzdem!«, meinte sie.

»Was dann aber auch egal wäre, wenn er wirklich schwul wäre, nicht wahr?«, fragte Henriette lächelnd, aber bestimmt nach.

»Wie? Ja, sicher!«, antwortete Zoe ganz selbstverständlich. »Ich mein ja nur, dass ich … *irgendwas* drauf verwettet hätte, so sicher war ich mir, dass der schwul ist.«

»Interessant!«, fand Herr Schmidt, nippte an seinem Rotwein und hakte nach: »Woran machst du das fest, ob jemand schwul ist oder nicht?«

»Gar nix mach ich nirgendwo dran fest, okay? Im Prinzip ist es mir komplett *egalo*, ob der Schlüter schwul ist oder hetero. Muss ja schließlich jeder selbst wissen, worauf er steht. Ich habe mich einfach nur verhauen und jetzt knattert der Schlüter mit der Koch. Ist kein Ding. Habe ich mich jetzt klar genug ausgedrückt, Herrschaften?«

»Sehr klar, Frau Neufeld«, antwortete Henriette und auch Herr Schmidt hob sein Glas zum Trinkspruch an und sagte: »Frau und Mann sind mehr als nur die Summe ihrer Geschlechtsorgane.«

»Unn' sswar?«, fragte Valentin etwas träge nach, während er versuchte, die sehr geschäftige Frau Kritzinger per Handzeichen an unseren Tisch zu lotsen.

»In erster Linie Mensch!«, antwortete Herr Schmidt und …

… da stand aber auch schon wie aus dem Nichts Frau Kritzinger an unserem Tisch und fragte Valentin, was er denn noch bestellen wolle.

»No' swei Obstler für den fein'n Herrn Schmidt hier und für uns alle noa Spezi unn-so-was-bittschön«, orderte Valentin schlau, aber auch ordentlich lallend, weshalb Frau Kritzinger besonders den Herrn Schmidt fragend ansah, und der klärte amüsiert: »Sagen wir: *Einen* Obstler, bitte! Wir reisen morgen früh ja auch schon ziemlich früh ab.«

»Ach?!«, staunte Frau Kritzinger. »Das ist aber schade. Wohin geht's denn?«

»Für uns beide hier zum Mittelpunkt vom Nichts, also nach Schneverdingen«, antwortete ich für Herrn Schmidt.

»Hamburg – Metropole der Vollidioten!«, seufzte Zoe.

»Münster! Ort der Zentralmeisen«, seufzte Henriette und Valentin seufzte ebenfalls und sagte dann aber nichts, weil ihm vielleicht Frau Kritzingers Frage entgangen war.

»Schade! Sehr, sehr schade. Ihr seid so ein goldiges Team«, sagte Frau Kritzinger noch mal so ehrlich bedauernd und brachte auf den Punkt, was wir alle dachten. *Ich* jedenfalls dachte so und ich fand es verdammt schade um das goldige Team … die Schmidt-Gang.

Wie gesagt: merkwürdiger Abend halt. Sommerlich schön, ernüchternd endgültig und …

… dann fingerte Herr Schmidt in seiner Jackeninnentasche herum und fischte schließlich einen Briefumschlag heraus. *Den* Briefumschlag mit Leslies Liste! Er zog das

Blatt aus dem Umschlag, klappte es auf, drehte die Vorderseite ein wenig in den Schein des Kerzenlichtes, weil seine Augen anscheinend auch nicht mehr die allerbesten waren, betrachtete es nachdenklich, guckte wieder hoch, strahlte uns alle miteinander an und fragte: »Wart ihr eigentlich schon mal in Arles?«

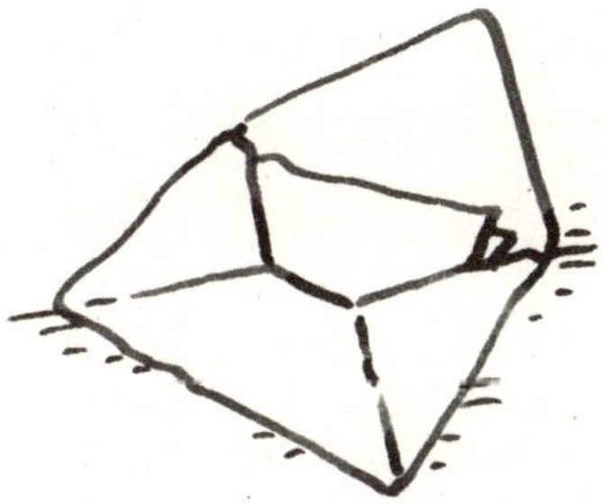

18

»Ihr fahrt wohin?«, fragte Eric Langenberg noch mal nach, wobei sich seine Stimme so unkontrolliert überschlug, dass ich gleich wusste, wie sehr ihn das alles aufregte.

»Arles, Provence, Südfrankreich. Ich kann's dir auch aufmalen, wenn's hilft«, habe ich geantwortet. Mit gedämpfter Stimme wieder, weil Valentin im Doppelbett neben mir schon schlief.

»Warum diesmal? Baguettes klauen, Rotwein saufen, in die Lavendelfelder pinkeln. Sag an! Was stand drauf auf dem Zettel von dieser Lisa?«

»Leslie!«

»Leslie! Meine ich ja. Also: Was?«

»Unklar! Das wollte der Herr Schmidt nicht verraten. *Noch* nicht.«

»Henk?!«

»Ja bitte, Eric?«

»Das ist alles sehr, sehr sick, Mann. Ursprünglich war nur die Rede von Göttingen. Verständnis, Alter! Großes! Aber das? Arles? Das liegt da irgendwo am Atlantik, Mann! Out of nowhere! … France!!!«

»Mittelmeer«, habe ich ihn korrigiert und flüsternd weiter: »Alles, was ich will, ist doch nur dein Alibi. Sagen wir, bis – warte …« – Ich rechnete an den Fingern herum, dass wir für die rund 850 Kilometer von Völs am Schlern bis nach Arles mit dem Unimog bestimmt den ganzen Donnerstag brauchen würden. Dann, Freitag, würden wir etwas unternehmen. Keine Ahnung, was konkret, aber es stand auf Leslies Liste. Und das konnte von

Blümchen pflücken bis *Welt retten* alles Mögliche sein. Kurz und gut: Ich baute noch ein paar Zeitpuffer ein und kam schließlich auf: Ankunft Schneverdingen: Sonntagmittag.

»Henk? Bist du eingeschlafen? Du schnarchst«, hakte Eric nach.

»Was? Nein! Das ist Valentin. Der hatte einen Obstler zu viel.«

»Verstehe!«

»Hör zu, Eric. Bis Sonntagmorgen brauche ich dein Alibi. Für den Fall, dass meine Eltern bei dir anrufen.«

»Henk?!«

»Ja, bitte, Eric?«

»Du bist irre, aber geht klar. Apropos *irre*. Wie geht's meiner Freundin, der Ursula?«

»Wem?«

»Na, der dunklen Macht aus dem Kinderheim, die eigentlich Zoe heißt, deren Betreuer Tobias seinerseits doch nicht schwul ist und die ganze Nacht mit Nele rumknattert.«

»Respekt. Je komplexer die Infos, umso besser kannst du sie dir merken«, lobte ich ihn und er darauf: »Für die wirklich wichtigen Dinge im Leben habe ich ein fotografisches Gedächtnis. Also was ist mit der Uschi?«

»Ursula, nicht Uschi!«

»Ursula heißt doch heute keine Sau mehr. Außerdem darf ich meine Freundin nennen, wie ich will. Also?«

»Also was?«

»*Also was, also was!* Ich will wissen, wie es der mir versprochenen Braut geht, mit der ich dereinst an die dreizehn Kinder haben werde und …«

»Die liegt sehr wahrscheinlich in ihrem Bett und pennt!«, habe ich Eric ausgebremst.

»Verstehe. Und was ist mit der anderen – Henrike?«

»Henriette!«

»Henriette! Mein ich ja! Was ist mit der? Sieht die gut aus?«

»Denke schon. Ist aber auch immer Geschmackssache.«

»Was 'n das für 'ne Antwort – *Denke schon. Geschmackssache?!* Wir reden hier über Frauen, nicht über Autos!«

»Schon klar, aber was willst du hören, Mann? Sie ist sechsundzwanzig Jahre alt, hat lange, rötliche Haare, einen ziemlich üppigen Mund, große Augen …«, habe ich ihm alles beschrieben, und als ich ihm dann noch gesagt habe, dass sie wohl irgendwie Ähnlichkeit mit einer gewissen Andrea Sawatzki habe, war kein Halten mehr und Eric sagte mir, dass er sich von Ursula trennen würde. Und dann war das Thema *Frauen* aber auch abgehakt und Eric kam auf Herrn Faraq zu sprechen. Also deshalb vor allem, weil Eric Herrn Faraq leidenschaftlich hasste. Und dieses wiederum, weil der Mann sein Chemielehrer war und Eric aber eine echte Null im Periodensystem. Weshalb Herr Faraq ihm im letzten Schuljahr noch eine Fünf auf dem Zeugnis verpasst hatte und jetzt stand gleich zu Anfang des neuen Schuljahres schon wieder ein Test an. Warum, keine Ahnung, weil ich aus der Ferne wieder ein Donnergrollen vernahm und ich nicht mehr *so ganz* bei der Sache war. Eric jammerte mir aber immer weiter die Ohren voll, dass es doch am Ende gar nicht so drauf ankäme, welches Element wo mit welchem verfickten Kürzel im Periodensystem stehe. Entscheidend sei ja wohl eher, dass das Ganze miteinander prima funktioniere – worüber man aber mit dem Herrn Faraq nicht vernünftig reden könne. Und …

… da draußen grummelte es gewaltig im Schlernmassiv, bis plötzlich ein Blitz die Welt durchzuckte und die Nacht zum Tag werden ließ. Und während Eric mir erzählte, dass er persönlich eigentlich ja gar nichts gegen Herrn Faraq habe, aber er es schon irgendwie cool fände, wenn der einfach mal nach Feierabend in ein Salzsäurebad stolpern und sich auflösen würde – währenddessen also zählte ich die Sekunden vom Blitzlicht bis zum Donner – und das waren runde fünf, als es schön laut krachte. Valentin neben mir ratzte wie ein besoffenes Baby einfach weiter und Eric erzählte und erzählte, und ich warf die Bettdecke beiseite, stand auf und ging zur Tür und wartete und …

… freute mich sehr, als da jemand von draußen voll panisch gegendonnerte.

Eric unterbrach sich selbst und ich hörte ihn fragen: »Was war das?«

Ich öffnete die Tür und Zoe mit *Bart-Simpson-Shirt* stand vor mir und sagte: »Ich schlaf rechts außen und es wird nicht gefummelt, klar?!?«

»Geht klar!«, grinste ich zurück und zu Eric noch: »Ich meld mich!«

19

Am nächsten Morgen saßen wir alle zusammen an einem Tisch und genossen das Frühstück. Der verkaterte Valentin, Zoe und ich an der einen Tischseite – das Power-Pärchen Nele & Tobias neben Henriette, die in dem Unimog übernachtet hatte, auf der gegenüberliegenden. Und am Kopfende saß Herr Schmidt, der Anton unterm Tisch grad ein bisschen von seinem gebratenen Schinkenspeck abgab. Alles in allem war die Stimmung okay. Und das, obwohl Nele Koch und Tobias Schlüter vorhatten, mindestens zwei Helden der *Schmidt-Gang* zurück in ihre Heime zu bringen …

Stimmung jedenfalls okay und Frau Kritzinger servierte uns Kaffee, Kakao, Tee, die besten Eier des Universums und – *Flash* – war sie auch schon wieder weg.

Dieses extrem krasse Gewitter der letzten Nacht war dann natürlich auch noch mal Thema und Tobias *Sozpäd* Schlüter fragte Zoe, wie sie denn die Nacht verbracht habe.

»Warum willst du das wissen?«, fragte Zoe in ihrer unbeschreiblich charmanten Art zurück.

»Interesse? Fürsorge? Empathie?«, zählte Tobias seufzend auf und erklärte ihr, dass er von ihrer Astraphobie wusste.

»Das hat dir die Fiona, die alte Bitch, verraten! Stimmt's?!?«

»Nein, Fatima!«

»Fatima ist eine verdammte Soziopathin!«

»… von der ich dich übrigens lieb grüßen soll. Sie und

auch deine anderen Mitbewohnerinnen machen sich große Sorgen um dich.«

»… … … ach!«

»Ja – *ach!*«, wiederholte Tobias Schlüter und dann fragte Henriette aber auch noch mal bei Zoe nach: »Also, wie hast du denn nun geschlafen, mein armer Spatz?«

»Danke, dass du fragst, *Herzchen*. Gut habe ich geschlafen. Sehr gut sogar«, strahlte Zoe sie daraufhin an. Dann zeigte sie auf Valentin und mich und entspannt lächelnd wanderte ihr Blick wieder zurück zu Sozpäd Schlüter und fuhr fort: »Bei meinen Jungs hier habe ich geschlafen. In einem Bett. Sehr gut möglich, dass ich jetzt schwanger bin.«

»What?«, erwachte links neben Zoe etwas zum Leben – Valentin, der Obstler-Untote. Und Nele prustete erschrocken in ihren Kaffee. Aber da legte Tobias seine rechte Hand beruhigend auf ihre linke und gab kopfschüttelnd Entwarnung. Weil da kannte er Zoe Neufeld anscheinend doch so gut, dass er wusste, dass sie ihn, den guten alten Sozpäd, einfach nur provozieren wollte. Was ich hätte bestätigen können, weil, klar: *Nichts* war gelaufen! … bis auf eine rein zufällige Berührung, als ich mich mitten in der Gewitternacht in meiner Ritze umdrehte. Von der müffelnden Alk-Leichen-Seite Valentins hin zu der rechten Seite, auf der ich mit meiner linken Hand Bart Simpsons Kopf flüchtig streifte … will sagen: Zoes Nachtshirt mit Bart Simpson drauf … auf Brusthöhe! Aber ich schwöre, dass es rein zufällig war. Wie hätte ich mit geschlossenen Augen auch ahnen können, dass Zoe so nah neben mir lag … sehr nah eben, wie ich feststellte, als ich dann doch noch mal kurz meine Augen geöffnet hab. Und das auch mehr so instinktiv, weil ich damit rechnete, dass Zoe mir aus dem Missverständnis heraus direkt eine ballern würde. Machte sie aber gar nicht. Sie lag da und schlief wie ein Baby. Nur ich selber hab noch eine halbe Ewigkeit knallwach herumgelegen – aufgeladen wie eine Gewitterwolke.

… aber gelaufen ist nichts! Natürlich nicht!

»Also dann! Ich geh mal die Frau Kritzinger suchen, um die Rechnung zu bezahlen«, sagte Herr Schmidt in die Runde und damit war das Thema *Schlaflos am Schlern* dann sowieso abgehakt, weil das war das Zeichen.

»Dann gehe ich noch mal eine große Runde mit Anton!«, verkündete Zoe daraufhin sehr *spontan* und ebenso *spontan* entgegnete Henriette: »Gute Idee! Da komm ich mit!«

Worauf der quarkblasse Valentin sich ebenfalls in die Senkrechte kämpfte und verkündete: »Herrschaften. Ich ziehe mich ebenfalls vornehm zurück und speibe no' einmal die Keramik voll. Habe die Ehre!«

Übrig blieben Nele Koch, Tobias Schlüter und ich. Was Teil unseres raffinierten Planes war. Meine Aufgabe war es, das Power-Pärchen noch ein wenig hinzuhalten. Zoe würde mich anrufen, wenn alles startklar für die Flucht wäre.

… Problem war, dass ich in Sachen Small Talk eine amtliche Null bin, weshalb ich den beiden so locker wie ein Stück Holz gegenübersaß und einfach nur darauf wartete, dass Zoe bald anrufen möge …

… was sie dann auch tatsächlich im nächsten Moment tat.

»Jetzt schon?«, rutschte es mir vor den beiden voll clever heraus, bevor ich den Anruf überhaupt entgegengenommen hatte, und dann nahm ich ihn aber auch direkt entgegen und haute in schauspielerischer Höchstform heraus: »Ich komm gleich!«

»Wie – *ich komm gleich!*?«, fragte da eine Stimme nach, die nicht die von Zoe war – meine Mutter! Einigermaßen verdutzt prüfte ich noch mal, was auf dem Display stand, weil für die Anrufe meiner Mutter hatte ich ja den Signalton *Spieluhr* gewählt. Und dass es jetzt der Standardklingelton war, lag schlicht daran, dass sie vom Festnetz und nicht von ihrem Handy aus anrief.

Home!, las ich also vom Display ab und antwortete schließlich: »Äh … hallo, Mama! Sorry, hab dich verwechselt, weil … … äh … dachte, Eric wäre dran!«

Was als Ausrede total bescheuert war, weil: »Du *bist* bei Eric!«, stellte sie für mich klar.

»Öhmm … ja, klar bin ich bei Eric. Ich … ööö … lieg aber noch im Bett. Oben in Langenbergs Gästezimmer. Du weißt schon, das kleine unterm Dach.«

Und da hatte ich dann auch die volle Aufmerksamkeit von Nele Koch und Tobias Schlüter, die mich beide fragend anglotzten.

»Ach so, verstehe!«, sagte meine Mutter erfreulicherweise und dann aber noch: »Sag mal: Wann kommst du denn heute an? Dann hol ich dich ab.«

»Fuck!«, haute ich schon wieder ganz blöd raus, weil ich vergessen hatte, die Fristverlängerung bei meinen Eltern klarzumachen.

»Wie bitte?«

»Äh … sorry-sorry-sorry! Ich wollte sagen … also fragen wollte ich, ob ich bis Sonntag bleiben kann – also bei Eric jetzt. Ist grad echt schön hier in Köln.«

Nele und Tobias glotzten immer schräger – und meine Mutter dann echt irritiert: »In Köln regnet es. Die Wettervorhersage ist auch nicht die beste. – Sag mal, Henk: Alles in Ordnung mit dir?«

Ein Scheiß war in Ordnung! Ich Penner schlingerte satzweise immer weiter in den Abgrund der Blödheit. Und während ich schnell und nervös überlegte, wie ich aus der Nummer hier wieder rauskam, klopfte jemand mit einem weiteren Anruf ins Telefonat – Zoe höchstwahrscheinlich. Das ignorierte ich jetzt aber einfach mal, weil wichtiger war, dass ich dieses Gespräch hier mit meiner Mutter wieder in eine vernünftige Bahn lenkte, und antwortete wortgewandt: »Alles gut!«

»Hammer!«, sagte darauf Nele ironisch, worauf ich sie streng ansah und ihr mit Fingerstrich am Hals entlang klarmachte, dass sie die Klappe halten sollte. Was sie dann auch überraschenderweise tat, aber meine Mutter fragte erstaunt nach: »Ja, wer war denn das?«

Die Anklopfsignale verstummten … so wie ich auch, weil was sollte ich mir noch alles aus den Fingern saugen?! »… das war Nele Koch!«, antwortete ich schließlich wahrheitsgemäß, weil, meine Güte, ich hatte eh verloren. Das ganze Telefonat ging den Bach runter und ich war bereit, alles zu gestehen.

»Oh!«, machte meine Mutter erst sehr überrascht. Und nach einer unendlich langen Pause switchte sie in so eine Art Verständnismodus um und sagte: »Henk, mein Lieber. Da will ich jetzt auch gar nicht länger stören.«

»Äh … what?«

»Na, euch beide eben. Dich und diese Nele da bei dir. – Egal! Also, pass auf: Bis Sonntag geht in Ordnung! Aber keinen Tag länger, okay?«

Und da erst peilte ich das ganz große Missverständnis und sagte dann aber auch nur noch: »Äh … ja klar, okay!«

»Und, Henk?!«

»Ja?«

»Benutzt bitte Kondome!!!«

Nach dem Gespräch glotzte ich gedankenverloren auf mein Handy, weil mir nicht klar war, wie ich aus der Nummer jemals wieder herauskommen sollte, ohne meine Mutter ein Leben lang anzulügen, da hörte ich Tobias sagen: »Mein lieber Freund und Kupferstecher!«

Ich schüttelte die Gedanken weg, guckte Tobias an und fragte: »Wer?«

»Sagt man so. Ausdruck des Erstaunens. So wie *Potztausend!* oder …«

»Das sagt ja heut auch kein Mensch mehr«, wusste Nele und dann machte es *ping*. Eine neue Nachricht auf meinem Handy. Eine WhatsApp von Zoe …

Wo bleibst du … JÖRG?!?

Tobias Sozpäd Schlüter zwinkerte mir so verschwörerisch zu und da ahnte ich schon, dass der jetzt mal so richtig einen auf Verständnis machen wollte, und *bingo*: »Du, Henk …«, surrte die Sozpäd-Maschine los, »… das ist im Prinzip vollkommen okay, die eigene Mutter anzulügen. Das ist ja auch eine Form der Abgrenzung, die zum Abnablungsprozess für Kids in deinem Alter dazugehört wie die Luft zum Atmen, und du wirst ja auch deine Gründe haben, warum …«

»Sorry, Schlüter! Keine Zeit für Psycho-Scheiß!«, bremste ich ihn hektisch aus und dann noch mal eine Spur cleverer hinterher: »Ich meine, ja, *Tobias*! Ich hab meine Gründe. Erklär ich dir alles, nur jetzt nicht, weil …« – von draußen her dröhnte ein Hupgeräusch bis in den Frühstücksraum – »… *jetzt* muss ich los!«, stellte ich klar, stand auf und ließ die beiden sprachlos sitzen.

»Wieso quatschst du so lang mit deiner Mutter, Mann? Du solltest nur das Bärchen-Pärchen hinhalten!«, machte Zoe mir eine Szene aus dem Beifahrerfenster des Unimogs heraus, nachdem ich ihr erklärt hatte, warum ich mich verspätet hatte. Die komplette Gang saß schon in Volkers Wüstenschiff, mit dem Henriette bis vor den Eingang des Hotel Waldsee vorgefahren war.

»Ich hab die beiden hingehalten, okay?! Ich kann ja nichts dafür, dass meine Mutter angerufen hat«, rechtfertigte ich mich ganz bescheuert und Zoe ganz bescheuert zurück: »*Mutter! Mutter! Mutter!* Ich kann es nicht mehr hören! Werd endlich erwachsen … *Jörg*!«

Und da habe ich doch tatsächlich auch schon gepeilt, dass Zoe mich einfach nur wieder voll verarschte.

»Okay, *Schatz*«, bin ich grinsend drauf eingestiegen. »Mach einfach die Tür auf. Wir klären das in Ruhe.«

Was Zoe dann auch tat. Sie stieß die Beifahrertür auf und …

… exakt in diesem Moment stürzten Nele Koch und Tobias Schlüter aus dem Hotel heraus und rannten auf mich und den Unimog zu.

Zoe streckte mir ihre Hand entgegen. Ich ergriff sie, jumpte über die beiden Trittbretter hoch und war auch schon fast drin in der Fahrerkabine, da spürte ich, wie mich etwas wieder nach unten zog. – Tobias Schlüter war's, der meinen rechten Sneaker erwischt hatte.

Geistesgegenwärtig streckte ich meine freie linke Hand in Richtung Schnürsenkel des vom Schlüter umklammerten Sneakers, löste die Schleife und schlüpfte mit meinem Fuß heraus. Weshalb Tobias Schlüter wegen des plötzlich fehlenden Widerstandes sein Gleichgewicht verlor und mit dem leeren Schuh in den Händen hintenüberfiel … direkt in Nele Koch hinein.

Zoe zog mich ins Unimog-Innere und Herr Schmidt auf der Beifahrerbank neben ihr warf gut gelaunt seinen Zeigefinger in Fahrtrichtung und raunte: »Engage!«

Ich hatte keine Ahnung, was er damit sagen wollte, aber Henriette offensichtlich schon, weil die knüppelte den ersten Gang hörbar kratzend rein, ließ den Motor aufbrüllen, die Kupplung fliegen und startete durch!

»*Engage!* ist der legendäre Befehl von Jean-Luc Picard«, erklärte Herr Schmidt uns später, als wir das Hotel längst hinter uns gelassen hatten und über die Serpentinen runter Richtung Bozen unterwegs waren.

»Klingt französisch. Freund von dir?«, fragte Valentin von hinten durch die Verbindungsluke zur Wohnkabine nach und mit gespielter Erschütterung schüttelte diesmal Henriette hinter dem Lenkrad langsam den Kopf und sagte: »Sie sind alle zu jung, Armin!«

Herr Schmidt links neben mir strich zärtlich über Antons Kopf, der vor ihm im Fußraum saß, nickte nachdenklich und Zoe von rechts regte sich bühnenreif auf: »Was heißt hier zu jung, Mäuschen. Du bist grade mal zehn Jahre älter als ich.«

Und während Henriette die Unimog-Kante souverän um die nächste Kehrspitze wuchtete, erklärte sie mit ihrem weltrekordverdächtig breiten Lächeln: »Sehr richtig, mein Kind. Was uns unterscheidet: Ich gehöre zu den Guten, zu den Erleuchteten, denn: Ich bin ein *Trekkie*!«

»Ist des wieder was Unanständiges?«, fragte Valentin

nach und, nein, natürlich war es nichts Unanständiges. Im Großen und Ganzen ging es um die Uraltserie *Star Trek*, deren Fans sich Trekkies nennen.

»… und dieser Jean-Luc Picard ist eben der Captain der Enterprise«, erklärte Herr Schmidt am Ende und schob dann aber noch mal hinterher: »Gespielt wird der von dem großartigen Schauspieler Patrick Stewart. Dem bin ich mal auf einer Party in New York begegnet. Das war irgendwann in den Achtzigern. Ein sehr charmanter Mensch, der Patrick – *sehr* charmant. Ein so feiner Mensch und ein exzellenter Theaterschauspieler noch dazu … hach!«

»Du bist Patrick Stewart begegnet?!? Persönlich?!?«, hakte Henriette nach. Ungläubig wie wir alle, schätze ich.

Und gefragt habe ich mich da auch wieder mal, warum der alte Mann das tat. Also warum er uns diese Märchen mit den Promis auftischte. Hatte er doch gar nicht nötig. Aber gesagt habe ich nichts. Also keiner hat was gesagt. Selbst Henriette nicht, der man ansah, dass sie dem Schmidt kein Wort glaubte.

… aber es war auch komplett egal! Herr Schmidt war Herr Schmidt und er durfte das.

»Sag, Jörg, hast du heute Morgen wieder nur einen Schuh angezogen?!«, wechselte Zoe Neufeld dann auch elegant das Thema und deutete auf meinen rechten Fuß.

»Was? Ja, ich meine nein. Den musste ich eben opfern«, erklärte ich und da fielen mir meine Adidas-Schlappen wieder ein, die ich ja in Bozen während meines *Shopping-Blut-Rausches* geschossen hatte. »Valentin! Schmeiß mal meine Sporttasche rüber. Da sind meine Schlappen drin«, rief ich nach hinten und …

… keine Antwort!

»Valentin?«, fragte ich nach und da hatte ich auch schon so eine Ahnung …

… und richtig: »Welche Sporttasche?«, nuschelte es aus der Wohnkabine.

»Ach, Scheiße, Tudor. Du solltest sie mitnehmen. Das war dein Job!«, erinnerte ich ihn und er nuschelig zurück: »… vergöss'n.«

»Fuck – *vergöss'n*! Und jetzt?«, habe ich da echt sauer nachgefragt, aber da lächelte Herr Schmidt mich von der Seite an und sagte: »Jetzt beruhigen wir uns erst mal wieder und dann klauen wir dir in Bozen ein schönes Paar neue Schuhe.«

20

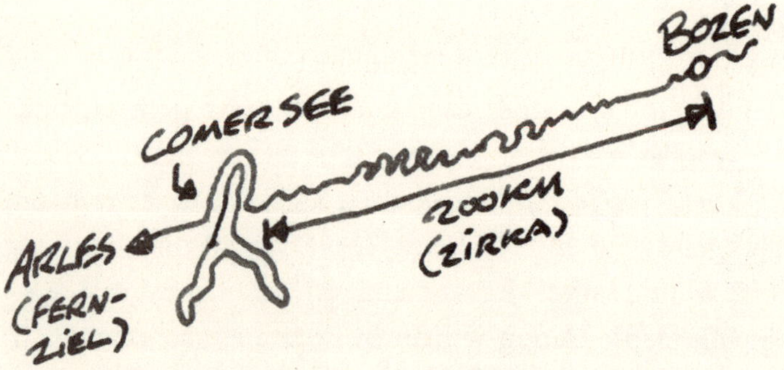

Stunden später saß ich mit knallroten Chucks wieder vorn in der Fahrerkabine zwischen Zoe, Anton und Henriette natürlich, die den Camper Richtung Südfrankreich lenkte. Nach einem erneuten Shopping-Abstecher nach Bozen, wo ich dank des großzügigen Herrn Schmidt komplett neu equippt wurde. Zahnbürste, Socken … Kram. Und ebenfalls aus Bozen waren meine neuen Chucks, die deshalb knallrot waren, weil ich in diesem Fall auf Marke und Farbe keinen Einfluss hatte. Die hatten Valentin und Zoe nämlich zwischenzeitlich für mich besorgt. Und da konnte ich sogar froh sein, dass Valentin sich durchgesetzt hatte, weil Zoe hätte mir lieber ein Paar mexikanischer Westernstiefel mit Totenkopfstickereien mitgebracht.

»Wäre auch top gewesen!«, log ich sie an, als sie mich fragte, worüber ich mich mehr gefreut hätte. Da guckte sie mich mit halb zugekniffenen Augen prüfend an, bohrte aber nicht weiter nach, weil ein Handy in der Ablage vor uns klingelte. Das von Henriette.

»Jede Wette, dass es Doktor Kunz ist«, hörten wir aus dem hinteren Abteil Valentin sagen, der mit Herrn Schmidt am Tisch saß und Poker spielte.

»Die Wette würdest du vermutlich gewinnen. Im Gegensatz zu dieser Pokerpartie hier«, sagte darauf noch Herr Schmidt ziemlich selbstsicher.

Und weil wir gerade mit dem Unimog auf einer ziemlich kurvigen Strecke zwischen Orten unterwegs waren, die *Madonna* und *Motta* hießen, bat Henriette mich, den Anruf entgegenzunehmen und die Freisprechfunktion einzuschalten.

»Es ist Birthe!«, informierte ich die komplette Reisegesellschaft, als ich den Namen auf dem Display leuchten sah.

»Was will die alte Kuh denn?«, knurrte Henriette.

»Keine Ahnung. Trotzdem rangehen?«, fragte ich nach.

»Oh, bitte lass mich mit der Zottel-Bitch reden. Bitte, bitte, bitte!«, quengelte Zoe von rechts und versuchte mir das Handy wegzunehmen. Aber da gab Henriette mir schon Zeichen, dass sie mit ihr sprechen wolle, und ich hielt das Handy mit dem freigeschalteten Anruf dann auch in ihre Richtung.

»Hallo, Birthe, *Schatz*! Was kann ich für dich tun?«, flötete Henriette extrafröhlich ins Handymikro, während sie den zweiten Gang reinkratzte und den Unimog um eine weitere Serpentine lenkte.

»Das ist nicht gut fürs Getriebe!«, antwortete eine unverkennbare Fistelstimme – Volker Kunz.

»Fick dich, Doktor! Henriette macht das sehr, sehr gut!«, ballerte Zoe von rechts an mir vorbei ins Telefonat.

Da reagierte Volker aber erst gar nicht drauf und sagte zeitversetzt etwas irritiert: »Henriette, machst du bitte den Lautsprecher aus. Ich muss … *möchte* mit dir alleine sprechen.«

»Nein!«, lautete Henriettes prompte Antwort und die schoss dann auch gleich die Frage hinterher: »Was soll das mit Birthes Handy? Angst, dass ich nicht drangehe, wenn du dein eigenes benutzt, hm?«

»Nein, mein eigenes liegt im Unimog in der Tischschublade«, stöhnte Volker.

Kram- und Wühlgeräusche von hinten und kurz darauf bestätigte Valentin mit Singsang-Stimme: »Er spricht die Waaahr-heit. Hob's gefun-deeen.«

»Leg das bitte wieder zu…«, befahl Volker aus den Handylautsprechern, hielt sich dann aber selbst zurück und fuhr kontrolliert freundlich fort: »Äpfelch… *Henriette!* Das wäre schon echt dufte, wenn du den Camper zurückbringen würdest, weißt du …«

»*Iiiiiiiiiiiiiiiiiiiiiiiiiiiiiiiiiiiiiiiiih!* Er hat *dufte* gesagt!«, kreischte Zoe mir ins Innenohr und Anton kläffte aus dem Fußraum hinterher: *Wie peinlich ist das?! Dufte sagt doch heute keine Sau mehr, du Neandertaler!* … drei Kläffer – meine Fantasie.

Aber Henriette wiederum so betont relaxt: »Du, Volker, *du*. Ja, das wär schon dufte, *du*. Aber weißt du … *du*? Wir brauchen den Unimog jetzt mehr als du und deine Teilnehmer…*innen*! Wir sind nämlich auf dem Weg nach Frankreich, verstehst du?!«

»Ihr seid w… … was?«, verstand Volker langsam und dann aber – *zack!* – fiel die Schleimfassade endgültig und aus dem Handylautsprecher hörten wir verzerrt übersteuert, wie sich sein Fistelstimmchen vor Wut erstaunlich laut überschlug: **»Sag mal, Henriette Kettler, hast**

du sie noch alle! Das ist *mein* Unimog und ich erwarte, dass der spätestens bis heute Abend wieder da steht, wo er hingehört, sonst zeige ich dich an! Hörst du?«

Da sagte Henriette erst mal gar nichts drauf, was aber vor allem daran lag, dass sie sich sehr auf das Fahren konzentrieren musste. War zwar nur ein Überholmanöver wegen eines Traktors auf schnurgerader Fahrbahn. Allerdings konnte man auf diesem übersichtlichen Streckenabschnitt ziemlich gut sehen, wie uns ein Tross von Bikern frontal entgegenkam. Intuitiv krallte ich mich mit den Fingern meiner freien Hand in den Sitz und da spürte ich plötzlich, wie sich Zoes Hand sanft auf meine legte. Beruhigend irgendwie. – Henriette zieht also mit diesem tonnenschweren Mordsteil aus Stahl auf die linke Fahrbahn rüber, legt hörbar rumpelnd den dritten Gang ein und Volker hört man stöhnen: »… und einen schönen Gruß vom Getriebe!«

Ich mach's kurz: Henriette schloss das Überholmanöver sehr souverän ab, die Biker klatschten nicht wie die Fliegen gegen die Unimog-Front, aber grüßten freundlich im Vorbeifahren, Zoe zog ihre Hand wieder zurück – was ich schade fand – und Henriette sprach ins Handy: »Du willst mich also anzeigen, richtig?«

»Sehr richtig!«

»Wirst du nicht!«

»Wie bitte?«

»Oh, war das zu schnell? Sorry, Herr *Doktor* Kunz. Also noch mal zum Mitschreiben, Herr *Doktor* Kunz: Sie, Herr *Doktor* Kunz, würden mich auch dann nicht anzeigen, wenn ich mit dem Unimog bis nach Südafrika führe und ihn erst nächstes Jahr zu Ostern in Ihrem Gartenteich parkte. Haben Sie das, Herr *Doktor* Kunz?«

»Yes, Südafrika! Wäre dabei!«, rief Zoe begeistert, Herr Doktor Kunz schwieg.

»Was ist, *Bärchen*? Sprache verschlagen?«, fragte Henriette nach.

Dann, er, asynchron spät irgendwie hinterher: »Nein, alles gut! Fahr einfach nur schön vorsichtig!«

»Aber sicher!«, antwortete Henriette ihm noch mal, hämmerte breit grinsend und mit einem hörbaren Gruß vom Getriebe den nächsten Gang rein und gab mir per wedelnder Hand am Hals das Cut-Zeichen.

»Die Kuppl…«, hörte man das Volker-Bärchen noch fiepen, dann hatte ich ihn aber auch schon weggedrückt.

»*YES*, *YES* und noch mal *YES*! So redet man mit den Arschgeigen dieser Welt!«, lobte Zoe Henriette.

»Sehr cool! Die Welt braucht mehr *Henrietten*!«, meinte ich.

»Leiwand, Gnädigste!«, rief Valentin ihr aus dem Poker-Abteil zu.

»Sehr gut, meine Liebe!«, lobte auch Herr Schmidt unsere Fahrerin und zu Valentin sagte er darauf: »*Royal Flush*, mein junger Freund!«

»Royal Fl…? Das … das ist nicht möglich! Wie …???«, reagierte Valentin ehrlich überrascht.

Ich schaute um die Ecke und sah, wie Herr Schmidt dem Valentin zeigte, was der für unmöglich hielt: fünf nacheinander aufgedeckte Kreuzkarten in nahtloser Folge von der Zehn bis zum Ass – ein *Royal Flush* eben – das höchstmögliche Pokerblatt … soweit ich weiß.

»Ich habe dir gesagt, dass du verlieren wirst«, lächelte der alte Herr den Valentin verschmitzt an und dann erinnerte er ihn auch noch mal an den Einsatz, den Valentin auf sein eigenes Blatt geboten hatte: seine letzte

Havanna, die er letzte Woche noch von dem Herrn Fuschelberger aus seiner Salzburger Villa hatte mitgehen lassen.

»A geh, Herr Schmidt! Des is nicht fair«, jammerte Valentin, schob dann aber höchst widerwillig die kubanische Zigarre von seiner Tischhälfte auf die von Pokerface Schmidt.

»Herr Schmidt, was war denn dein Spieleinsatz?«, fragte ich ihn und er tippte gut gelaunt auf die gelbe Plastik-Schatzbox vor ihm, die wir in Göttingen gehoben hatten, und antwortete: »Ein blinder Griff in diese Box. Vielleicht ein Tausendmarkschein? Vielleicht ein Foto mit mir und Leslie drauf – Gewinn oder Niete, man weiß es nicht.«

»Ich hätte den Geldschein gespürt. Mit diesen magischen Händen, hörst, Herr Schmidt? Gespürt hätte ich ihn!«, schluchzte Valentin filmreif.

»Die Mark wurde doch schon vor langer Zeit abgeschafft«, meinte Zoe neben mir, aber da wusste Valentin wiederum, dass man die alten Scheine immer noch gegen Euro eintauschen könne. Weshalb Zoe sich dann an Anton und mir vorbeizwängte, weil sie ebenfalls eine Runde Poker mit dem Herrn Schmidt spielen wollte.

Rund zwei Stunden später fuhr Henriette mit dem Unimog am Comer See entlang und der hintere Teil des penibel gepflegten Volker-Mobils glich einer verräucherten Spielhölle. Zoe, Valentin und der Havanna rauchende Herr Schmidt saßen am Spieltisch und der Einsatzberg wurde immer größer. Eine Sonnenbrille, ein Taschenmesser, zwei Kajalstifte, ein Roman von Franz Kafka …

all das lag aber nur auf einer Seite des Tisches: auf der von Herrn Schmidt, der unerklärlicherweise jede Runde gewonnen hatte.

… bis dahin! Dann: Showdown! Valentin passte theatralisch und so waren nur noch Zoe und Herr Schmidt im Spiel. Und der hatte auffallend lang überlegt, dann aber erneut die gelbe Plastikbox gesetzt. – *Ein blinder Griff hinein – Gewinn oder Niete.* Das war nach wie vor die akzeptierte Regel für diesen Einsatz.

»Du hast gezögert, alter Mann!«, raunte Zoe siegessicher mit ihrem Blatt in der Hand und triumphierend informierte sie Valentin und mich: »Jetzt habe ich ihn da, wo ich ihn von Anfang an haben wollte!«

Dann kramte sie in ihrem Riesen-Backpacker herum und zog nach einer eingetauchten Armlänge eine längliche Blechdose heraus und legte sie ebenfalls in die Mitte des Tisches.

»Was ist drin?«, wollte Herr Schmidt wissen.

»Das wirst du erfahren, wenn du dieses Spiel gewinnst – also nie!«

Und während Henriette den Unimog über eine verdammt enge Dorfstraße steuerte, ließ Herr Schmidt seine gewonnene Havanna mit einem Zug glimmend knistern, blies eine fette Wolke heraus, schob den kompletten Gewinn in den Topf und knurrte: »Ich setze alles und will sehen!«

Zoes Augen funkelten und langsam legte sie eine Karte nach der anderen offen vor sich hin. – Zwei Siebener und drei Asse waren's. Ein Full House also – das dritthöchste Blatt beim Poker. – Schwer zu toppen!

Herr Schmidt wirkte tatsächlich überrascht und er blickte stumm und regungslos auf Zoes Karten.

»Hallo? Bist du noch da drin?«, fragte Zoe ihn nach einer Weile, indem sie auf seine Brust zeigte.

»Was? Ja, noch!«, lächelte er sie etwas gequält an und legte dann aber auch langsam Karte für Karte offen auf den Tisch. Zum Vorschein kam eine Herzdame. Und dieser folgte eine Karo-Zwei. – Zoes Augen leuchteten. Sie konnte sich ziemlich sicher sein, dass sie diese Runde gewonnen hatte, und …

… dann folgte als Nächstes eine Herz-Zwei, dann die Pik-Zwei und zu guter Letzt die Kreuz-Zwei.

»Ein Vierling!«, sagte Herr Schmidt fröhlich. »Der ist höher als dein Full House, nicht wahr, Schatz?«

»Ja doch!«, stöhnte Zoe und schob dem Schmidt dann aber wieder entspannt lächelnd die Blechdose hin und sagte: »Hier, Schmiddi, dein Gewinn! Mach sie auf!«

Da schüttelte Herr Schmidt aber den Kopf und lächelte: »Nicht jetzt. Heute Abend in Arles. Ich liebe Überraschungen.«

»Dann hätte ich jetzt was für dich, Armin!«, hörten wir da Henriette von vorn aus der Fahrerkabine mit leichter Ironie in der Stimme seufzen. Gleichzeitig bremste sie ab, bis der Unimog schließlich vollständig stand. Nämlich vor einem Polizisten, wie wir dann alle mit einem Blick durch die Verbindungsluke feststellen durften. Der stand neben seinem geparkten Streifenwagen mitten auf der Straße und machte uns per Handzeichen klar, dass wir umdrehen sollten. Und der Grund dafür war auch ziemlich deutlich erkennbar: eine Mure hinter dem Polizisten. Eine Schlammlawine also, die sich vom Steilhang über die komplette Fahrbahn bis runter zum Comer See ergossen hatte.

»Oh, die Gewitternacht! – Dann ist hier also auch ordentlich was runtergekommen«, stellte Herr Schmidt fest.

»Ja, und richtig blöd ist, dass wir aber genau da lang müssen! Einen anderen Weg gibt es nicht«, erklärte Henriette uns mit Fingertipp auf die Straßenkarte, die am Armaturenbrett klemmte.

Der Polizist hob ungeduldig die Arme und machte ein paar Schritte auf uns zu. Neben dem Unimog angekommen, machte er per Kurbelzeichen deutlich, dass Henriette die Scheibe herunterdrehen solle.

Henriette gehorchte, aber Zoe sagte: »Fahr doch drüber!«

»Hast du sie noch alle? Wie soll das gehen?«, habe ich da gesagt und sie antwortete mit Gegenfrage: »Ist das jetzt hier ein verdammter Unimog oder nicht?«

»Allora, Signora!«, sagte der Polizist nicht unfreundlich zu Henriette und erklärte ihr auf Italienisch und mit Händen und Füßen, dass sie umdrehen und einmal um den kompletten See fahren sollte. Was ungefähr einen Umweg von rund 120 Kilometern bedeutete. Und Henriette versuchte ihrerseits dem Mann klarzumachen, dass ihr der Umweg wirklich zu groß sei und dass es doch viel praktischer wäre, wenn sie mal kurz mit dem Unimog über die Mure fahren könne. Worauf der Polizist wiederum mit internationalem Handwischer vor seinem Gesicht deutlich machte, dass Henriette nicht alle Tassen im Schrank habe. Wo ich dem Mann an dieser Stelle recht geben musste. Und auch Henriette selbst machte den Eindruck, dass sie verstanden habe. Entschuldigend lächelte sie den Polizisten an und …

… haute den ersten Gang rein und gab Vollgas! Vorteil war, dass es bis zum Hindernis noch rund zwanzig

Meter waren. Da gewann sie noch etwas an Tempo, um mit dem Unimog das Hindernis aus Geröll und Matsch nehmen zu können.

Nachteil: Nach ein paar Metern steckten wir vollständig im Schlamm fest.

»Gib Gas, Bitch!«, feuerte Zoe Henriette an. Durch die linke Seitenscheibe sah ich, wie der Polizist über den Schlammberg auf uns zustapfte. Mächtig sauer auch, wie man ahnen konnte, weil er gleichzeitig mit seinen Fingern an dem Holster seiner Dienstwaffe herumfummelte.

»Scheiße, Scheiße, Scheiße, Henriette! Der meint das ernst!«, habe ich nach vorn gerufen und sie darauf: »Ich auch!« Mit konzentriertem Blick starrte sie auf die Knüppel- und Hebellandschaft rechts neben sich. Kurz entschlossen schnappte sie sich ihr Handy, wählte eine Nummer und stellte auf Freisprechmodus um …

»Äpfelchen! Hast du es dir also anders überlegt?!«, hörten wir Volkers helles Stimmchen überheblich sagen.

»Äh, genau! Sag mal … *Bärchen*! Wie kriegt man noch mal den Allradantrieb bei deinem Unimog rein?«

Rauschen in der Leitung und ein auf uns zustapfender Polizist, der den Sicherheitsriemen seiner Dienstwaffe nun endlich gelöst hatte.

Nach einer mörderlangen Rauschpause antwortete Volker endlich: »Es ist der Knüppel hinten links. Stellung vorn ist Hinterradantrieb, ein Klack zurück folgt der Allrad, dann Differenzialsperre. Aber warum willst du das wis…«

»Alles klar! Danke!«, würgte Henriette Volker ab, warf das Handy in die Fensterablage und drückte den von Volker beschriebenen Knüppel in die mittlere Stellung. Der Polizist, unfassbar sauer, hatte die Fahrertür erreicht, zog seine Dienstwaffe aus dem Holster. Henriette aber gab Gas und der Unimog pflügte mittels Allrad durch den tiefen Schlamm der Mure, als wäre sie praktisch nicht vorhanden. War sie aber. Also vorhanden. Das kriegte vor allem der Polizist zu spüren, der die volle Ladung des durch die Lkw-Reifen hochgeschleuderten Schlamms abbekam. Der Mann verlor das Gleichgewicht, rutschte nach hinten weg und fiel mit seiner coolen Uniform in die matschige Mure und exakt im selben Moment …

… fiel ein Schuss. Dem Geräusch nach hatte das Projektil die Außenwand der linken Flanke bis zum Innenraum durchschlagen. Henriette stoppte den Unimog und total erschrocken guckten wir alle in die Runde, um festzustellen, ob jemand getroffen war. Entwarnung! Niemand war verletzt.

»Sag mal, geht's noch, du dämliches Arschloch? Wir sind verdammte Touristen und nicht die scheiß Taliban!«, brüllte Zoe nach der Schockstarre durch das hintere Seitenfenster.

Der Polizist lag da im Matsch mit seiner noch qualmenden Dienstwaffe in der rechten Hand, die Augen weit aufgerissen.

»Ach, Zoe-Schatz, lass ihn doch. Ich bin mir ziemlich sicher, dass der Signore nur aus Versehen auf uns geschossen hat«, beruhigte Herr Schmidt Zoe.

Und die war dann mit der Erklärung auch halbwegs einverstanden und zeigte dem italienischen Staatsdiener daher auch nur noch mal den Mittelfinger, während Henriette wieder Gas gab und sich darauf wieder vier mächtig große Räder eindrucksvoll durch die Mure schaufelten.

»Das hast du fein gemacht!«, lobte Zoe unsere Chauffeurin, als wir mit dem Unimog aus dem Gröbsten raus waren.

»Sehr gut, meine Liebe!«, sagte Herr Schmidt.

»Mein Respekt, Gnädigste!«, sagte auch Valentin mit einer Verneigung und …

… ich dann: »Leute, wir kriegen Besuch!«

Ein italienisches Polizeifahrzeug der Marke *Jeep*, Typ *Renegade*, fräste sich nämlich nun ebenfalls durch die Mure.

»Schätze, der hat auch Allrad!«, sagte Henriette, womit sie vermutlich ziemlich richtiglag. Jedenfalls knüppelte sie den nächsthöheren Gang rein, trat das Gaspedal bis zum Anschlag durch und die Tachonadel zitterte auf grader Strecke am See entlang bis zu der galaktischen Marke von 110 km/h hoch. Hinter uns ein Schlammfleck mit Blaulicht, der immer größer wurde – der Polizei-Jeep. Dann: *Menaggio* – ein weiterer Ort am Comer See. Henriette schaltete ein, zwei Gänge runter, rumpelte aber natürlich immer noch viel zu schnell durch die engen Straßen der Stadt. Weshalb sie regelmäßig die Hupe aufdröhnen ließ, damit Passanten, Rollerfahrer und was da sonst noch so im Weg war, sich rechtzeitig in Sicherheit bringen konnten. Hinter uns heulten Sirenen auf. Polizeisirenen! Der Jeep holte bedenklich schnell auf.

»Der ist aber nachtragend«, sagte Valentin.

»Was heißt hier *nachtragend*? Der Arsch hat auf *uns* geschossen, nicht andersrum!«, sagte Zoe noch mal.

»Er hat's ja nicht extra getan!«, habe ich darauf gesagt.

»Da lang!«, sagte Herr Schmidt plötzlich zu Henriette und zeigte auf einen Wegweiser an einer lang gezogenen Gablung direkt vor uns – *Lugano CH*.

»Das ist zu spät! Das geht nicht mehr!«, wandte ich ein und deutete auf den erhöhten Grünstreifen, der die Hauptstraße, auf der wir uns befanden, von der Abzweigung *Lugano CH* klar und unüberwindbar trennte.

»Geht nicht gibt's nicht!«, knurrte aber Henriette und lenkte den Unimog scharf rechts rüber, über die ellenhohe Bordsteinkante und quer über den Grünstreifen. Wir fegten durch Palmenblätter und blühende Oleanderbüsche, bis unsere Pilotin den kompletten Eisenberg tatsächlich noch auf die Abfahrt Richtung *Lugano CH* steuern konnte. Um uns herum Gehupe und Flüche auf Italienisch. Und links neben uns auf selber Höhe: die nervig lauten Sirenen des Polizeiautos mit angefressenem Polizisten drin. Und dass der jetzt aktuell nicht die allerbeste Laune hatte, lag wohl daran, dass der Jeep im Vergleich zum mächtigen Unimog Rollschuhräder hat. Vergleich hinkt etwas, macht aber klar, was der Jeep *Renegade* im Gegensatz zum Unimog halt nicht kann: in voller Fahrt über kniehohe Bordsteinkanten brettern. Was im konkreten Fall bedeutete: Wir hatten unseren Sheriff abgehängt.

»Wofür steht das *CH*?«, wollte Zoe wissen, als wir den Ort Menaggio längst hinter uns gelassen hatten und nun auf grader Strecke durch ein lang gezogenes Tal Richtung Lugano fuhren.

»Schweiz!«, antworteten Henriette, Herr Schmidt und Valentin fast synchron.

Und Zoe wieder: »Dann fehlt aber ein *S*.«

»Das kann ich mir eigentlich nicht vorstellen. Der Schweizer an und für sich ist ja sehr gewissenhaft. Der vergisst nicht einfach so ein *S*«, meinte Herr Schmidt.

»Mit oder ohne *S*! Wir fahren da jetzt rein in die … Chweiz!«, sagte Henriette. Und klar: Durch die Schweiz war ein riesiger Umweg! Über Turin führte die kürzeste Route bis nach Arles in Frankreich. Aber Turin lag nun mal ziemlich deutlich in Italien, wo wir aller Wahrscheinlichkeit nach nun landesweit steckbrieflich gesucht wurden. Okay, wie hoch diese Wahrscheinlichkeit wirklich war, konnte ja niemand von uns sagen. Zoe beispielsweise malte sich aus, wie der Polizist, den sie einfach mal *Mario* taufte, wie ebendieser Mario den Polizeipräsidenten anrief, der Zoes lebhafter Fantasie nach Marios Onkel mütterlicherseits war und Vito hieß. Und diesem Onkel Vito jammerte Mario nun die Ohren voll, dass eine rothaarige Frau seine Ehre beschmutzt hätte – praktisch gesehen die Ehre des ganzen Clans. Weshalb Onkel Vito – vor Wut bebend – den kompletten Polizeiapparat mobilisieren würde, um uns zu finden und zu liquidieren. Worauf Henriette vorsichtig anmerkte, dass Zoe insgesamt gesehen zu sehr in Klischees denken würde.

»Letztlich ist es einfach nur eine Vorsichtsmaßnahme«, erklärte Herr Schmidt, als wir schon auf der Zielgeraden Richtung Schweizer Grenze waren. Am Ende würde Mario seiner Vorstellung nach vermutlich mit seinem Jeep umkehren, zu seiner Familie fahren. Mit einem kleinen Abstecher an Onkel Giuseppes Blumenladen vorbei, um für seine hochschwangere Frau Maria einen prächtigen Strauß Rosen zu kaufen – wie jeden Tag. Und zu Hause angekommen würde seine Frau ihn mit Küssen übersäen, ein fluffig-weißer Spitz würde freudig an ihm hochspringen. Und seine eigene, in Schwarz gekleidete Mutter, die mit den irrsinnig drolligen Enkel-Zwillingen Andrea und Stefanie auf ihrem Schoß am Holzofen säße, würde sich wie jeden Abend bekreuzigen und vor Freude weinen, dass ihr einziger Sohn Mario auch an diesem Abend von seinem Dienst unversehrt nach Hause gekommen war. Nur Mario selbst würde an diesem Abend stillschweigen, weil …

»… dem das sehr wahrscheinlich auch viel zu blöd wäre, zu Hause zu erzählen, dass er im Schlamm ausgerutscht ist und aus Versehen auf Touristen geschossen hat«, beendete Herr Schmidt seine Geschichte. Worauf Henriette da auch noch mal ganz vorsichtig erwähnte, dass da ja doch eine Menge Klischees im Spiel wären.

21

Routentechnisch gesehen war die Aktion ziemlich dämlich. Muss man mal so deutlich sagen. Einmal um den Comer See herumzufahren wäre allemal kürzer und sowieso sehr viel stressfreier gewesen als der elendig lange Ritt durch die Schweiz. Einerseits! Andererseits ist die Schweiz so dermaßen Hammer, dass du denkst, du bist in einer Dauerwerbesendung für Käse, Schokolade, Armbanduhren, Klappmesser … was weiß ich.

Durch die Schweizer Alpen ging es dann runter bis nach Frankreich, dann durch einen irre langen Tunnel überraschenderweise wieder raus und da waren wir doch noch mal in Italien – *Mario-Land*! Aber natürlich in einer ganz anderen Ecke. Ganz oben links, um genau zu sein. Im nordwestlichsten Zipfel vom Stiefel. Und da hat unsere echt zähe Chauffeurin Henriette Kettler aber auch nur so ein *Eselsohr* reingefahren. Und am Ende dieser Mörder-Tour waren wir wieder in Frankreich und saßen abends alle miteinander vor unserem Unimog in einer Kulisse wie aus einem Fantasyfilm. Eine karge Berglandschaft hoch oben auf dem höchsten befahrbaren Pass der kompletten Alpen, dem *Col de l'Iseran*. In Frankreich eben, aber Lichtjahre von Arles am Mittelmeer entfernt …

»Da fahren wir dann morgen hin!«, meinte Herr Schmidt, als wir von unserem Rastplatz aus den krassesten Sonnenuntergang verfolgten, den ich persönlich je gesehen habe.

»Das Ding ist, ich sollte Sonntag zurück in Schneverdingen sein. Sonst besteht die Möglichkeit, dass meine

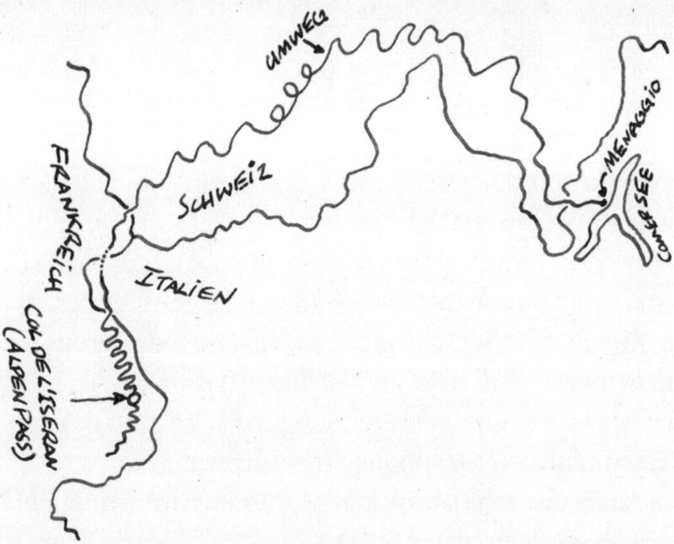

Mutter mir den Kopf abhackt«, habe ich erklärt und ganz bewusst etwas drastisch auch, damit die Gang verstand.

»Verstehe ich nicht«, sagte Valentin, »Wanns der Bub hamkommt, sollte sich die Frau Mama doch freuen. Vollkommen wurscht, ob zu spät oder nicht. Da schneidet man dem Kind doch nicht gleich den Kopf ab.«

»Mütter werden eh überbewertet!«, behauptete Zoe darauf.

»Meine Mutter ist wunderbar!«, widersprach Henriette selbstbewusst.

»Meine ist eigentlich auch ganz okay!«, habe ich auch etwas trotzig erwähnt, aber Zoe direkt darauf: »Was ist das – *ganz okay!*? Ist es noch *ganz okay*, wenn die eigene Mutter einen ins Kinderheim abschiebt?

Da stand der Atem still am höchsten befahrbaren Pass der Grandes Alpes. Niemand wagte es, Zoe zu widersprechen …

… außer Valentin! Der brach das Schweigen gut gelaunt und antwortete: »Aber geh! Ja, natürlich! Wenn es sich um ein amtliches Arschloch-Kind handelt, ist auch diese Vorgehensweise absolut okay.«

Da stand Zoe im absoluten Mittelpunkt. Und ich sag mal so: *Alle* – inklusive Anton – haben irgendwie damit gerechnet, dass Zoe sich im nächsten Moment auf Valentin stürzen würde, um ihm mindestens zwei Mittelfinger zu brechen. Aber tat sie gar nicht. Sie sah Valentin äußerst überrascht an und dann …

… brach sie in schallendes Gelächter aus und geierte: »Valentin Tudor, alter Finne! Du bist mein Mann!«

»Rumäne!«, korrigierte er sie grinsend und hielt ihr die Hand zum Abschlag hin.

»Du solltest dich allmählich mal entscheiden, wo du herkommst«, grinste Henriette.

»Am Ende ist es doch vollkommen gleichgültig, wo einer herkommt. Die Erde ist eine Kugel und da hat ein jeder Mensch denselben Abstand zum Mittelpunkt«, sprach darauf Herr Schmidt wieder voll im Kalenderblattzitatemodus.

»Ist das wieder ein Spruch von Willy Brandt?«, habe ich ihn gefragt.

»Nein, der ist, glaube ich, von mir!«, antwortete er. Dann fummelte er aus seiner Umhängetasche seinen Uralthandyklotz und machte ein Foto von uns und dem irreal krassen Sonnenuntergang vor unserer Nase.

Weshalb ich auch noch mal schnell mein Handy aus meinem Hoodie herauskramte, um ein Foto von diesem in Orangerot getauchten Bergpanorama zu machen. So als Angeberfoto für Eric Langenberg in Köln, dem ich's dann auch gleich geschickt hab.

»Man nennt es Alpenglühen«, seufzte Herr Schmidt beseelt.

»Apropos *Alpenglühen*!«, sagte Zoe mit breitestem Grinsen. »Schau doch jetzt mal, was in der Blechdose ist.«

»Ah, richtig! Mein Pokergewinn!«, erinnerte Herr Schmidt sich, zog die Dose aus seiner Tasche und schaute nach.

»Na toll. Zigaretten! Fünf Stück, selbst gedreht!«, habe ich gestöhnt, als Herr Schmidt allen zeigte, was er gewonnen hatte.

»Bist deppert?! Das sind allerfeinste Stickys«, korrigierte Valentin mich sehr begeistert von rechts.

»Drogen?«, fragte Henriette ein bisschen entsetzt.

»Yes! Aber ganz *weiche*. Mehr so Aufheller. Nichts Wildes!«, versuchte Zoe sie zu beruhigen.

»Au ja!«, freute sich Valentin wie ein Kleinkind.

»Wenn ihr mich fragt, wird hier viel zu viel getrunken und geraucht!«, habe ich da noch mal deutlich Stellung bezogen.

Und was sagt Herr Schmidt? Der grinst mich an und sagt: »Dich fragt ja keiner ... *Jörg*!«

... dann zog ich an dem dritten Sticky, der im Laufe des Abends die Runde machte, blies den Rauch in die kühle Bergluft und befand: »Schmeckt nach Südtiroler Regenbogen.«

Worauf Henriette schallend lachte und Valentin meinte: »Mich erinnert dieses edle Gemisch im Abgang eher an die feinwürzige Note *Bärenhaufen M–Neunundvierzig*.«

»*Shit* also!«, resümierte Herr Schmidt albern und da kriegte sich Henriette ja gar nicht mehr ein, klopfte mit der flachen Hand auf dem Gebirgspass herum und geierte: **»Shit! Er hat Shit gesagt! Shit! Shit! Shit! …«**

Anton guckte in unserer bekifften Mitte zu ihr hoch und bellte ein paarmal.

»Ja, Anton, mein Guter, was willst du uns denn sagen?«, fragte Herr Schmidt, worauf ich für Anton antwortete: »Er will uns mitteilen, dass er kein Verständnis für den Drogenkonsum hat. Erstens sei die Gefahr nicht von der Pfote zu weisen, dass diese Stickys ein hochgezüchtetes Cannabisprodukt enthalten könnten, welches den Gehalt der psychoaktiven Substanz Tetrahydrocannabinol, kurz THC, um ein Vielfaches übersteigen und zu irreparablen Psychosen führen könnte.«

»Wow! Was der Anton alles weiß?! Respekt!«, hauchte Valentin beeindruckt.

Und während ich noch mal einen kräftigen Zug von dem Sticky nahm, um ihn dann an Zoe weiterzureichen, habe ich mich selber wohl am allermeisten gewundert, dass ich diese Infos überhaupt so eins zu eins abrufen konnte. Diese wiederum hatte uns nämlich eine Drogenbeauftragte der Stadt Köln kurz vor den Sommerferien um die Ohren gehauen. Im Rahmen einer sogenannten *suchtpräventiven Projektarbeit*, die niemand in der Klasse besonders ernst genommen hat. Was man beispielsweise daran ganz gut erkennen kann, dass Cem Yildirim die Drogenbeauftragte am Ende ihres Vortrags gefragt hat, wie viel Dope er insgesamt bei ihr bestellen könne. Weil, wenn man schon mal eine Drogenbeauftragte im Haus hat … Gepruste und Gekicher aus unseren Reihen. Die Drogenbeauftragte selbst hat nur mitleidig geguckt, weil die den Gag schon kannte. Klassenlehrer Odenthal hat auch kein bisschen gelacht.

Erzählen wollte ich eigentlich auch nur, dass mir dann in meinem bekifften Zustand der Gedanke kam, klarzustellen, dass ich natürlich überhaupt gar nicht wusste, was Anton wirklich wollte, und dass das so eine Marotte von mir geworden war, dem Hund seine Statements anzudichten. Und nahtlos hinterher dachte ich aufblitzend rational, dass das schon echt peinlich wäre, wenn ich das jetzt wirklich erklären würde, weil das eh allen klar war und …

… da fragte Zoe plötzlich den Anton: »Und zweitens?«

»Wie – *und zweitens*?«, habe ich überrascht für ihn nachgefragt.

Zoe zog an dem Sticky, gab mir mit erhobenem Zeigefinger Zeichen, dass sie nun die Luft anhielt, reichte den Sticky an Herrn Schmidt weiter, gab mir noch mal Zeichen, dass sie immer noch die Luft anhielt, bis sie nach einer gefühlten Ewigkeit den Rauch endlich ausstieß, nach Luft schnappte und mir erklärte: »Anton hat uns *erstens* auf die allgemeinen Gefahren des Drogenkonsums aufmerksam gemacht. Und wer *erstens* sagt, hat ja auch wohl irgendwas für *zweitens* auf der Pfanne, sonst macht *erstens* keinen Sinn!«

Und bevor ich mir irgendwas für *zweitens* aus den Fingern saugen konnte, hat Anton Zoe einmal laut und deutlich angebellt und Zoe darauf erstaunt: »Nein, jetzt ehrlich?«

»Was hat er gesagt?«, habe ich neugierig nachgefragt, weshalb insbesondere die *flatrate*-gackernde Henriette wieder am Boden lag vor lauter Vergnügen.

Aber Zoe stieg drauf ein und antwortete ernst: »Anton sagt, dass du, *Jörg*, es wohl irgendwie mit den Ohren haben musst, weil es war ja nicht mal von *erstens* die Rede.«

»Anton würde mich niemals *Jörg* nennen«, habe ich darauf echt bescheuert eingeschnappt reagiert.

»Anton würde aber auch niemals versuchen, uns so *jörghaft* den Abend zu vermiesen«, merkte Herr Schmidt augenzwinkernd an.

Henriette gackernd den Boden durchklopfend: **»*Jörghaft!* Er hat *jörghaft* gesagt!«**, und …

… ich kürze ab: Dieses sehr krass hohe Niveau wurde im Großen und Ganzen auch noch gehalten, als der vierte Sticky die Runde machte, bis ich irgendwann selber gesagt habe: »Jörg ist müde!«

Da ließ Henriette noch mal gackernd die Luft raus, kriegte sich dann aber halbwegs wieder ein und besorgte nach stundenlanger Suche in den Tiefen des Unimogs Woll- und Bettdecken und gleich drei Daunenschlafsäcke. Die Sommernacht da oben in 2770 Meter Höhe war verdammt frisch, aber der Sternenhimmel unendlich. Weshalb wir unser Schlaflager aus Bettdecken, Schlafsäcken, Jacken und einem Staubmantel direkt vor dem Unimog ausbreiteten und uns eng wie die Ölsardinen nebeneinanderlegten – Valentin, Henriette, ich, Zoe, Herr Schmidt und irgendwo zwischen uns machte Anton es sich bequem.

Stoned war ich und das Himmelszelt in den Grandes Alpes gab mir den Rest. Eine gestochen scharf gezeichnete Galaxie, die mich erleuchtete … ein bisschen jedenfalls. Weil nie fühlte ich mich freier und verlorener zugleich als in diesem Moment, in dem mir bewusst wurde, wie sandkornklein und unbedeutend die Erde im Vergleich zum unendlichen Ganzen ist und …

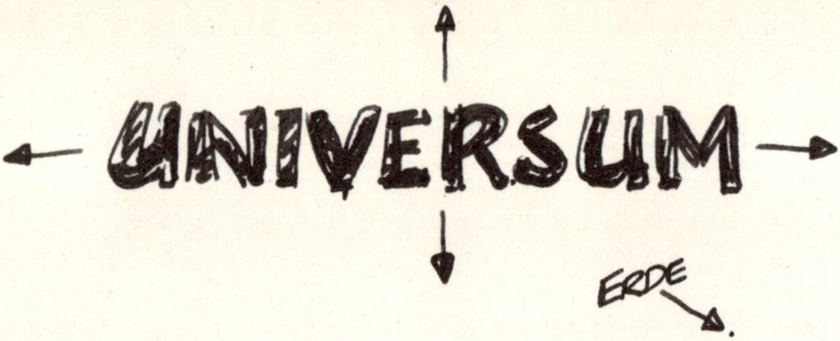

… Sprungfederhüpfgeräusche in meinem Schlumpfbeutel.

»Hier spricht Jörg, das glückliche Nichts!«, gluckste ich etwas albern ins Handy, als ich den Anruf von Eric Langenberg entgegennahm.

Lange Pause, dann Eric: »Was hast du denn geraucht?«

»Vier Stickys im Ganzen, aber ich nicht allein!«, habe ich wahrheitsgemäß geantwortet.

»… … verstehe!«, hörte ich Eric sagen.

»Wer ist das?«, wollte Zoe wissen.

»Eric Langenberg aus Köln«, habe ich geantwortet und Zoe befahl mir: »Stell auf laut! Ich will wissen, wie der so ist, *mein* Lover aus Köln.«

Ich gehorchte und wir alle hörten Eric sagen: »War das Uschi?«

»Ja, Schatz, ich bin's«, antwortete sie direkt.

»Äh… ja, hallo!«, kam da nur sehr bescheuert schüchtern durch die Leitung aus Köln. Und wahrscheinlich, um zu überspielen, wie verdammt unsicher der coole Eric war, fragte der mich: »Wieso hast du gekifft, Henk Timmermann? Du weißt schon, was die Drogenbeauftragte gesagt hat?! THC und Psychose und das alles.«

»Spießbürgerkönig Jörg der Zweite! Na, servus und gute Nacht!«, stöhnte Valentin von rechts außen.

»Es kann nur einen Jörg geben!«, gab ich zurück und dann …

… kratzte eine gigantische Sternschnuppe durch das komplette Himmelszelt und Henriette rechts neben mir flüsterte: »Awesome! Wünsche frei für immer!«

»Und wer war das jetzt?«, fragte Eric.

»Henriette, Bezwingerin des Volkers! Herrscherin des Unimogs«, antwortete ich ihm.

»Klingt nach deutscher Heldensage!«, fand Eric.

»Was wünscht ihr euch?«, hat Herr Schmidt von links in die Runde gefragt.

Und Eric wieder: »Das soll man nicht verraten. Dann gehen die Wünsche ja nicht mehr in Erfüllung.«

»A geh! Das ist abergläubischer Bullshit, hörst, Eric?! Wannst sieben Helden in einer Höhe von zweitausendsiebenhundertsiebzig Metern nebeneinanderlegst und wann dann eine Sternschnuppen von links nach rechts durchs Firmament schießt, *musst* du deinen Wunsch laut äußern, sonst holt dich der Teufel!«, erklärte Valentin.

»… klingt logisch!«, meinte Eric.

»Dann wünsche ich mir, dass die Zeit ab hier stillstehen soll! Besser kann es nicht mehr werden«, seufzte Zoe links neben mir.

»Ach, Shit, Hase! Das hatte ich mir grad auch gewünscht. Jetzt geht es gar nicht mehr«, jammerte Henriette zu meiner Rechten.

»Wieso das, Äpfelchen?«, hat Zoe verzweifelt gefragt und ich darauf sehr sachlich: »Das ist wie beim Multiplizieren von zwei negativen Zahlen. Minus mal Minus macht Plus.«

Zoe nickte verständig und Herr Schmidt sprach: »Jemand hat mir mal gesagt, die Zeit würde uns wie ein

Raubtier ein Leben lang verfolgen. Ich möchte viel lieber glauben, dass die Zeit unser Gefährte ist, der uns auf unserer Reise begleitet, uns daran erinnert, jeden Moment zu genießen, denn er wird nicht wiederkommen.«

Wham! Da war er wieder, der ultimative Schmidt-Zitate-Hammer.

»Das ist so schön«, schluchzte Zoe schniefend.

»Dalai Lama?«, tippte Valentin in die Sterne.

»Weit gefehlt, Sweety! Jean-Luc Picard von der Enterprise in *Treffen der Generationen*«, wusste *Trekkie* Henriette.

»Den kennt Herr Schmidt persönlich!«, erklärte ich Eric.

»Ich glaub, ich leg dann mal besser auf!«, sagte Eric.

»Du bleibst jetzt dran, Freundchen!«, befahl Zoe ihm streng und fast ein bisschen sauer und …

… Eric gehorchte. Und so lagen wir da auf dem Col de l'Iseran – Valentin, Henriette, Zoe, Anton, Herr Schmidt mit seiner Leslie im Herzen und ich mit Eric in der Hand. Wir plauderten bis tief in die Nacht über Galaxien, Gestirne, Sandkörner und darüber, dass Albert Einstein sich verrechnet haben muss. Bis Eric sich dann aber endgültig verabschiedet hat, weil er am nächsten Morgen fit für den Lateintest sein musste. Wofür Zoe dann auch Verständnis zeigte, ihn ziehen ließ und drei Sekunden später selber ins Koma fiel.

… also einschlief. Wie wir alle dann.

22

Am nächsten Morgen spürte ich meinen Körper nicht mehr. Der erste, noch leicht verqualmte Gedanke war, dass dies der Beginn einer amtlichen Psychose sein musste. Was natürlich Quatsch war, wie mir dann tatsächlich selber im nächsten Moment klar wurde. Psychosen sind ja nun mal psychische Störungen, bei denen die Leute den Bezug zur Realität verlieren. Das, was ich konkret spürte oder eben nicht mehr, war sehr real körperlich! Alles, was ich fühlte, war Kälte … und einen schweren Gegenstand auf meiner Brust – Zoes Kopf. Vorsichtig schob ich ihn zur Seite und brachte mich langsam in die Aufrechte. Die Luft war glasklar und die Bergwelt vor mir schon wieder orangerot eingefärbt.

Eine Zeitschleife!, ging mir träge durch den Kopf und ich schaute sicherheitshalber auf meine Sportwatch. 5:58 Uhr zeigte die mir an.

»Alpenglühen! Morgens wie abends«, erklärte eine Stimme hinter mir – die von Herrn Schmidt. Lächelnd stand er neben dem Unimog vor einem ausgeklappten Gaskochfeld, auf dem gerade der Kaffee röchelnd durch die Espressokanne gurgelte.

»Kannst du jetzt auch noch Gedanken lesen, Herr Schmidt«, grinste ich ihn an und stand auf, während um mich herum noch alles schlief. Praktischerweise hatte ich meine Klamotten noch an und musste nur noch meine knallroten Chucks anziehen.

»Espresso oder Milchkaffee?«, fragte Herr Schmidt.

»Milchkaffee!«

Herr Schmidt reichte mir kurz darauf den duftenden Milchkaffee in einer von Volkers Abenteuer-Stahltassen. Und während der erste Schluck davon durch meinen TK-Körper glitt, spürte ich die ersten wärmenden Strahlen der aufgehenden Sonne auf meinem Gesicht.

»Man kann von diesem Volker ja halten, was man will, aber er hat den besten Kaffee der Welt im Schrank«, sagte Herr Schmidt, der wohl gesehen hatte, wie gut mir der Milchkaffee tat.

Zwei Klappstühle und ein Campingtisch standen vor der Eingangstür. Die hatte Herr Schmidt wohl im Inneren des Unimogs gefunden. Wir setzten uns und mit einem noch etwas tranigen Blick nahm ich neben Herrn Schmidts eigener Stahltasse die gelbe Plastikbox wahr, die mitten auf dem Tisch stand. Mir fiel die Packung *Morphin* auf, die davor lag. Ein sehr starkes Schmerzmittel und aber auch Bestandteil von Opium – Rauschgift also. Was ich wiederum von der Drogenbeauftragten der Stadt Köln weiß, der wir im Rahmen dieser suchtpräventiven Projektarbeit mächtig auf den Sack gegangen sind.

Vielleicht auch nur ein Relikt aus alten Zeiten, dachte ich träge und habe nicht weiter nachgefragt, weil es mich auch wirklich nichts anging. Was mich aber interessierte, war der beschriftete Umschlag, der unter der Packung lag. *Für mei… …atz Armin*, las ich von der Schachtel halb verdeckt in dieser unverwechselbar geschwungenen Schrift – Leslies Liste.

»Sag mal, Herr Schmidt. Wie viele Etappen kommen eigentlich noch?«

Er lächelte mich an, nahm einen Schluck Kaffee aus Volkers Überlebenskampftasse und sagte schließlich: »Schau doch selber nach. Leslie hat alles aufgeschrieben.«

Ich hatte meine Finger schon nach dem Kuvert ausgestreckt, aber dann war mir das doch irgendwie zu privat. Weshalb ich das Kuvert hab liegen lassen und den alten Mann noch mal gefragt habe, ob er eine reelle Chance sähe, dass ich Sonntagabend pünktlich wieder zu Hause sein könnte.

Und da sagt er »Ja, natürlich sehe ich die!« und damit wäre ich dann auch zufrieden gewesen, wenn er da nicht noch »… nur ganz leicht verschwommen!« hinterhergeschoben hätte.

Ich will also noch mal nachhaken, da …

… quengelte es aus dem Schlaflager: »Mir ist kalt und ich will auch einen Kaffee!« – Zoe!

»Ich mach!«, bot ich ihr an und dann machte im Großen und Ganzen doch Herr Schmidt, weil ich bis zu dem Zeitpunkt nicht wusste, wie man Kaffee mit einer Espressokanne zubereitet. – Letztendlich keine Zauberei, aber man muss halt wissen, wie.

»Ach komm, alter Mann! Sag schon, was in Arles ansteht!«, forderte Zoe Herrn Schmidt vorn auf der Beifahrerbank auf, als wir nach dem Kaffee wieder unterwegs Richtung Arles waren. Die *Grandes Alpes* hatten wir hinter uns und Henriette steuerte den Unimog gerade aus einer Stadt namens Gap heraus. Nicht schön da, aber das Drumherum ist verdammt malerisch oder *très pittoresque* … wie wir Franzosen sagen – hö, hö. Den Begriff habe ich aber, ehrlich gesagt, von Henriette abgekupfert. Die spricht fließend Französisch. Im Gegensatz zu mir. Ich spreche es gerade mal so *ausreichend*. Was zufällig exakt meiner aktuellen Zeugnisnote in diesem Fach entspricht. Praktisch gesehen *un peu merdique* … ein bisschen beschissen eben.

C'est égal! Zoe will von Herrn Schmidt wissen, was in Arles ansteht, und was antwortet Herr Schmidt? Der antwortet: »Wusstet ihr, dass die Strecke, auf der wir uns gerade befinden, ein Teil der historischen *Route Napoléon* ist?«

»Ich fass es nicht. Er ignoriert mich! Er ignoriert mich einfach!«, regte Zoe sich künstlich auf. Und Herr Schmidt total ignorant weiter: »Es war die Marschroute, die Napoleon mit seiner Truppe im Frühjahr achtzehnhundertfünfzehn zurückgelegt hat, um die Macht zurückzuerobern.«

»Oida! Warst dabei?«, fragte Valentin echt frech nach vorn, der gerade hinten am Tisch versuchte, mir ein paar Hütchenspielertricks beizubringen.

Allgemeines Gepruste im Unimog, aber Herr Schmidt darauf: »Ich weiß nicht mehr, junger Tudor. Ich kann mich nur noch daran erinnern, dass ich den Napoleon kurz vor der Waterloo-Schlacht unter den Tisch gesoffen habe.«

Applaus für Herrn Schmidt, der Unimog tobte …

… dann fing er an zu stottern, der Unimog. Also der Motor hatte ein paar unschöne Aussetzer, die Henriette sich einfach nicht erklären konnte. Alle Anzeigen waren im grünen Bereich. Kein Warnsignal blinkte. Trotzdem verabschiedete sich unser Alpenschlachtschiff mit einem finalen Knall und rollte still aus.

»Mist!«, fluchte Henriette und steuerte den Unimog rechts an den Straßenrand.

Kurz darauf standen wir alle vor der offenen Haube und glotzten vollkommen kenntnisfrei den Motor an.

»Das ist also ein Motor«, sagte Valentin irgendwann.

»Yep! Sieht alles top aus, würde ich sagen«, diagnostizierte ich.

Dann war wieder Schweigen. Schweigen und Glotzen.

»Ach, Shit!«, fluchte Henriette schließlich noch einmal, griff zum Handy, wählte eine Nummer und stellte auf *laut*, damit die versammelte Motor-Fachwelt mithören konnte. Nach gefühlten 23 000 Freizeichen nahm auch endlich jemand den Anruf entgegen und sagte mit quäkiger Stimme betont zickig: »Oh, das *Äpfelchen*! Sicher möchtest du den Volki sprechen, was?!?«

Henriette rollte mit den Augen, riss sich ansonsten aber stark zusammen und antwortete ruhig: »Ja, Birthe. Das wäre ganz großartig, wenn du mir *den Volki* mal geben würdest.«

Verdecktes Getuschel in der Leitung und kurz darauf hörten wir Volkers dünnes Stimmchen sagen: »Hallo, Henriette! Was kann ich f…«

»Der Motor hat Aussetzer! Woran kann das liegen?«, unterbrach Henriette ihn schroff.

»Sag mal, geht das vielleicht auch ein bisschen freundlicher?«, fragte Volker leicht genervt zurück und Henriette stellte unmittelbar klar: »Ginge schon, da fehlt mir aber gerade die Lust zu. Also! Woran, Herr *Doktor*?!?«

Da schnaufte es einmal aus den Handylautsprechern und Volker erklärte: »Wenn ihr weiter als sechshundert Kilometer gefahren seid und nicht unterwegs aufgetankt habt, ist der Sprit alle.«

»Das kann nicht sein. Die Tankanzeige steht auf *halb voll* und die Warnleuchte ging auch nicht an«, informierte Henriette ihren Ex.

»Das spielt keine Rolle. Die Nadel der Tankanzeige klemmt und die Warnleuchte ist ebenfalls defekt.«

»Na toll! Und jetzt?«

»Ja, sag mal, Henriette. Bin ich hier der Autoverleih? Vergiss nicht, wer hier wen bestohlen hat, okay?!?«

»Wie könnte ich, Herr *Doktor*!«, flötete Henriette heiter und total unbeeindruckt ins Handy und sagte nichts weiter. Wieder Schnaufgeräusche am anderen Ende, bis der Herr Doktor schließlich doch erklärte, wo sich am Unimog die vollen Reservekanister befanden und wie man diese mit welchem Schlüssel entsperren konnte.

Volker hatte recht! Es lag am Sprit. Wir füllten den Diesel von den Kanistern in den Riesentank um, Henriette warf den Motor an und der dreißig Jahre alte Unimog meldete sich hustend und räuspernd zurück zum Dienst. Auf dem Weg zur nächsten Tanke wurde wieder spekuliert, warum der Volker so devot war und so dermaßen kriecherisch alles tat, was Henriette wollte.

»Ich schätze, Volker hat in seiner Uni was mitgehen lassen. Mikroskop, Beamer, Tafelkreide … was weiß ich – und Henriette hat's gesehen«, spekulierte ich.

Henriettes Reaktion: Kopf-hin-und-her-Wiegen.

»Wir sind auf der richtigen Spur!«, deutete Herr Schmidt durch die Durchgangsluke ihre Gestik, worauf Valentin ebenfalls von hinten erklärte: »Ja, kloar! So muss es gewesen sein: Der Volker hat an der Universität wen umgebracht, zerstückelt und aufgegessen. Sagen wir: ane Professorin oder zwa klane Studenten. Des is ja a wurscht! Tatsache ist: Die Henriette hat zufällig alles mit ang'schaut und dann aber nicht gleich gemeldet, weil der Volki ihr aan Mikroskop, aan Beamer sowie ein Packerl Tafelkreide g'schenkt hat, die wo er zuvor in der Universität gestast, also *geklaut* hat.«

Nach einer kleinen Pause befand Zoe: »Das ist sehr, sehr kranker Scheiß, weißt du das, Graf Tudor?!?«

»Och! Ich kenne einen Autor aus Wien, dem die Geschichte vermutlich gefallen würde«, sagte Herr Schmidt und Henriette aber grätschte dem fantasievollen alten Mann in die nächste Promi-Anekdote und löste auf: »Volker hat geschummelt! Bei seiner Doktorarbeit. Und ich habe ihm geholfen. Ohne es zu wissen!«

Valentin reckte seinen Lockenkopf durch die Luke, grinste Zoe und mich an und sagte: »Seht's! I war verdammt nah dran!«

Fakt war: Der *Volki* hatte Henriette gebeten, für ihn etwas aus dem Französischen ins Deutsche zu übersetzen. Nur ein paar Passagen aus einem uralten Buch eines Insektenforschers aus dem 19. Jahrhundert. Aus den paar Passagen wurden schließlich ganze Kapitel, bis Henriette für ihren Ex fast das komplette Buch übersetzt hatte. Und was sie eben nicht wusste, ist, dass der gute alte Volker die Übersetzung eins zu eins in seine Doktorarbeit hat einfließen lassen und dann auch noch behauptet hat, dass er diese vollkommen selbstständig geschrieben habe.

»... und der Beweis, eines der letzten Exemplare des französischen Forschers, liegt bei mir zu Hause sicher aufbewahrt im Schreibtisch«, schloss Henriette selig ihr Geständnis, welches ja nicht wirklich eines war. Sie wusste halt etwas, das jemandem *directement* die schöne Uni-Karriereleiter unter den Füßen wegziehen konnte.

»Und? Wirst du ihn auffliegen lassen?«, fragte Zoe noch.

Henriette überlegte lang und antwortete schließlich: »Ich glaube, eher nein! Als Dozent taugt der *Volki* ja«, und schob augenzwinkernd hinterher: »… und wer weiß: Vielleicht schenkt er mir eines Tages ja noch das Mikroskop, den Beamer und das Packerl Tafelkreide.«

… und damit war das Thema auch für alle abgehakt und Henriette steuerte die nächste Tankstelle an. Und an der zahlte Herr Schmidt nicht nur die enorme Rechnung für ganze 120 Liter Diesel, sondern auch den kompletten Proviant, den wir im gegenüberliegenden Supermarché besorgt hatten. – Käse, Salami, Fischkonserven, Baguettes, Rotwein aus der Gegend, Cidre aus der Bretagne … Zigarren für ihn und Valentin – all das.

»Herr Schmidt! Das sieht mir aber sehr danach aus, dass da noch zehn weitere Etappen anstehen!«, meinte ich zu dem alten Mann, als wir den ganzen Kram im Kühlschrank und in den Fächern verstauten.

»Was? Nur zehn?«, fragte Herr Schmidt erschrocken nach. »Kinder, wir müssen noch mal zurück in den Supermarché.«

Die ganze Gang lachte, ich auch. Aber dann hakte ich doch noch mal nach: »Herr Schmidt?«

»Ja, mein Freund?«

»Sonntag! Sonntag muss ich zurück sein!«

Und Valentin ergänzte: »Sonst wird die Frau Mama von unserem Jörg fürchterlich wütend und schneidet ihm mit einem rostigen Schälmesser den Kopf ab.«

Auch das war witzig. Aber noch viel witziger war, dass es am Ende komplett egal sein würde, ob ich es bis Sonntagabend pünktlich schaffen würde oder nicht …

23

Arles! Eine Stadt, die ein paar ordentliche Dellen im Raum-Zeit-Gefüge hat. Du gehst durch enge Gassen, als wärst du in einem Ölgemälde aus dem 18. Jahrhundert, dann stolperst du plötzlich in eine über zweitausend Jahre alte Arena hinein, dass du denkst: *Gleich kommt der Gladiator um die Ecke!* Dann, heftigste Zeitanomalie: Ein paar Hundert Meter davon entfernt steht – wie soll ich sagen – ein schräges *Ding* aus der Zukunft. Ein spaciges Bauwerk mit einem Turmgebilde aus Tausenden von verschachtelten Aluminiumkästchen mit scheinbar wahllos reingekloppten quaderförmigen Fensterklötzen.

»Oida, was für ein krasser Scheiß ist das?!«, hatte Valentin gestaunt, als wir vor dem Gebäude standen, in dem sich wohl alles um die Kultur rund um Arles dreht.

»Ja, krasser Scheiß!«, habe ich wiederholt.

»Ich finde es interessant!«, meinte Henriette, aber Zoe fragte: »Sollen wir es abreißen? Ist *das* die Aufgabe, Schmiddi?«

Herr Schmidt schüttelte den Kopf, strich Zoe liebevoll eine ihrer schwarzen Strähnen aus dem Gesicht und antwortete milde: »Man muss offen sein für frische Gedanken, Kätzchen.«

Und da wurde mir zum ersten Mal so richtig bewusst, wie stark das alles zusammengewachsen war – wie vertraut! Gute acht Tage zurück, in einem ICE Richtung Göttingen hätte Zoe Neufeld dem alten Mann das *Kätzchen* mit ausgefahrenen Krallen garantiert noch quer durchs Gesicht gezogen und ihm die Finger seiner rechten Hand gebrochen, wenn diese ungefragt ihre Haare berührt hätten.

Aber jetzt – acht Tage später – nahm die Warrior-Lady aus Hamburg zärtlich seine Hand in die ihre und sagte: »Ich habe einen frischen Gedanken, alter Mann. Praktisch gesehen habe ich ihn bildlich vor Augen.«

»So? Welchen denn?«

»Ein schönes großes Glas Aperol Spritz mit drei Eiswürfeln und einer frischen Orangenscheibe darin«, antwortete Zoe.

»Das trifft sich ausgezeichnet, meine Liebe. Wir müssen eh ein Straßencafé aufsuchen, wo nämlich Leslies nächste Aufgabe auf uns wartet.«

Im Allgemeinen freuten sich alle über diese Info und Valentin schluchzte theatralisch vor Glück: »Straßencafé ist deutlich geschmeidiger als Gipfelbesteigung. Und zu einem alkoholischen Erfrischungsgetränk sage ich nicht Nein.«

Dreißig Minuten später saßen wir in einem weiteren Gemälde und nahmen die Getränke einer Kellnerin entgegen. Will sagen: Wir saßen exakt auf der Terrasse eines Cafés, die der Maler Vincent van Gogh in einer lauen Sommernacht Ende des 19. Jahrhunderts gemalt hatte. In einem traumschönen, lauschigen Winkel der Stadt – am *Place du Forum*. Heute ist es etwas rummeliger dort, aber das Café gibt es immer noch. – Ich korrigiere: Es gibt dieses Café *wieder*, denn …

»… in den Neunzigern wurde es komplett renoviert, damit es wieder genauso hübsch aussieht wie auf dem Bild von dem Herrn van Gogh«, erklärte Herr Schmidt uns, nachdem er das Glas Prosecco von der jungen Kell-

nerin entgegengenommen hatte. Vornehm prostete er uns zu und sagte feierlich: »Und exakt hier, meine Lieben, werden wir nun einen weiteren Wunsch auf Leslies Liste abhaken.«

»Was steht an? Sollen wir die fesche Kellnerin auf einen Drink einladen?«, fragte Valentin, der ebendieser Kellnerin schmachtende Blicke hinterherwarf, als sie zurück ins Café rauschte.

Worauf Anton an Zoes Seite Valentin kurz und launig anbellte, dass man hätte meinen können, er habe darauf eine Antwort. Weshalb ich auch schon spaßig mit der Übersetzung durchstarten wollte …

Aber Zoe preschte praktisch gesehen vor mir in Antons Sprechblase und sagte zu Valentin: »Anton meint, dass du, Sweety, dich das eh nicht trauen würdest, weil so dermaßen attraktive Granaten wie die Kellnerin da eh nicht auf halbwüchsige Männchen mit Pudelfrisur stehen, und für den Fall, dass du wider Erwarten doch die

Eier hättest, sie zu fragen, würde sie dir mit an Sicherheit grenzender Wahrscheinlichkeit einen Maulkorb verpassen.«

Das war witzig! Klar! Aber ganz ehrlich? Es hat mir irgendwie auch einen kleinen Stich versetzt. Antons Übersetzungen waren *meine* Idee und Zoe hatte sie mir geklaut. Aber Überraschung für mich selbst: Ich konnte das im nächsten Moment einfach auch mal so nehmen, wie es war, und Zoe den Spaß gönnen.

»Ich habe da so eine Vermutung, was Leslies Aufgabe angeht«, kam ich daher einfach locker auf das eigentliche Thema zurück.

»So? Dann sag an, junger Timmermann!«, befahl Herr Schmidt gut gelaunt.

Und ich dann, extra betont jörghaft: »Wir sollen hier die Getränkekarte rauf und runter bestellen und so lange Cocktails in uns reinschütten, bis niemand mehr weiß, wie er heißt.«

»Au ja! Da wäre ich dabei!«, freute sich Zoe und erhob ihr Glas Aperol Spritz.

»Oida, der Jörg hat einfach immer die besten Ideen«, sagte Valentin und stieß dann auch schon mal mit seinem eigenen Margarita-Cocktail mit Zoe an.

Und Henriette, die lange gar nichts gesagt hatte, schaute von ihrem Handy auf, strahlte Herrn Schmidt an und sagte: »Ich glaube, ich weiß, was Leslie sich wünscht.«

Und als sie das gegoogelte Gemälde von Vincent van Gogh auf ihrem Handy herumzeigte, neben dem in etwa genauso viele Fotos von dem realen Café zu sehen waren, hatten wir alle so eine Ahnung: Leslie hätte gern noch einmal gesehen, wie Armin hier in diesem Bild sitzt, also mittendrin in dem Kunstwerk *Caféterrasse am Abend* von

Vincent van Gogh, und dass exakt dieser Moment mindestens für die Ewigkeit festgehalten wird.

»Ein Foto also! Mit der *Schmidt-Gang* drauf!«, grinste Zoe.

»Exactement, ma chère«, lächelte Herr Schmidt.

»Habe die Ehre, bin dabei. Aber danach tun wir, was der Jörg gesagt hat«, meinte Vincent, bevor er aufstand und sich entschuldigte, weil er mal eben austreten müsse. Anton bellte ihm hinterher, Valentin drehte sich fragend zu ihm um und wieder war es Zoe, die simultan übersetzte: »Anton sagt, dass das jetzt *zack-zack* gehen muss mit dem *Geschäftemachen*! Und ob *groß* oder *klein*: Pfoten waschen nicht vergessen!«

Valentin schüttelte nur den Kopf, verschwand dann aber auch schon im Café.

»Ich glaube ja nicht, dass Anton das so eng sehen würde«, meinte Herr Schmidt.

»Das mit dem Pfoten waschen?«, fragte Zoe nach.

»Das vielleicht schon«, lächelte Herr Schmidt. »Ich meine das mit dem *zack-zack*. Weißt du, Liebes, das wäre nicht mein Anton, wenn er so ticken würde. Die Welt dreht sich schnell und immer schneller. Was viele anscheinend brauchen, um glücklich zu sein. Aber meinem Gefühl nach muss man ja nicht jeden Trend ungefragt mitmachen.«

»Klingt sehr relaxt. Was wäre denn deine Definition von Glück?«, fragte ich und trank einen Schluck Mineralwasser aus meinem Glas.

Da sah Herr Schmidt mich nachdenklich an, strahlte auf einmal, weil ihm offenbar was Originelles eingefallen war, und sagte schließlich: »Heute halte ich es mal mit einem guten alten Freund, den Leslie und ich damals in

Berlin kennengelernt hatten. Seine Definition von Glück hieß: *Keine Termine und leicht einen sitzen.*« Sagte es, erhob kichernd sein Glas und prostete uns nochmals zu.

»Der Spruch ist von Harald Juhnke, mein Lieber«, wusste Henriette, die selber auch nur eine Cola trank.

Und da sah Herr Schmidt Henriette überrascht an und sagte: »Ja, genau den meine ich. Harald Juhnke. Schauspieler, Entertainer und was man ja auch nicht vergessen darf: Gesungen hat er auch sehr lässig … zu Lebzeiten, versteht sich. Der Gute verstarb vor einigen Jahren.«

Und da merkte man Henriette schon an, dass die dem Schmidt nicht abnahm, dass er und seine Leslie mit diesem Juhnke befreundet gewesen sein sollen. Doch bevor sie noch mal kritisch nachhaken konnte, habe ich mit dem Kopf diskret auf ein Paar gedeutet, das ich von meiner Position aus nebenbei schon länger beobachtet hatte, und fragte in die Runde: »Wie die beiden da wohl Glück definieren?«

Zoe, Herr Schmidt und schließlich auch Henriette drehten sich zu dem Paar um, das schätzungsweise aus Japan stammte und hier in Frankreich Urlaub machte. Er, mit strammer Haltung, stand am Rande des Straßencafés, um sich von seiner vermutlichen Partnerin, die ein paar Meter vor ihm stand, mit einer amtlich japanischen High-End-Kamera fotografieren zu lassen. Worauf auch dieses Mal folgte, was schon rund zwanzig Mal zuvor gefolgt war: Er marschierte auf sie zu, ließ sich die Kamera geben und begutachtete das Ergebnis mit kritischem Blick auf dem großen Display. Dann gab der Mann der Frau die Kamera zurück und herrschte sie auch dieses Mal an, dass er mit dem Resultat nicht zufrieden sei. Was man deshalb ahnen konnte, weil dann wieder alles von vorn begann. Er drehte sich hektisch um und sie wartete mit schwer genervter Miene darauf, bis er wieder an seiner Shooting-Position vor dem Café strammstand.

»Das sind Japaner«, meinte Zoe. »Die definieren Glück mit Samuraischwertern, die sie sich gegenseitig oder wahlweise selbst in die Bäuche rammen.«

»Das ist aber sehr schlicht, Herzchen!«, ermahnte sie Henriette mit erhobenem Zeigefinger.

»Tja, andere Länder, andere Sitten«, entgegnete Zoe und Herr Schmidt klärte auf: »Ich fürchte, Henriette meint dich, Liebes. Die japanische Kultur ist komplexer, als du denkst.«

Zoe blickte noch mal zu dem Shooting-Drama rüber und sagte schließlich: »Okay, wenn ich die Frau wäre, würde ich dem Typen beim nächsten Mal ein Samuraischwert in den Rücken rammen. Also hinten rein, nicht vorne in den Bauch. Wäre das komplex genug?«

Henriette und Herr Schmidt gaben es kopfschüttelnd auf und ich stellte mir vor, wie die Japanerin im nächsten Moment die schweineteure Kamera einfach hochwerfen würde, um eine Nanosekunde darauf ein vor Schärfe klingendes Samuraischwert aus ihrem weißen Hemdkragen zu zaubern. Und mit dem würde sie die zu Boden fallende Kamera präzise in zwei Teile zerlegen. Dann …

… der Mann, aufgeschreckt von dem vertrauten Klang der schwingenden Klinge, wirbelt herum und fängt instinktiv die beiden Teile seiner Kamera im letzten Moment aus der Luft auf. Erstaunt betrachtet er die superglatt durchtrennten Hälften. Und nach einem Moment des Innehaltens rich-

tet der Mann sich auf und in würdevoller, aufrechter Haltung steht er seiner Partnerin gegenüber. Sie wiederum lässt ihr klingendes Samuraischwert in einer fließenden Bewegung zurück in den jahrhundertealten Lederhalfter hinter ihrem Rücken verschwinden. Und in einer exakt spiegelbildlichen Verbeugung erweisen die beiden sich den gegenseitigen allerhöchsten Respekt, um daraufhin ganz normal getrennte Wege zu gehen …

… Sprungfederhüpfgeräusche rissen mich aus meinem Eastern. Ich nahm den Anruf mit einem Wisch entgegen, da schnappte Zoe sich dreist das Handy aus meiner Hand und fragte Eric: »Wie ist es gelaufen?«

Da war ich schon echt ein kleines bisschen verärgert und wollte protestieren, aber Zoe hielt mir sehr überraschend und irgendwie auch ganz süß mit zwei Fingern ihrer rechten Hand einfach den Mund zu, stellte mein Handy mit der linken Hand auf laut und wir alle hörten Eric überrascht fragen: »Zoe? Bist du das?«

»Nein, deine neue Freundin Uschi. Also, sag, *Hase*: Wie ist es gelaufen?«

»Wie ist *was* gelaufen?«, hat Eric nachgefragt, worauf Henriette sich einmischte und ihn – ganz in ihrer Rolle als zukünftige Lehrerin – ermahnte: »Jetzt stell dich nicht dümmer an, als du bist. Wie lief's bei dem Lateintest?«

Und *Hase* Eric mümmelte schließlich: »Ich hasse die Römer!«

»Du hast es verkackt?!«, habe ich getippt, was jetzt auch keine detektivische Meisterleistung war, weil Eric nicht nur in Chemie, sondern auch in Latein eine amtliche Null ist. Praktisch gesehen: Doppelnull-Agent.

»Yep! *Veni, vidi, perire** – wie wir Lateiner sagen. Ich kam, ich sah, ich verkackte. Hö, hö!«

»Es muss heißen: *Veni, vidi, perii!*** – Perfekt, nicht Präsens!«, strich Henriette wie mit einem Rotstift dem armen Eric streng durch die lateinischen Gezeiten.

»Du kannst ja **gar nichts**, Hase. Nicht mal richtig verkacken. Ich bin enttäuscht«, sagte Zoe und …

… da stand auch schon wieder Valentin hinter ihr und verkündete: »Herrschaften! Das ist Camille und sie wird uns sehr gern bei Leslies Auftrag behilflich sein.«

»Wer ist Camille?«, wollte Eric wissen, der ja nicht sehen konnte, wer freundlich lächelnd an Valentins Seite stand.

Ich nahm der sehr erstaunten, sprachlosen, vielleicht auch beeindruckten Zoe das Handy wieder weg, antwortete Eric: »Kellnerin. Erkläre ich dir später!« … und kappte die Verbindung.

Herr Schmidt erhob sich etwas wacklig von seinem Stuhl, reichte der Camille galant die Hand, gab ihr seinen Telefonklotz, mit dem das Gruppenfoto gemacht werden sollte, und sehr charmant und überraschend flüssig bedankte er sich auf Französisch: »C'est très gentil à vous, Mademoiselle!«

»Autsch!«, kommentierte Henriette das französische *Fräulein*, weil man die Verniedlichung selbst hier in Frankreich nicht mehr benutzt.

Da ist Camille aber locker drüber hinweggegangen

* In Anspielung auf ein Zitat des römischen Feldherrn Julius Caesar: *Veni, vidi, vici*, dt.: Ich kam, ich sah, ich siegte.

** Lat.: Ich kam, ich sah, ich ging zugrunde.

und wollte sich in Position bringen, um uns mit Herrn Schmidt im Mittelpunkt zu fotografieren. Und zwar ganz genau von dem Standpunkt aus, von dem der gute alte Vincent van Gogh das berühmte Bild gemalt haben muss. – Was ein Knackpunkt war, weil das nun mal auch die Position der Japanerin war, die sich genau in diesem Moment von ihrem schwer enttäuschten Partner anhören musste, was er von ihrer Arbeit als Fotografin hielt. Aber Camille – charmant und freundlich – erklärte gestenreich, dass sie nun auch mal auf van Goghs Malposition wollte. Eben für das Gruppenfoto mit dem alten Mann in der Mitte. Ganz fix ginge das. Das war dann auch kein Problem für das japanische Touristenpaar und so schritten die beiden höflich zur Seite und sahen zu, wie Camille Herrn Schmidts Uralthandy auf uns richtete. Und exakt in dem Moment, als alles stimmte und wir ihr von der Terrasse aus zuprosteten, kamen gleich drei ältere, wikingergroße Typen in Biker-Kluft ins Bild gewackelt und setzten sich an den noch einzig freien Tisch des Cafés. Direkt vor unsere Nase zwischen Camille und Motiv.

»Sag mal, geht's noch, ihr Vollpfosten?«, haute Zoe die Biker natürlich *directement* an, worauf sich alle drei überrascht zu ihr umdrehten und der Mann in der Mitte mit den graublonden Haaren fragte erstaunt: »What?«

»Das sind Engländer, Zoe. Du musst sie auf Englisch beleidigen!«, riet Valentin ihr, aber der Mann schüttelte den Kopf und grinste ihn gut gelaunt an: »Falsch, Wuschi. Wir sind aus Deutschland.«

»So gesehen alles richtig gemacht. Nur am Ton müsstest du noch deutlich arbeiten, Madamchen«, grinste der Biker-Kumpel, der links am Tisch saß und dessen schütteres Haar schon eher grauweiß war.

»Oh, *Madamchen* also! Sag, aus welchem Teil von Deutschland kommst du denn, du Mofafahrer? *Schwachmatkirchen* bei *Einen-an-der-Waffel*?«

Da platzten seine Begleiter rau lachend wie Schmirgelpapier los und der in der Mitte klopfte dem Grau-weiß-Melierten kräftig auf den Lederrücken und geierte: »Ich hab's immer gewusst, Rolf! *Schwachmatkirchen* bei *Einen-an-der-Waffel*! Passt zu dir! Hiarch, hiarch …«

»Unwahrscheinlich lustig, Ralf. Nä, ehrlich!«, brummelte der, der offensichtlich Rolf hieß, worauf Valentin nachfragte: »Ah, geh! Rolf und Ralf? Jetzt ehrlich?«

Und Zoe zeigte auf den dritten Typen, der gar keine Haare mehr hatte, und sagte: »Und euer Wuschelkopf da heißt dann bestimmt Ronny.«

»*Rolf, Ralf und Ronny* – das klingt nach einem Ulkfilm«, fand Henriette.

»Yes!«, grinste Zoe. »*Rolf, Ralf und Ronny – Drei Spacken am Limit!*«

Jetzt lachte keiner der drei mehr und der mit der Glatze stellte ernst klar: »Nicht, dass es euch irgendetwas anginge, aber mein Name ist Joachim.«

Ralf ergänzte: »Was ist euer Problem, ihr Spinner?«

»Falsche Frage, du Mofafahrer …«, schoss Zoe direkt zurück und da bremste Herr Schmidt sie aber aus und antwortete: »Das Problem, mein lieber Ralf, ist, dass Sie der Camille im Weg sind.«

»Kann gar nicht sein. Meine Ex heißt Elke!«, antwortete der ulkig.

Und da rief aber auch schon Camille etwas auf Französisch zu uns herüber, weil sie und auch die Japaner wissen wollten, ob wir unser dreifaches Sichtproblem irgendwie lösen konnten.

»Ah, *das* ist Camille. Verstehe!«, zählte Glatzkopf Joachim eins und eins zusammen und war auch schon im Begriff aufzustehen, da drückte ihn Ralf mit seiner Pranke wieder in den Terrassenstuhl und stellte klar: »Wir verschwinden aus dem Bild, aber erst wenn sich *Black Beauty* hier bei uns entschuldigt hat«, und *Black Beauty*, also Zoe, machte nahtlos sehr deutlich: »Einen Scheiß werde ich, du Mofafahrer!«

»Falsche Antwort!«, stöhnte ich mit Kopf im Nacken die sonnengelbe Markise an und Herr Schmidt aber entspannt: »Meine Herren! Wäre es denn für Sie akzeptabel, wenn ich mich – wie soll ich sagen – für unseren verunglückten Start aufrichtig entschuldige? Am Ende bin ich es ja, der all dies wollte.« Und er fügte zärtlich hinzu: »Für Leslie und mich.«

»Und wer ist das nun wieder?«, fragte Joachim nach.

»Long Story, Meister Proper«, raunte Zoe wieder und dann aber auch kleinlaut hinterher: »Okay, okay, okay! Ich entschuldige mich.«

»Na also, geht doch«, grinste Ralf zufrieden und alle drei erhoben sich von ihren Stühlen, um den Blick für Camille frei zu machen. Und da sagte Herr Schmidt zu ihnen: »Wissen Sie was, meine Herren? Ich würde mich freuen, wenn Sie mit auf das Gruppenfoto kämen. Stellen Sie sich doch einfach hinter uns, ja?«

Die drei Biker guckten sich kurz und irgendwie auch ein wenig geschmeichelt an, nickten sich zu und taten, was Herr Schmidt wollte. Und als wir dann alle zusammen in die Handykamera in Camilles Hand strahlten und sie wiederum im Begriff war, auf den Auslöser-Button zu drücken …

… setzte sich eine dralle Dame um die sechzig in

einem schrillen und etwas zu knappen Kleidchen an den Tisch, den unsere Rocker gerade freiwillig für uns geräumt hatten.

»Oh, là, là!«, entglitt dem Ralf ein Ausdruck der Bewunderung mit stierem Blick auf den sehr großzügigen Ausschnitt, der den eingezwängten Busen der Dame etwas verknittert präsentierte.

»Das gefällt dir also, was?!«, kommentierte Zoe und wollte verbal auch schon über die kompakte Dame mit der kupferrot gefärbten Turmfrisur herfallen, weil sie ja nun mal Camilles Sicht auf Herrn Schmidt versperrte. Aber da haben Valentin und ich gleichzeitig von beiden Seiten unsere Hände auf Zoes Schultern gelegt, und die hielt sich dann auch tatsächlich zurück und ließ Herrn Schmidt mit dem Knallbonbon reden.

»Excusez-moi, Madame …«, sprach Herr Schmidt die Frau höflich auf Französisch an und da lag er auch vollkommen *correctement*, weil sie eine waschechte Französin aus Arles war. Worüber die beiden dann konkret geplaudert haben, kann ich leider nur unvollständig wiedergeben, weil mein Französisch nicht mal für ein akzeptables *Ausreichend* reicht. Herr Schmidt muss aber wohl gleich zu Anfang etwas sehr Witziges zum Besten gegeben haben, weil Madame lachte schallend los und kichernd ging es auf beiden Seiten weiter, bis Biker Rolf sich räusperte und diskret auf seine Armbanduhr tippte.

»Oh, ja, richtig, das Foto! Entschuldigt bitte!«, sagte Herr Schmidt, wandte sich wieder Madame zu, die sich mittlerweile eine vornehme Zigarettenspitze zwischen die knallroten Lippen geschoben hatte und sich von Valentin Feuer geben ließ.

Was genau Herr Schmidt die Lady dann gefragt hat,

kann ich auch wieder nicht sagen. Fakt ist, dass sie im nächsten Moment quietschvergnügt auf den Schoß von Herr Schmidt gehüpft ist, um mit laszivem Blick in Camilles Richtung zu posieren, die dann wiederum endlich das Foto hätte machen können … WENN da nicht ein Polizist ins Bild marschiert wäre, zielstrebig auf unsere Madame auf dem Schoß des Herrn Schmidt zu. Camille senkte erneut den Handyklotz, der Japaner neben seiner Partnerin schaute ungeduldig auf seine Uhr. Ganz offensichtlich kannte der Gendarm die Gute, weil er sie – nicht unhöflich – gleich mit Madame Neuf ansprach und sie aufforderte, sich von dem Schoß des Herrn Schmidt zu erheben und zurück zu ihrer Bar zu gehen. Welche Art von Bar das nun wieder war, konnten sich alle irgendwie denken, aber Madame Neuf dachte gar nicht daran, wegzugehen. Und da war es nun Henriette, die dem Polizisten in bestem Schulfranzösisch erklärte, worum es hier letztendlich ginge, und Herr Schmidt lud auch den Monsieur Gendarm spontan ein, sich ebenfalls dazuzugesellen. Der schwenkte erst den Kopf unentschlossen hin und her, ließ dann aber locker und platzierte sich lächelnd neben die Biker-Gang.

Herr Schmidt gab Camille ein Zeichen, die richtete die Handykamera schnell wie eine Western-Lady auf die Gruppe und …

… ein Kleinbus mit Hannoveraner Kennzeichen hielt direkt vor dem *Café Van Gogh*. Die Schiebetür wurde geöffnet und an die zehn Leute stiegen aus, die sehr wahrscheinlich durch die Bank – wie soll ich sagen – *Sonderbegabungen* hatten. Die zehn also – raus aus dem Kleinbus und stürzten sich auf den einzig freien Terrassentisch. Den vor uns, klar! Das hatte ein bisschen was von *Reise nach Jerusalem* in der Hardcore-Version, weil es insgesamt nur vier freie Plätze gab. Doch bevor auch nur einer von denen sich auf einen der freien Stühle werfen konnte, schrillte direkt hinter mir die Trillerpfeife von unserem Gendarm auf – stoßweise, laut und streng. Die zehn Leute verfielen in Schockstarre und glotzten wie ängstliche Kaninchen den Polizisten an. Der gab ihnen freundlich aber bestimmt Anweisung, dass sie sich mal eben auf die Seite begeben sollten, damit unsere Fotografin freie Sicht hatte. Die Leute aus Hannover verstanden nicht, was die französische Staatsmacht von ihnen wollte, und reihten sich sicherheitshalber einfach in unsere Gruppe ein.

»Ja, was macht ihr denn da?«, fragte da eine Frau, die zuletzt aus dem Kleinbus gestiegen war, bevor der weiterfuhr.

»Befehl von dem da mit der Wumme!«, antwortete eine junge Frau aus der hinteren Reihe ungefiltert laut und alle zehn zeigten auf unseren Gendarmen. Der wiederum schüttelte den Kopf und wollte das Missverständnis irgendwie klären, aber da quetschte Herr Schmidt unter der Last von Madame Neuf heraus: »Das ist eine wunderbare Idee!«, und an die Frau, die sehr wahrscheinlich die Betreuerin war, gewandt: »Darf ich Sie bitte einladen, sich ebenfalls dazuzugesellen.«

Und nachdem Herr Schmidt ihr dann auch noch mal kurz erklärt hat, worum es hier ging, überlegte sie nicht lang und stellte sich lächelnd zu ihrer Gruppe und …

… ich kürze ab: Die Gruppe wuchs und wuchs. Die Gäste hinter uns stellten sich auf ihre Stühle, um zu sehen, was da vor uns los war. Das wiederum lockte weitere Passanten an. Einen Clochard, der vielleicht dachte, dass es etwas umsonst gab, und einen Pantomimen mit weißen Handschuhen, der die ganze Zeit so tat, als stünde er vor einer Glaswand. Kleinkinder mit ihren Müttern wackelten ins Bild, es folgten zwei Nonnen, ein Hüne von Transvestit in einem Fummel, der noch schriller war als der von Madame Neuf … und, und, und!

Ich sah, dass Camille den Ehrgeiz hatte, ein perfektes Foto abzuliefern. Aber die Handykamera von Herrn Schmidt, die in etwa so alt war wie Arles selbst, kam bei dieser riesigen Gruppe deutlich an ihre Grenzen.

Doch dann – unerwartete Wendung unter Einfluss aus Fernost, also durch die Touristen aus Japan: Frau und Mann blickten sich kurz an und nickten sich gleichzeitig zu. Worauf die Frau dann lächelnd auf Camille zuging und ihr anbot, die High-End-Kamera für dieses Gruppenfoto zu nehmen, indem sie ihr das edle Teil entgegenstreckte. Camille, erst baff, dann glücklich, nahm das Angebot dankend an, und bevor Herr Schmidt die beiden Japaner für das Foto zu sich herüberwinken konnte, stellten sich die beiden auch schon dazu – irgendwo hinter mir, Valentin, Henriette, Zoe mit Anton auf ihrem Schoß und Herrn Schmidt mit Frau Neuf auf seinem. Und wie auf ein Zeichen lachten und jubelten alle um den feinen Herrn Schmidt herum, der selbst sein Proseccoglas erhob und rief: »Für Leslie!« – *FLASH!*

24

»Scheiße, man sieht ja jeden Pickel!«, hörte ich Zoe, die neben mir voll dramatisch das postergroße Gruppenfoto anjammerte, während ich aus dem Fenster unseres Unimogs blickte und die weite Ebene an meinen Augen vorüberziehen ließ – wie eine Endlosrolle Landschaft in alten Westernfilmen. … *Wide shut!*

»A geh, dein Gesicht ist clean wie ein Babyoarsch!«, versuchte Valentin sie zu beruhigen.

In der Ferne nahm ich ein paar schwarze Brocken mit Hörnern wahr. Stiere, die regungslos auf einer Weide standen und uns hinterherglotzten.
… kein Zaun weit und breit.

»Mein Gesicht mit dem Hintern eines Babys zu vergleichen macht die Sache nicht besser«, stöhnte Zoe.

Die Stiere verschwanden aus dem Blickfeld.

»Es kommt ja auch nicht immer auf Äußerlichkeiten an. Was zählt, sind innere Werte«, steuerte Herr Schmidt zum Gespräch bei, während er mit seinem alten Handyklotz das gestochen scharfe Gruppenposter abfotografierte – warum auch immer.

Krasser Programmwechsel vor dem Fenster: Weiße Pferde! Eine ganze Herde davon.
… wilde weiße Pferde. Frei wie Siegfried und Roy.

»Du machst alles noch schlimmer, Armin!«, rief Henriette aus der Fahrerkabine, während sie unser Raumschiff durch diese abgefahrene Filmlandschaft steuerte.

Am Himmel ein Schwarm Vögel mit enormer Spannweite und rosa Gefieder – Flamingos.
… Flamingos???

»Jörg? Hallo? Knock, knock«, riss mich Zoe aus diesem Fantasyfilm, der sehr real vor mir abrollte.

»Was? Ja, hier, anwesend!«, antwortete ich und ärgerte mich über mich selbst, weil ich mittlerweile auf den Namen *Jörg* reagierte, als wäre es mein eigener.

Zoe grinste mich an, als könne sie Gedanken lesen, und wiederholte die Frage, die sie mir vermutlich zuvor schon gestellt hatte: »Was ist deiner Meinung nach wichtiger: Äußerlichkeiten oder innere Werte … *Jörg*?«

Sie zeigte auf ihr Abbild im Gruppenfoto – freudestrahlend mit Anton auf dem Schoß.

»In deinem Fall: Äußerlichkeiten. Mangels innerer Werte … *Uschi*!«, antwortete ich gut gelaunt, was gewagt bis sehr dämlich war, weil ich ausweglos direkt neben ihr auf der Fensterseite am Tisch des Unimogs saß.

Standbild. Niemand atmete. Selbst Anton unter dem Tisch stellte die Hechelmaschine ab. Und Zoe? Die sah mich überrascht an und gab dann aber sehr gelassen zurück: »Recht hat der Jörg. Innere Werte werden eh seit jeher überbewertet.«

Sprach es und *dann* erst betonierte sie mir liebevoll mit ihrer Faust einen blauen Fleck in den rechten Oberarm. Worauf Anton kläffte, weil der Gewalttätigkeiten innerhalb des Rudels nicht tolerabel fand. Was ich dann auch mal wieder als Erster für unseren Vierbeiner dolmetschen konnte. Aber Überraschung: Herr Schmidt widersprach und behauptete, dass Anton soeben aus der Bibel zitiert habe. Und zwar aus der Passage, in der es heißen würde: *Wenn dich jemand auf den rechten Oberarm boxt, so halte ihm auch den linken hin ... Jörg!* – Worauf unser bibelfester Theologie-Profi Henriette aus der Fahrerkabine anmerkte, dass da die Rede von *Wangen* war, nicht *Oberarmen*, und überhaupt: *Jörg* würde auch an keiner Stelle im Neuen Testament namentlich erwähnt und ...

... erzählen wollte ich eigentlich nur: *Roadmovie*! Wieder unterwegs! Auf dem Weg zur nächsten Etappe waren wir! Auf der Zielgeraden, denn es sollte die letzte Etappe sein.

WIR AUF DER ZIELGERADEN

»Ist das jetzt auch *ganz* sicher, Herr Schmidt ... *Armin*?«, hatte ich nämlich noch mal extra deutlich nachgefragt, als wir nach unserem überraschenden Fotoshooting-Flashmob in Arles auf der Terrasse vom *Café Van Gogh* saßen und auf die Japaner warteten.

»Letzte Etappe. Hundertprozentig sicher. Wie das Amen in der Kirche!«, versicherte er mir darauf mit seinem feinfaltigen Lächeln und verabschiedete sehr herzlich Madame Neuf, die als Letzte von allen Leuten noch auf einen *Petit Prosecco* geblieben war.

»Seit wann ist das Amen in Kirchen sicher?«, fragte Zoe.

»Sehr gut!«, lobte Valentin sie und streckte ihr die Hand zum Abklatschen hin. – *High Five der Gottlosen.*

»Man sagt es einfach so«, erklärte Herr Schmidt geduldig und orderte bei Camille noch ein letztes Extragläschen Prosecco für sich.

»Was ganz falsch ist, dass man es so sagt«, legte Zoe noch mal nach. »Schließlich heißt *Amen* wortwörtlich übersetzt *So sei es*. Und das ist ja wohl ein ganz klarer Fall von *Konjunktiv eins*. Wegen *sei*, mein lieber Schmiddi, im Sinne von: *Könnte sein, muss nicht!*«

»Bravo!«, rief Valentin und bekreuzigte sich mit den Worten: »Im Namen des Vaters, des Sohnes und des Heiligen Geistes – *Könnte sein, muss nicht!*« – *High Five!*

»Das ist nicht ganz korrekt, meine bedauernswerten Heidenkinder«, schaltete Henriette sich da ins Gespräch ein und referierte: »*Amen* stammt aus dem Hebräischen und kann mit der Grundbedeutung *fest, zuverlässig sein* übersetzt werden. *Amen* bedeutet somit viel mehr als *So sei es*. Unter anderem auch deshalb, weil das Hebräische gar keinen Konjunktiv kennt.«

»*Touché!* – wie wir Franzosen sagen«, prostete ich Henriette mit meinem Mineralwasser zu. Zoe und Valentin glotzten stumm …

… also vielleicht drei ganze Sekunden lang, bis Zoe wieder raushaute: »Könnte sein, muss nicht!« – *High Five!*

Worauf Henriette sie breit anlächelte und so ganz verwundert sagte: »Mein Gott, wie stumpf ihr seid.«

»Hab dich auch lieb, Herzchen«, antwortete Zoe fröhlich und blies unserer Theologin eine Kusshand zu.

»Okay, Herr Schmidt … *du*! Letzte Etappe also!«, kam ich noch mal auf den Ausgangspunkt dieses feingeistigen Gespräches zurück. »Und wo schickt Leslie uns hin?«

Herr Schmidt strahlte mich an, holte wieder den Briefumschlag seiner Liebsten aus der Innentasche seines Jacketts hervor, zog das vergilbte Blatt heraus und …

… verlor sich zärtlich lächelnd irgendwo zwischen den Zeilen.

Wir alle hielten uns respektvoll zurück, bis Herr Schmidt endlich wieder in die Runde schaute und verkündete: »*Saintes-Maries-de-la-Mer*. Da soll es hingehen!«

»*Bam Oida* und *Heilige-Maria-Mutter-Gottes!* Des kenn i'«, haute Valentin überrascht raus. »Da ist doch die Sara!«

»Ex von dir?«, fragte Zoe nach.

»A geh! *Die Schwarze Sara!* Schutzpatronin meiner kompletten Sippschaft. Jedes Jahr im Mai pilgern die Roma dieser Welt dorthin, um sie zu feiern und ihr zu huldigen. Weil, eins musst du wissen: Die Schwarze Sara ist eine ganz normale Superheilige!«

Zoe … *wir alle* guckten Valentin erstaunt an und Herr Schmidt bemerkte: »Dann bist du also ein waschechter Roma?!«

Worauf Valentin ihn angrinste und schließlich sagte: »So sicher wie das Amen in der Kirche!«

Und während Zoe mit gespielter Verachtung dem Valentin wortreich klarzumachen versuchte, wie gering sie ihn wegen seines Wankelmutes als Pseudo-Atheist schätzte, tippte ich *Saintes-Maries-de-la-Mer* in die Karten-App meines Handys, weil ich wissen wollte, wie weit es von Arles entfernt war. – *Rund vierzig Kilometer südlich – am Mittelmeer.*

Das geht ja noch, dachte ich einigermaßen erleichtert, weil bis Sonntagabend musste ich ja wieder zu Hause in Schneverdingen sein … oder was man halt so *zu Hause* nennt.

Schneverdingen also gab ich dann auch gleich noch mal in meine Karten-App ein, weil ich nach rund einer Woche Odyssee durch halb Europa ein wenig den Überblick über die geografische Lage verloren hatte.

»Ach – du – Scheiße!«, dachte ich laut, als ich das Ergebnis ablas. – 1446 ganze Kilometer von diesem Saintes-Maries-de-la-Mer bis Schneverdingen. Bei einer errechneten Fahrtzeit von dreizehn Stunden und drei Minuten. Das bedeutete, Sonntag als Ankunftszeit in Schneverdingen anzupeilen, war extrem sportlich. Realistisch betrachtet, war es eigentlich gar nicht zu schaffen.

»Henk? Alles in Ordnung?«, hörte ich Herrn Schmidt neben mir fragen.

»Was? … äh, ja, ja, alles gut! Auf nach Saintes-Maries-de-la-Mer!«, antwortete ich leicht irre lachend und spontan zu Camille, die ihm gerade den Prosecco brachte, wortgewandt: »One Prosecco for me, too, s'il vous plaît … Mademoiselle!«

Wenig später kam auch das japanische Touri-Paar zurück, das uns mit Händen und Füßen gebeten hatte, auf sie zu warten. Mit leichter Verbeugung und ausgestreckten Armen überreichte der Mann Herrn Schmidt eine zirka sechzig Zentimeter lange Papprolle.

Zu kurz für ein Samuraischwert, dachte ich unwillkürlich, als Herr Schmidt die Papprolle verdutzt entgegennahm. Er zog den Plastikdeckel ab und fingerte den Inhalt vorsichtig heraus. – Das Gruppenfoto war's. Das japanische Paar hatte den nächsten Fotoladen aufgesucht und das Bild vom Chip ihrer Kamera extra für Herrn Schmidt ausdrucken lassen.

Herr Schmidt, sehr gerührt, zwängte sich in die Aufrechte, zog kurz entschlossen den weißgoldenen Siegelring mit dunkelblauem Edelstein von seinem linken Ringfinger und mit selber ehrerbietiger Geste der Verbeugung überreichte er ihn den beiden Japanern mit Worten, die ich nicht verstand. – Japanisch halt.

Überrascht blickte das Paar auf das kostbare Geschenk und da sah man regelrecht, dass die beiden zögerten, es entgegenzunehmen. Einerseits! Andererseits war da der Herr Schmidt, der durch entschlossene Miene keinen Zweifel daran aufkommen ließ, dass er – sollte das Paar sein Geschenk verschmähen – sein eigenes Samuraischwert aus einer pfiffig eingenähten Innentasche seines Jacketts hervorzaubern würde, um damit das Gruppenfoto in ein 1000-teiliges Ravensburger Puzzle zu verwandeln.

Herr Schmidt besaß natürlich kein Samuraischwert, aber mindestens die Strahlkraft eines solchen, weshalb das japanische Paar sich ihrerseits schließlich nochmals vor ihm verbeugte und den Ring dankbar entgegennahm.

»Jetzt ehrlich, Herr Schmidt? Der Siegelring? Der muss ein Vermögen gekostet haben«, sagte ich fassungslos zu ihm, nachdem wir uns von dem japanischen Paar verabschiedet hatten.

Antwort: »Es war ein Geschenk von Leslie – mein wertvollster Besitz, junger Timmermann. Aber der Gedanke allein, dass dieser Ring nun in Händen von lieben Menschen dieses herrliche Erdenrund bereisen wird, macht mich glücklicher, als du dir vielleicht vorstellen kannst.«

Da war Schweigen vor Rührung auf der Terrasse …

… welches Valentin jammernd brach: »Du hättest ihn mir schenken können, alter Mann. *Mir*, dem Erdenrund-Bürger allerliebster Güte … *jammer*!«

»Valentin Tudor?«, fragte Zoe ihn.

»Ja, bitte!«, antwortete der.

»Du bist nicht lieb!«

Sprach es und klatschte ihm liebevoll die flache Hand über seinen Hinterkopf.

Camargue nennt sich die Ebene, durch die wir auf dem Weg nach Saintes-Maries-de-la-Mer fuhren. Wieder neugierige Stiere, die uns hinterherglotzten, weitere wilde weiße Pferde und am abendgelben Horizont noch mehr Flamingos, die wie Glieder einer Kette hintereinander an lila Wolken vorübersegelten. So gesehen wunderte es mich nicht, als wir dann auch noch an rosafarbenen Teichen vorüberfuhren.

»Wir sind gefangen in der Endlosschleife eines Instagram-Clips, welcher von einem elfjährigen Mädchen bis zur Schmerzgrenze aufgetunt wurde«, kommentierte Zoe die surreale Kulisse.

»Daher auch das rosa Wasser. Klar!«, bestätigte ich etwas albern.

Aber Valentin, der ja anscheinend auch schon mal hier war, informierte uns: »Nach einer jahrhundertealten Sitte werden hier jedes Jahr im August dreizehn Einhörner von ihrer Herde getrennt und gefangen, um sie der Schwarzen Sara zu opfern. Man schneidet ihnen bei lebendigem Leibe die Kehlen durch, auf dass ihr Blut nur so herausschießt und diese Gewässer in rosafarbene Seen des Todes verwandelt.«

»Rosa! Die Farbe des Todes!«, wiederholte ich tonlos.

»Ja, Jörg, wenn ich es dir doch sage«, grinste Valentin irre.

»Die *Dunaliella salina* ist der Grund!«, erklärte Henriette hinter ihrem Lenkrad. »Es ist eine Algenart, die bei hoher Lichtintensität und hohem Salzgehalt große Mengen an Carotin erzeugt. Daher die rosa Verfärbung des Wassers.«

»So ist es!«, bestätigte Herr Schmidt sanft lächelnd, während er sein Gruppenfoto vorsichtig einrollte und zurück in die Papprolle steckte. »Es sind Salinenfelder, in denen rosafarbenes Salz gewonnen wird.«

»Mir hat die Einhorn-Version von unserem Roma-Prinzen besser gefallen!«, meinte Zoe und hielt Valentin ihre Hand entgegen. *High Five!*

25

Saintes-Maries-de-la-Mer hatte ich mir im Großen und Ganzen doch etwas anders vorgestellt. Gediegener irgendwie. So wie Nizza oder Cannes. Was man halt so aus Bond-Filmen kennt. In *diesem* verschlafenen Hafenstädtchen wäre nicht mal eine vernünftige Verfolgungsjagd möglich, ohne dass Verfolger wie Verfolgte sich mit ihren Autos dauernd in den Mauern der kleinen weißen Häuser verkeilen würden.

… also gut: Ein paar breitere Straßen hat Saintes-Maries-de-la-Mer schon zu bieten und über eine dieser hat Henriette den mächtigen Unimog durch den Ort gelenkt – vorbei an einem Markt und dem kleinen Fischereihafen über die Strandpromenade bis zu einem Campingplatz, der direkt am Meer lag.

»Eben mal kurz von Schneverdingen bis nach Göttingen und zurück, was, Herr Schmidt?!«, grinste ich das Mittelmeer an, an dessen Küste wir nun saßen.

Und Herr Schmidt, rechts neben mir, lächelte mich tiefgründig an und sagte: »Es wird kein Zurück geben.«

»Sehr gut, alter Mann!«, rief Zoe, weshalb Anton, der bis dahin friedlich vor uns im feinen Sand gelegen hatte, aufschreckte und sie einmal kurz anbellte.

Sie nickte ihm grinsend zu und sagte: »So sieht's aus, Anton!«

»Wie sieht was aus?«, hat Henriette neben ihr nachgefragt, worauf Zoe für Anton übersetzte: »Immer hübsch nach vorne gucken, Digger. Nie zurück. Alle Scheißbrücken hinter sich abreißen. Das ist Rock 'n' Roll!«

»Eh kloar, Oida!«, meinte Valentin zu Anton, der links neben mir saß und im Begriff war, sich eine fette Zigarre anzuzünden.

Worauf Anton ihn ebenfalls noch mal anbellte und da dolmetschte zur Abwechslung Herr Schmidt für Valentin: »Anton will, dass du mir ebenfalls eine Zigarre aus unserem Wohnmobil holst, und bittet darum, dass du dich beeilst, weil wir dann nämlich noch mal auf die Schnelle ein Foto von uns Hübschen machen, bevor die Sonne komplett untergegangen ist.«

Valentin tat, was *Anton* wollte, und dicht gedrängt vor Herrn Schmidts ausgestrecktem Arm mit Uralthandyklotz grinsten wir wenig später mit Siegesposen für sein Gruppenselfie. Was, nebenbei erwähnt, nicht auf Leslies Liste gestanden hatte, wie Herr Schmidt noch mal sehr deutlich sagte. Das Foto wollte er einfach nur jemandem schicken, den er sehr gernhat. Wer das sein sollte, schwer zu sagen. Herr Schmidt hatte ja *fast* alle Menschen irgendwie gern.

26

Samstagmorgen! Die Morgensonne strahlte mir warm ins Gesicht und ich brauchte eine Weile, bis ich kapierte, wo ich war. An der französischen Mittelmeerküste am Rande eines Campingplatzes, in etwa dreieinhalb Meter über der Erde auf dem Dach eines sieben Tonnen schweren Unimogs ... *verrückte Welt*!

Ich setzte mich auf und blickte aufs Meer, das in frischen Morgentönen bewegungslos dalag. Am weiten, fast menschenleeren Strand joggte eine rothaarige Frau mit Hund Richtung Hafen – Henriette und Anton. Sie beide und Herr Schmidt hatten drinnen im Camper in den Stockbetten übernachtet. Irgendwie hätten Zoe, Valentin und ich dort bestimmt auch noch einen Platz zum Schlafen gefunden, aber Zoe hatte vorgeschlagen, oben auf dem Dach zu pennen. Und so saß ich nun an diesem

Morgen wieder eingerahmt zwischen Valentin und Zoe, die beide noch schliefen.

DAS ist meine Definition von Glück!, hatte ich nun auch spontan eine Antwort auf die Frage gefunden, die ich Herrn Schmidt am Tag zuvor in Arles gestellt hatte. – Am Ende der Welt auf dem Dach eines geklauten Unimogs, links neben mir ein österreichischer Lebenskünstler und zu meiner Rechten …

… Zoe Neufeld, ebenfalls Lebenskünstlerin. Oder besser noch: Überlebenskünstlerin. Wer weiß, was die alles schon erlebt hat, dachte ich und dachte weiter, dass die Wahrscheinlichkeit, dass sie und ich uns kennengelernt haben, rein rechnerisch gesehen verdammt nah an der Null entlanggeschrappt war, so dermaßen weit lagen die Welten auseinander, in denen wir lebten. – *Was für ein Glück!*, dachte ich also, während sie so friedlich dalag neben mir, und …

… Spieluhrmusik kam mit rhythmischem Vibrationsmodus aus meinem neuen Rucksack – ein Anruf meiner Mutter. Clevererweise nahm ich den aber nicht entgegen, weil ich mich zunächst noch mit Eric Langenberg aus Köln alibitechnisch absprechen wollte. Ich schulterte den Rucksack und stieg über die Stahlleiter am Heck nach unten. Der Duft von frisch gekochtem Espresso lag in der Luft. Ich schaute um die Ecke und da saß auch schon der gute alte Herr Schmidt am Campingtisch. Mit Volkers Survival-Stahltasse in der Hand. Gedankenverloren blickte er auf die gelbe Box, die geöffnet vor ihm stand.

Ich setzte zu einem mörderfröhlichen *Bonjour, Monsieur Schmidt* an und …

… dann hielt ich mich aber zurück, weil ich das Gefühl hatte, dass der alte Mann für sich sein wollte. Außerdem wollte ich ja eh mit Eric Langenberg telefonieren. Ich ließ

Herrn Schmidt also in Ruhe da sitzen, machte kehrt und ging Richtung Meer. Also einfach nur über die schmale Straße direkt zum Strand runter.

»Es ist Samstag und es ist sehr früh!«, begrüßte mich Eric Langenberg total verknittert, nachdem er endlich rangegangen war.

»Es ist, wie es ist, alter Knabe!«, antwortete ich mit Morgenluft in der Stimme.

Und Eric müde: »Hast schon wieder was geraucht?«

»Noch nicht. Das mache ich neuerdings erst nach dem Frühstück. Das soll gesünder sein, weißt du?!«, witzelte ich, und weil am anderen Ende nur stumm ins Handy geschnauft wurde, kam ich dann auch gleich auf den Punkt und informierte Eric, dass sich die Rückfahrt nach Schneverdingen doch noch mal um ein, zwei Tage verzögern würde. 1446 Kilometer Wegstrecke hier, Leslies letzte Aufgabe da, und überhaupt: Die Gang an diesem genialen Ort – Zoe und so weiter – wollte ich auch nur ungern überstürzt wieder verlassen. All das erklärte ich ihm und da kam nervigerweise lange Zeit erst mal gar nichts von ihm, bis er dann doch schließlich fragte: »Hast du dich verknallt?«

»Was? Nein! Blödsinn! In wen denn auch?«

»In Zoe?«

»Quatsch!«

»Wohl wahr!«

»Gar nicht!«

»Wohl wahr!«

»Gar n… lass den Scheiß, Langenberg. Und überhaupt mal: *Du* bist ja eigentlich mit ihr zusammen. Also für meine Mutter zumindest, klar.«

»Ach, richtig! Meine Uschi!«, schwärmte er und sprach für seine Verhältnisse *normal* weiter: »Und du bist ja nun für deine Mutter offiziell mit dieser Nele zusammen, die aber eigentlich mit diesem Tobias Schlüter rumpoppt, der seinerseits der amtliche Wohnheimbetreuer meiner Uschi ist.«

»Das darfst du meiner Mutter so aber nicht sagen, wenn sie dich anruft. Das kommt nicht gut an«, meinte ich und er dann auch: »Nein, kommt es nicht.«

»Also was?«, habe ich gefragt.

»Also was *was*?«, fragt er zurück und ich dann wieder: »Also *was* wir meiner Mutter sagen, wenn sie dich oder mich fragt, warum ich länger bleibe. Das muss eins zu eins sein. Sonst fliegt alles auf.«

Rauschen in der Leitung, Eric dachte nach. Bis er schließlich raushaute: »Wir sagen ihr einfach, dass Nele von dir schwanger ist und du deshalb nicht einfach so die Stadt verlassen kannst, weil du schließlich ein Ehrenmann bist.«

Müde blickte ich in den strahlend blauen Morgenhimmel über mir. Aber dann dachte ich, dass Erics Idee vielleicht doch nicht ganz so dämlich ist, und sagte zu ihm: »Wir lassen die Schwangerschaft weg! Nele Koch hat sich einfach sehr schlimm in mich verliebt, ich aber kann diese Gefühle nicht erwidern. Aber jetzt mit voll hammermäßig schlechtem Gewissen habe ich mich entschieden, noch ein paar Tage länger in Köln zu bleiben, bis auch sie mit der Trennung klarkommt. Was sagst du dazu?«

Wieder ewiges Rauschen in der Leitung, bis Eric schließlich antwortete: »Meinst du, das macht Sinn, wenn man so was künstlich in die Länge zieht? Ich meine, du bist die Sau, die einfach nur Sex mit Nele wollte.«

»Das hat meine Mutter gesagt, nicht ich!«

»Deine Mutter sagt *Sau* zu dir?«

»Nein, natürlich nicht. Aber sie kam ja erst auf die Idee, dass da was in der Richtung laufen würde.«

»So ist sie halt, deine Mutter. Immer nur das eine im Kopf …«, alberte Eric wieder auf höchstem Niveau herum und ich dann aber einfach stumpf zum Kern dieses feinsinnigen Gespräches zurück: »So machen wir das! Nele Koch hat extremsten Liebeskummer, weshalb ich ihr zuliebe noch bis Mittwoch in Köln bleibe. Weil: Ehrenmann!«

»Soso! Ehrenmann also!«, quatschte mich da jemand von der Seite an. – Henriette Kettler, grinsend, mit zwei Baguettes unterm Arm. Ein drittes hatte Anton mit Papier umwickelt quer im Maul.

»Ich meld mich!«, sagte ich zu Eric, kappte die Leitung und Henriette strahlte ich selbstbewusst an: »*Ehrenmann!* Exactement, Mademoiselle!«

Das spontan zusammengestrickte Drehbuch, das ich meiner Mutter verkaufen würde, war schon ziemlich genial. *Leidenschaft, Liebe, Trennung* – da war alles drin, was ein vernünftiges Drama brauchte. Und genau das habe ich dann Henriette auch noch mal beschrieben und erklärt.

Und was sagt Henriette? Henriette sagt: »Jede Wette, dass deine Mutter dir den Quatsch nicht abnimmt!«

»Pfff!«, habe ich gekontert und dann aber auch noch mal mit ausgestreckter Hand hinterher: »Sagen wir fünf Euro!«

»Angenommen!«, grinste sie, schlug ein und dann gingen wir auch zurück zum Campingplatz. Zoe und Valentin waren mittlerweile aufgestanden und halfen Herrn

Schmidt, den Frühstückstisch vor unserem Unimog zu decken.

Das Frühstück war erstklassig und die Stimmung sonnig wie der Morgen. Obwohl Herr Schmidt einfach nicht mit der Sprache rauswollte, was den letzten Punkt auf Leslies Liste anging. Das Einzige, was er uns sagte, war, dass wir die Zeit hier genießen sollten. Was wir dann auch vorhatten. Valentin sagte, dass er später noch zur Kirche wolle, die Schwarze Sara besuchen. Worauf Zoe betont enttäuscht deutlich machte, für *wie* charakterschwach sie Valentin halte, und dann schob sie überraschend für alle hinterher, dass sie mitkäme. Kirchen hätten sie schon immer interessiert. Ich persönlich hatte noch keine konkrete Idee, was ich machen würde, aber Henriette wiederum verkündete, dass sie ebenfalls mit zur Kirche käme, weil sie dort die fünf Euro spenden wolle, die sie noch im Laufe des Morgens von mir kriegen würde. Und weil da natürlich nur Fragezeichen über den Köpfen der übrigen Schmidt-Gang standen, informierte ich diese noch einmal sehr selbstbewusst über das anstehende Telefonat mit meiner Mutter und dass ganz klar ich es wäre, der die fünf Euro gewinnen würde.

»… Leidenschaft, Liebe, Trennung! Alles, was ein Drama braucht«, schloss ich und da glotzten mich alle stumm und irgendwie fasziniert an und …

… Valentin platzte schließlich als Erster los: »Leiwand! Da spiele ich mit. Die Geschichte taugt nicht. Zwanzig Euronen, dass der Jörg scheitert.«

Und Zoe nahtlos hinterher: »Die Geschichte ist total behämmert. Fünfzig Schleifen gegen den Jörg!«, und Herr Schmidt schließlich noch: »Ich gehe mit und erhöhe auf hundert!«

… und Anton bellte!!!

Da war ich schon ein klein wenig verärgert, aber ich schlug auf alle weiteren Wettangebote ein. Schließlich kannte ich meine eigene Mutter ja wohl am allerbesten und wusste, wie ich sie glaubhaft belügen konnte. Und damit auch wirklich alle mitbekamen, wie abgebrüht ich meiner Mutter das Liebesdrama um Nele Koch verkaufen würde, zog ich extrem cool mein Handy wieder aus dem Rucksack, wählte die Nummer meiner Mutter, aktivierte den Freisprechmodus und machte mit erhobener Hand den Leisefuchs. Was jetzt nicht *ganz* so cool war, aber wurscht. Meine Zuhörer schwiegen und nach dreimaligem Tuten nahm meine Mutter den Anruf entgegen und begrüßte mich mit: »Hallo, Kätzchen!« – Erste unterdrückte Lacher aus dem Publikum.

»Hallo *Mutter*. Ich …«, setzte ich an und da quäkte am anderen Ende der Leitung überraschend meine kleine Schwester Maja rein: »Mama! Frag ihn, ob er sich schon die Zähne geputzt hat!«

»Aber natürlich, Engelchen«, hörte ich meine Mutter zu ihr sagen. Und an mich gerichtet: »Und? Hast du dir schon die Zähne geputzt?«

»Wie – *Zähne geputzt*? Natürlich putze ich mir die Zähne. Also jetzt noch nicht, aber gleich dann nach dem Frühstück und … was soll der Quatsch?«, habe ich irritiert nachgefragt und da informierte meine Mutter mich: »Der Quatsch soll, dass deine Zahnbürste heute Morgen per Paket hier ankam. Zusammen mit deiner Sporttasche und einem Brief von einer gewissen Frau Kritzinger aus Südtirol, die schreibt, dass du diese in ihrem Hotel am Waldsee wohl vergessen hättest.«

»Autsch!«, rutschte es Zoe heraus.

»Wer war das?«, fragte meine Mutter.

»Öööö…«, parierte ich wortgewandt und dann extrem schlau hinterher: »Das war Uschi, Freundin von Eric.«

»*Ursula!* Wenn schon, denn schon«, korrigierte Zoe ihren Künstlernamen.

Und ich versuchte zu retten, was noch zu retten war, und improvisierte: »Die Sporttasche hatte ich … ähm … im Zug vergessen. Und da ist sie wohl irgendwie nach Völs am Schlern gelangt. Zusammen mit meinem Perso und …«

»*Völs am Schlern!*«, wiederholte meine Mutter spitz. Und im selben Tonfall weiter: »Sehr richtig, mein Sohn! Das ist der Absender vom Hotel am Waldsee. Aber weißt du was?«

Ganz tief drinnen in den unverbrauchten Zellen meines Gehirnes schlummerte die Antwort. Ich glotzte ideenlos in die Gesichter der Gang. Zoe warf stöhnend ihren Kopf in den Nacken, Henriette klatschte sich mit der Hand gegen die Stirn, Valentin und Herr Schmidt schüttelten einfach nur verständnislos ihre Köpfe, Anton kratzte sich hinter dem Ohr und …

… Bingo! Da kam ich tatsächlich von ganz allein drauf und antwortete meiner Mutter: »Du hattest *Völs am Schlern* gar nicht erwähnt?!«

Am anderen Ende der Leitung klatschte jemand langsam in kleine Patschhändchen und rief mit quäkiger Stimme: »Hundert Gummipunkte für Henky-Penky.« – Maja!

Bestätigendes Nicken und teilweise Daumen hoch auch vonseiten meines Live-Publikums. – Mein Gott, was für ein dämlicher Schnitzer.

»Sehr richtig, Henk Timmermann! Ich hatte *Völs am Schlern* gar nicht erwähnt!«, bestätigte meine Mutter mit ihrer kontrolliert straffen Art und mit voller Wucht haute sie mir dann natürlich um die Ohren, wie enttäuscht, wütend, unfassbar sauer sie auf mich war. Dass ich ohne zu fragen einfach nach Südtirol gefahren war, sei schon verdammt dreist, aber dass ich sie und meinen Vater offensichtlich die ganze Zeit über angelogen habe, sei unverzeihlich!

»Hörst du, Henky-Penky? Unverzeihlich ist das!«, quäkte Maja im Hintergrund.

»Es tut …«, setzte ich zu einer Entschuldigung an, aber da preschte sie mir ins Wort: »Spar dir das, Henk! Was fällt dir ein? Sag mir lieber, wo ihr jetzt seid, du und Eric!«

Ich atmete einmal schwer durch, schaute in die Gesichter meiner Gang und antwortete schließlich: »Südfrankreich, Mittelmeer! Aber Eric hat damit nichts zu tun. Der ist nicht hier.«

»Südfrankreich, Mittel…«, wiederholte meine Mutter unvollständig und vollständig fassungslos weiter: »Du bist allein bis zum Mittelmeer gefahren? Gott, Junge, was ist in dich gefahren? Was hat das alles zu bedeuten?«

Mein erster Impuls war, meiner Mutter eine frische Lüge aufzutischen, aber als ich in die Runde blickte und alle irgendwie nur langsam die Köpfe schüttelten, war mir auch klar: Das war's!

Ich atmete also noch mal schwer durch und erklärte meiner Mutter: »Sache war die: Ich hab in Schneverdingen diesen Mann kennengelernt und …«

»Oh Gott, Henk! Sag nicht so was! Was ist das für ein Mann? Bist du in Gefahr?«, unterbrach mich meine hochgradig besorgte Mutter.

Ich dachte verstärkt über eine allumfassende Erklärung nach, da räusperte sich überraschend Herr Schmidt, beugte sich zu meinem Handy rüber und sprach freundlich hinein: »Keine Sorge, Frau Timmermann. Ihrem Sohn geht es gut. Er hat einem alten Mann lediglich geholfen, ein paar Aufgaben zu erledigen. Er und drei weitere großartige Menschen.«

»Du hast Anton vergessen!«, meinte Zoe darauf und Henriette dann: »Richtig! Ohne Anton würde es die Gang gar nicht geben.«

»Oida! Und den Henk schon gar nicht mehr!«, meinte Valentin fröhlich und fröhlich weiter: »Wäre der Anton nicht gewesen, hätte der Psychobär *M Neunundvierzig* den Henk in Stücke gehauen und gefres…«

»**Alles** ist in bester Ordnung, Mutter!«, fiel ich der Plaudertasche hastig ins Wort.

»Gar nichts ist in Ordnung, du Pappnase!«, quäkte Maja wieder aus dem Hintergrund und meine Mutter nahtlos hinterher: »Recht hat sie, Henk! Was hat es auf sich mit dieser irren Psychobär-Geschichte? Und diese Gang! Ursula, Anton, dieser alte Mann … was ist das für eine Gang, Henk? Bist du gegen deinen Willen dort? Stehst du unter Drogen, Henk?«

»Blödsinn! Ich …«, habe ich noch gesagt und da kam mir eine Idee. »Mama, ich leg jetzt auf und ruf dich noch mal an. Über *FaceTime*!«

»Aber …«, sagte meine Mutter noch, aber da hatte ich sie auch schon weggedrückt, um kurz darauf die Leitung wiederherzustellen. Per Videochat. Meine Mutter nahm den Anruf entgegen und so sahen wir uns nach über einer Woche zum ersten Mal mittels Handykamera wieder.

»Hallo, Mama!« Ich winkte ihr zu, und während ich einen eleganten Schwenk zu der Gang machte, stellte ich ihr jeden Einzelnen vor. Von Henriette über Valentin, Zoe, Herrn Schmidt und selbstverständlich bis zu Anton.

»Oooh, ist der süüüüß!!!«, quiekte Maja und quengelnd hinterher: »Wenn Henk ins Gefängnis muss, können wir den da bitte haben, Mama?«

Meine Mutter rollte mit den Augen und ich antwortete meiner Schwester, die sich neben meiner Mutter ins Bild gedrückt hatte: »Anton gehört mir nicht, du Nudel. Der Hund gehört Herrn Schmidt!«

Mit einem Kameraschwenk zu ihm hin schilderte ich meiner Mutter, wie und wo ich den alten Mann kennengelernt hatte. Und der alte Mann schilderte, wie er mich überredet hatte, mit nach Göttingen zu kommen. Und abwechselnd erzählten *wir alle* meiner Mutter nach und nach die komplette Geschichte. ... also die komplette Geschichte abzüglich eines Psychobären namens *M49* ... und den Pferdediebstahl haben wir zur Sicherheit auch nicht erwähnt. Kurz und gut: Wir haben uns bei der Berichterstattung auf das Wesentliche konzentriert und auch besser mal die Drogen weggelassen.

»... und so sind wir dann hier gelandet. In Saintes-Maries-de-la-Mer am Mittelmeer«, erklärte ich meiner Mutter und strahlte sie betont gut gelaunt an.

Meine Mutter aber strahlte nicht zurück, sondern guckte nur stumm und nachdenklich in die Chatkamera. Meine kleine Schwester hingegen haute raus, was ich befürchtete: »Das gibt Ärger, Henky-Penky. Richtig großen Ärger. Hörst du, Henky-P...«

... aber da schnitt meine Mutter ihr aber das Wort ab und sagte: »Das ist alles ziemlich schräg, Henk! Sehr schräg! Und dass du deine eigenen Eltern belogen hast, ist und bleibt unverzeihlich.«

»Ja, das tut …«, wollte ich meine Entschuldigung wiederholen, aber da meldete sich etwas in meinem Kopf zurück, was dank dieser schrägen Odyssee über eine Woche lang irgendwo in den dunklen Zellen meines Hirns versunken war. Ich hielt also inne und fuhr dann schließlich fort: »… weißt du, Mama? Da haben *meine eigenen Eltern* und ich was gemeinsam, weil: *Ihr* habt *mich* auch belogen! *Ihr* habt erzählt, dass wir nach Hamburg ziehen. Von *Kaff in der Lüneburger Heide* war nie die Rede. *Ihr* habt mal eben so entschieden, dass euer Sohn einfach mal da rausgerissen wird, wo es ihm gut ging, wo er Freunde hatte, wo er klarkam: Köln! Ihr habt nicht einmal nachgefragt, ob das okay für mich wäre, an den Arsch der Welt zu ziehen!«

Mutter – sprachlos. Bis sie irgendwann wieder ein paar Wortreste beieinander hatte und sagte: »Schneverdingen ist nicht *Arsch der Welt*, es ist die Metropolregion von Hamburg.«

»… es liegt am Rande eines Moors. Und wenn ihr mich gefragt hättet, ob ich am Rande eines Moors leben möchte, hätte ich diese Frage selbstverständlich mit *Nein!* beantwortet.«

Meine Mutter schwieg. Aber auch die Gang diesseits der Chatkamera guckte mich nachdenklich an und sagte nichts.

Ich sah, wie Maja Luft für einen neuen Kommentar holte, aber da sagte meine Mutter schon: »Es tut mir leid, Henk.« Und bevor Maja dazwischenquatschen konnte, fuhr sie fort: »Und was dich und deinen höchst seltsamen Trip angeht, spreche ich heute Abend noch mal mit deinem Vater. Der ist noch in der Agentur und macht Überstunden.«

Und da endlich kam dann auch noch mal meine Schwester Maja zu Wort, die mit ihrem Zeigefinger auf das Display patschte und fragte: »Und wer ist die Frau da hinter dir?«

Ich tat meiner Schwester den Gefallen, drehte mich um, um zu gucken, wer da hinter mir und der Gang stand, und …

… extrem verdutzt und nicht ganz bei mir drehte ich mich wieder um und antwortete: »Das ist Nele Koch, meine neue Freundin!«

27

Interessant war ja, dass Nele Koch einen Freund hatte. Was auf den ersten Blick eigentlich nicht wirklich interessant ist. Nele Koch ist siebenundzwanzig Jahre alt und sieht jetzt auch nicht ganz blöd aus … was aber auch immer irgendwie Geschmackssache ist, weil wirklich festlegen kann das ja eigentlich niemand, wer als voll attraktiv gilt und wer besser nur mit Brötchentüte über dem Kopf das Haus verlassen sollte. Klar, da gibt es wahrscheinlich ein paar Normen, was das Schönheitsideal angeht. Sonst gäbe es ja auch diese ganzen bescheuerten TV-Sendungen nicht, wie zum Beispiel *Who-the-fuck-is-Germany's-next-Topmodel*. Da hätte Zoe vermutlich nicht den Hauch einer Chance zu gewinnen. Was ich persönlich als krasse Fehlentscheidung bewerten würde, weil, wie gesagt, ist ja auch alles Geschmackssache und …

… sagen wollte ich eigentlich: Nele Koch! Die hatte einen Freund! Und interessant jetzt: Dieser Freund hieß *nicht* Tobias Schlüter, wie wir später erfuhren. Aber exakt mit diesem Tobias Schlüter war sie in Saintes-Maries-de-la-Mer aufgeschlagen, und dass die beiden was miteinander hatten, war ja wohl ziemlich eindeutig.

Fakt war: Nele Koch *und* Tobias Schlüter hatten uns überraschenderweise gefunden. Und Zoe war's, die ihren persönlichen Wohnheimbetreuer mit den Worten begrüßte: »Verrat mir nur eins, Schlüti! Wo genau habt ihr mir diesen verfickten Mikrochip implantiert? Sag mir, in welches Körperteil, damit ich es abschneiden kann und ich dich endlich los bin!«

»Ich freu mich auch, dich zu sehen«, gab Tobias Schlüter aber einfach nur müde zurück.

»Fick dich, Schlüti! Und kapier es endlich: Ich! Komme! Nicht! Zurück!«

Aber da reagierte der gar nicht mehr drauf und kramte stattdessen in seinem Hipster-Reisebeutel herum.

»Jetzt sucht der Sozpäd wieder seinen Schnulli, weil ich *Fick dich!* zu ihm gesagt habe und ihn das ganz, ganz traurig macht«, hörte Zoe einfach nicht auf, Tobias auf den Sack zu gehen, aber da räusperte sich auch schon Herr Schmidt und begrüßte Nele lächelnd: »Hallo, mein Kind. Wie schön, dass du das Rätsel gelöst hast.«

Und sie lächelnd und ein bisschen stolz zurück: »Ja, habe ich. Und es war diesmal eine echt harte Nuss, Herr Schmidt.«

Henriette, Valentin, Zoe, ich – und irgendwie auch Anton – glotzten Nele und Herrn Schmidt abwechselnd und sowieso extrem schief an. Und da war es tatsächlich ich, dem da als Erstem ein Licht aufging.

»Du hast ihr Hinweise geschickt, stimmt's, Herr Schmidt?!? Die Selfies, die Schnappschüsse … das Foto von gestern Abend am Strand, das du jemandem schicken wolltest, den du sehr gernhast. – Nele!«, deckte ich brillant wie Sherlock auf.

»So sieht's aus, *Jörg*!«, grinste Nele mich an. »Das Selfie in Salzburg, die Fotos aus Südtirol, dieses unglaubliche Gruppenfoto vor dem *Café Van Gogh* …«

Unsere Blicke wanderten ungläubig zu Herrn Schmidt hinüber, der uns ein kleines bisschen verschämt ansah, aber dann gut gelaunt erklärte: »Ja, irgendwas musste ich Nele ja schicken. Sonst hätte sie mich ja nicht gefunden.«

Stille! Und in diese erhob Zoe ihre Hand wackelnd wie im Schulunterricht, in der die komplette Klasse nicht schnallt, was der Mathelehrer von einem will, aber anstatt den Sinn und Zweck der Integralrechnung zu klären, fragte Zoe bei Herrn Schmidt nach: »Was mich jetzt interessiert, Schmiddi: Warum wolltest du, dass Nele Koch und der Sozpäd da uns überhaupt finden?«

Und da antwortete Herr Schmidt ganz selbstverständlich: »Ja, weil ich Nele Koch sehr mag. Sie ist intelligent, warmherzig, fröhlich ... und auch ein kleines bisschen bescheuert, sonst wäre sie mir nicht durch halb Europa gefolgt.«

Nele lachte und sagte: »Sie haben *clever* vergessen, Herr Schmidt. Ich habe selbst das letzte Rätsel gelöst, sonst hätten wir Sie lange suchen können.«

»Na ja, und ich hab ja wohl Herrn Schmidts Hinweis mit der Rhone rausgefunden. Also dass die hier um die Ecke ins Mittelmeer mündet«, ergänzte Tobias Schlüter stolz, worauf Zoe ihm sofort klarmachte: »Dich hat keiner gefragt, Schlüti!«

»Zoe?«, sprach Valentin sie von der Seite an.

»Ja, bitte?«

»Halt einfach mal die Goschn!«

Zoe, sprachlos erst, glotzte Valentin an, dass jeder dachte, dass sie dem jetzt wenigstens die Nase brechen würde, aber da – Überraschung – strahlte sie ihn an und sagte: »Ach, Prinz Tudor. Das ist echt lieb, dass du den Schlüter so in Schutz nimmst. Aber ich sag dir, Sozpäds brauchen klare Ansagen. Wenn alle nett zu ihnen wären, würde ihnen was fehlen. Weil Sozpäd wird man ja nicht, damit alle einen betüddeln. Stimmt's, Schlüti?«

Sozpäd Schlüter verdrehte wieder die Augen, wobei

sich aber seine Mundwinkel fast unmerklich nach oben schoben. Und dann fand er auch endlich, wonach er die ganze Zeit in seinem Reisebeutel herumgekramt hatte. Überraschend wandte er sich an mich und meinte: »Hier, Henk! Der gehört ja wohl dir.«

Sprach es und zog einen Sneaker aus dem Beutel – *meinen* Sneaker. Den rechten!

»Hey … echt toll!«, bedankte ich mich höflich und Henriette erklärte ihm, warum ich da jetzt nicht gerade in Freudentränen ausbrach: »Den linken Sneaker haben wir in Bozen entsorgt. Das konnte ja auch niemand ahnen, dass du dem Henk den Schuh hinterherträgst.«

»Hast du das verstanden, Schlüti? *Sneaker! – Bozen! – Tonne!* – Los, geh! Such, Schlüti, such!«, schob Zoe hinterher, als würde sie mit einem Dackel reden.

Tobias Schlüter blieb natürlich. Und mit ihm Nele Koch. Und nachdem beide erklärt hatten, dass sie nicht die Absicht hatten, Zoe oder Herrn Schmidt gewaltsam nach Deutschland zurückzuführen, entspannte sich die Lage … selbst für Zoe. Und als Herr Schmidt den beiden ebenfalls verriet, dass *Saintes-Maries-de-la-Mer* das wirklich letzte Etappenziel auf Leslies Liste sei und dass er nicht vorhabe davonzulaufen, entspannte sich vor allem Nele Koch. – Was nun aber die allerletzte Aufgabe anging, die Leslie ihrem Schatz gestellt hatte, hüllte sich der Herr Schmidt auch an diesem Morgen in lächelndes Schweigen. »Genießt die Zeit!«, wiederholte er einfach nur.

Und da wusste ich persönlich auch nicht, wie viel *Zeit zum Genießen* mir selber noch blieb, weil am Donnerstag waren auch in Niedersachsen die Sommerferien definitiv zu Ende, praktisch gesehen: Schulbeginn in Schneverdingen. Und wie sich meine Eltern entscheiden würden, davon hatte ich natürlich auch nicht den blassesten Schimmer. Möglicherweise stünde hier im Laufe der nächsten Stunden die Gendarmerie für mich auf der Campingmatte. Oder sogar meine leibhaftigen Eltern selbst, um mich abzuholen. Zuzutrauen war's ihnen. Besonders meiner Mutter.

Aber da war es Zoe, die mich aus diesem bescheuerten Gedankenkarussell rausriss. Und zwar wörtlich. Sie zerrte mich am T-Shirt aus dem Campingstuhl und befahl mir fröhlich: »Arsch hoch, grübelnder Jörg! Komm mit!«

»Wohin?«

»Ja, Herr im Himmel. Zur Schwarzen Sara in die Kirche selbstverständlich.«

Notre-Dame-de-la-Mer – ein Bad im kerzenwarmen Halbdunkel. Durch die Fenster, die eher wie Schießscharten wirkten, drang nur wenig Tageslicht. In einem katakombenartigen Raum unter dem Altar standen wir vor der lebensgroßen Statue der Schwarzen Sara – Valentin, Zoe, Henriette und ich. Ebenfalls mit dabei: Nele Koch und natürlich auch Tobias Schlüter, der seinen *Schützling* Zoe Neufeld wohl nicht mehr aus den Augen lassen wollte.

Wer fehlte, war Herr Schmidt, der mit Anton beim Unimog geblieben war. Was ich erst etwas überraschend fand, aber er wirkte auch etwas müde und meinte, dass Anton eh nicht mit in die Kirche dürfe, weshalb er lieber bei ihm bleiben wolle.

Wir standen also vor der Schwarzen Sara und ich muss sagen: Was mich stark irritierte, war das Outfit der schwarzen Lady. Mit unzähligen glitzerbunten Umhängen war sie umwickelt, sodass nur noch ihr kleiner dunkelbrauner Kopf mit Krönchen obendrauf aus den vielen Lagen Stoff herausguckte – was irgendwie grotesk aussah.

»Und? Was kann die so?«, fragte Zoe den Valentin.

»Ja, was weiß ich. Ich denke, sie kann fliegen bei all den Capes, die sie trägt«, erklärte Valentin, der vermutlich auch nicht so *ganz* im Thema war.

Aber unsere Theologiestudentin Henriette klärte auf, dass die Schwarze Sara eine Schutzheilige ist und vermutlich Wünsche erfüllt, wenn man sie darum bittet. Worauf Zoe sich direkt und theatralisch vor der Schwarzen Sara auf die Knie warf und losbetete: »Bitte mach, dass der Schlüti Sackratten kriegt! … … Amen!«

Allgemeines Gepruste. Selbst Nele lachte kurz auf. Nur Tobias Schlüter neben ihr stöhnte müde das niedrige Gewölbe an und hauchte: »Pourquoi?«

»What?«, fragte Zoe nach, die sich wieder erhoben hatte.

»Ist Französisch. Bedeutet *warum*«, übersetzte Tobias kurzangebunden.

»Warum was?«

»Warum was, warum was«, äffte er Zoe nach und ungefiltert haute er raus: »Warum du so bist, wie du bist, Zoe Neufeld. Darum geht's. – Du nervst, und das nicht erst seit gestern.«

»Ouuuu … jetzt hast du's mir aber gegeben, Schlüti. Lernt ihr das auf eurer Sozpäd-Förderschule?«, giftete Zoe zurück und da – unerwartet – machte Tobias Schlüter einen energischen Schritt auf sie zu, weshalb sie halb erschrocken einen halben Schritt zurücktrat und dabei gegen die Schwarze Sara stieß. Die geriet ins Wanken, aber Valentin packte sie mit beiden Händen am obersten Umhang und verhinderte, dass die Figur zu Boden fiel. Kirchenbesucher guckten empört zu ihm herüber. Valentin grinste verlegen zurück und nahm hastig die Finger von den Brüsten seiner persönlichen Schutzheiligen. Nur Tobias und Zoe kümmerte die Szene nicht. Vis-à-vis standen sie sich gegenüber. Tobias erhob drohend seinen rechten Zeigefinger. Ich musste an *Fat Man Dirk* und seinen gebrochenen Mittelfinger denken, aber Zoe stand einfach nur passiv da wie die Schwarze Sara hinter ihr. Im krassen Gegensatz zu Tobias, der den Eindruck machte, dass er gleich platzen würde vor Wut, und dann …

… wischte er mit wegwerfender Geste seine Hand durch die kerzenwarme Luft, brummelte: »Ach, leck mich doch!«, machte kehrt und rauschte Richtung Ausgang.

»Uiuiui!«, grinste Zoe ihm nicht ganz so cool hinterher, wie es vielleicht wirken sollte, worauf Nele Koch sie ernst ansah und mit so einem ehrlichen Bedauern in der Stimme zu ihr sagte: »Du kapierst leider gar nichts, Zoe Neufeld. Tobias meint es einfach nur gut mit dir. Und das, obwohl er schon einen Riesenärger mit der Heimleitung hatte – wegen dir!«

Zoe glotzte sie überrascht an und Nele fuhr fort: »Ja, klar wegen dir! Tobias ist dein Wohnheimbetreuer. Aber abgesehen davon: *Du* bist ihm wichtig. Und er findet es superschade, dass du dich in der neuen Gruppe kreuzunwohl fühlst. Er mag dich! Und das, obwohl du dieser Fiona die Nase gebrochen hast.«

»Moment mal!«, regte Zoe sich eine Spur zu laut auf. Und eine Spur zu laut weiter: »Ich habe Fatima die Nase gebrochen, nicht Fiona. Und ich hatte Gründe! Gute Gründe!«

Ein dicklicher Mann in Hawaiihemd und Bermudashorts kam mit seinen Strandsandalen auf uns zugeschlappt und zischte Zoe an: »Ruhe hier! Das ist ein Gotteshaus!«

Zoe drehte ihren Kopf gefährlich langsam zu ihm rüber, holte Luft und – Überraschung – es war Henriette, die ihr da die Ansprache grätschte und sagte: »Sehr richtig, guter Mann! Und wissen Sie, was Gott wirklich will?«

»… äh, was?«

»Er will, dass ein jeder Mann demütig schweigen solle und sich mit einer neunschwänzigen Peitsche selbst kasteien möge, wenn er sich erdreistet, Sein Haus zu betreten in kotzbunten Klamotten und Sandalen, aus denen seine Wurstzehen ungepflegt hervorquellen.«

»Das …«, fehlten dem Mann die Worte. »Das ist ja wohl …«

»… nun gehe hin in Frieden!«, sprach Valentin und Nele Koch mahnend hinterher: »… und tue Buße!«, und ich noch: »… Amen!«

Möglich, dass der Mann dachte, dass wir alle nicht ganz dicht in der Birne und sowieso unberechenbar wären – was auch immer er dachte, er behielt es für sich und *ging hin in Frieden*.

Nele Koch sah Zoe nun noch mal freundlich an und sagte: »Du hast deine Gründe, wütend zu sein, Zoe. Das weiß ich. Aber der Grund heißt nicht *Tobias-Arschloch-Schlüter*! Die Heimleitung hatte er gebeten, mit der Meldung beim Jugendamt und bei der Polizei zu warten. Er wollte dich persönlich finden und überreden, wieder mit nach Hamburg zu kommen. Aber da hat sich die Heimleitung nicht drauf einlassen können. Natürlich nicht. Was dem Tobias auch klar war, aber er hat sich trotzdem Urlaub genommen. Um dir hinterherzureisen. Um dich *vor* der Polizei zu finden.«

Zoe sah Nele an. Angespannt. Sprachlos. Die Augen glänzten. Und mit leicht brüchiger Stimme sagte sie: »Verdammter Sozpäd!«

Nele lächelte sie an und sagte: »Ja, verdammter Sozpäd! Eigentlich hätte ich ihm nie begegnen dürfen.«

»Warum das denn nicht?«, fragte Henriette nach.

Und Nele, deren Kopf selbst im schwachen Kerzenlicht rot zu leuchten schien, sagte etwas verlegen: »Weil wir uns ineinander verliebt haben.«

»Das ist nichts Neues. Aber, Jesses, wo genau liegt das Problem?«, wollte Valentin wissen.

Und da guckte Nele ihn verschämt an und antwortete: »Das Problem liegt in Schneverdingen. Oder um diese Zeit dürfte es mittlerweile aufgestanden sein. – Alex!«

»Katze?«, habe ich nachgefragt.

»Nein, Freund!«, antwortete sie dann eben.

28

Dass ich mein Handy vor dem Kirchenbesuch auf *stumm* geschaltet hatte, war überflüssig. Niemand hatte angerufen und WhatsApps hatte ich auch keine bekommen, wie ich mit dem Blick aufs Display irgendwie auch erleichtert feststellte, als wir wieder auf dem Vorplatz von der *Mini-Notre-Dame* standen. – *Galgenfrist!*, ging mir der alte Begriff durch den Kopf. *Galgenfrist. Die Zeit, die einem Verurteilten noch bis zur Hinrichtung bleibt … oder bis eben seine Mami anruft und von ihm verlangt, dass er sofort nach Hause kommen soll.*

»Was ist lustig?«, fragte Zoe mich, der aufgefallen war, dass ich bei dem Gedanken leicht grinsen musste.

»Momentan noch gar nichts! Aber ich werde mich bestimmt noch totlachen, wenn meine Mutter anruft, um mir mitzuteilen, dass sie Interpol eingeschaltet hat, um mich niederzustrecken.«

»Leiwand! Was macht deine Mama denn beruflich? Ist sie Kommissarin oder dergleichen?«, wollte Valentin wissen.

»Übersetzerin! *Deutsch – Niederländisch und zurück*«, informierte ich ihn.

»Extreem gevaarlijk!«, grinste Henriette.

»Keine Zeit zu sterben, *Jörg*. Lass uns was erleben!«, sagte Zoe gut gelaunt und da war ich ganz dankbar, weil, was auch immer meine Eltern in Schneverdingen besprechen und entscheiden würden, ich war in Saintes-Maries-de-la-Mer in verdammt guter Gesellschaft und – ja – ich wollte hier noch was erleben. So lange, bis halt das Jugendamt käme oder die Polizei … für Zoe oder für mich … oder für uns beide.

Das Ding war, dass exakt diese Gesellschaft nun auf ein Minimum zusammenschrumpfte. Henriette wollte sich noch den Ort anschauen, Nele hatte natürlich vor, ihren Tobias wiederzufinden. Und Valentin, der alte Womanizer, hatte plötzlich nur noch Augen für ein Mädchen mit langen, schwarz glänzenden Haaren, das über den Kirchenplatz flanierte. Mein erster Gedanke war, dass es die kleine Schwester von der Schwarzen Sara hätte sein können. Also, sie trug natürlich keine 23 000 Glitzer-Capes und ihre Haut war auch nicht kastanienbraun, sondern eher honigfarben … oder versandkartonbeige – was weiß ich. Fakt ist, in ihrem ebenmäßigen Gesicht strahlten dieselben großen dunklen Augen.

Valentin also sah dem Mädchen verzückt hinterher und verabschiedete sich noch mit: »Au revoir, Mädels. Ich habe hier noch etwas zu erledigen.«

Und so blieben am Ende nur noch Zoe und ich da stehen.

»Na toll! Und jetzt?«, fragte Zoe *total begeistert*.

»Weiß auch nicht. Wie wär's mit Joggen?«, schlug ich etwas unsicher vor.

»Joggen?! Das ist krank, Jörg. Lass uns schwimmen gehen.«

»Jetzt ehrlich, Zoe, lass das bitte!«

»Lass *was* bitte!«

»Lass den *Jörg* weg. Ich mag das nicht.«

Und da stutzte sie erst, grinste mich an und sagte: »Geht klar, Jörg! Wir gehen jetzt schwimmen!«

Und bevor ich ihr noch mal so richtig deutlich machen konnte, wie sehr mir ihre Ignoranz auf die Nerven ging und *wie* sauer ich daher auf sie war, hat sie mich einfach stehen lassen und ist losgelaufen. Raus aus dem Ort, Richtung Strand … und ich natürlich hinterher, weil richtig sauer wäre eh Fake gewesen. Ich konnte gar nicht sauer auf Zoe sein. Aus unerfindlichen Gründen war dies nicht mehr möglich.

Auf dem Weg zum Strand sind wir noch an unserem Campinglager vorbei, um uns umzuziehen. Also Zoe konnte, ich nicht, da ich persönlich gar keine Schwimmsachen dabeihatte. Ich behielt einfach meine Unterhose an und dachte clever, dass ich nachher immer noch behaupten könnte, dass das eine 1a-Badehose wäre.

Wir also dahin, damit Zoe sich umziehen konnte, und um Herrn Schmidt zu fragen, ob er und Anton nicht mit zum Strand kommen wollten. Aber von beiden keine Spur. Nur die gelbe Box stand auf dem Campingtisch vorm Unimog – die Göttinger Schatzkiste, die Zoe, ich und Anton gehoben hatten.

Wir beide schauten auf die Box und hatten wohl sehr präzise denselben Gedanken. *Nur einmal schauen, was drin ist!* Denn nach einem kurzen Blickwechsel gingen wir gleichzeitig auf den Campingtisch zu, auf dem die Box stand, Zoe nahm sie in die Hand, zögerte und …

… drückte die Box mir in die Hände und sagte: »Mach du!«

Es war so einfach. Ich klappte die beiden Spannverschlüsse nach oben und …

… dann klappte ich sie wieder nach unten und sagte zu Zoe: »Das wär schon ziemlich mies, wenn wir das jetzt täten.«

Zoe nickte und irgendwie erleichtert meinte sie: »Ja, mies wäre es, geradezu erbärmlich! Richtig, richtig kacke! Für so ein ganz ähnliches Vergehen habe ich schon mal jemandem die Nase gebrochen.«

»Fatima?«

»Yep!«

»Nur weil sie eine Box geöffnet hat, die dir gehört?«

»Nein!«

»Wie *nein!*?«

»Nein, nicht nur, weil sie eine Box geöffnet hat, die mir gehört, sondern …«

»Ja?«

»… weil die Scheißkuh auf einer uralten Kinderzeichnung von mir, welche unter anderem in der Box lag, rumgekrickelt hat, und als ich sie gefragt habe, was die Scheiße soll, hat sie geflennt, dass sie es nur lieb gemeint hätte, worauf ich ihr klargemacht habe, wie lieb ich es mit ihr meine, indem ich ihr eins auf die Nase gegeben habe – **Punkt!**«

Da habe ich erst mal nichts drauf gesagt und dann aber doch, um irgendwas zu sagen: »… verstehe!«

»Nichts verstehst du, Henk Timmermann!«, sagte Zoe und dann sah sie mich so prüfend an, ist schließlich rein in den Unimog und kam mit einer schwarzen Box wieder heraus und aus der zog sie ein zusammengefaltetes Blatt, das sie mir kommentarlos überreichte.

Zu sehen war darauf eine Kinderzeichnung mit einem traurig dreinblickenden Mädchen und Gewitterwolken über ihrem Kopf – unverkennbar Zoe. Und links neben ihr stand ein weiteres Mädchen, das etwas älter zu sein schien und die Hand über Zoes Kopf hielt. Der Stil war anders. Nicht besonders gut gezeichnet, aber reifer irgendwie und außerdem war über diesem Mädchen noch eine Sprechblase, in der in Großbuchstaben geschrieben stand: *Fuck off!* – Stil und Handschrift gehörten offenbar ebendieser Fatima, die sich sehr wahrscheinlich selbst dort neben Zoe als Manga-Heldin hineingezeichnet hatte. Ich betrachtete das Bild eine Weile, sah dann zu Zoe hoch und sagte: »Zoe!«

Und sie fordernd: »Was!«

»Ich sehe darin nur Trost für dieses kleine Mädchen, das Angst vor Gewitter hat«, antwortete ich, gab ihr die Zeichnung zurück und schob vorsichtig hinterher: »Ich glaube, diese Fatima hat es wirklich einfach nur lieb gemeint.«

Zoe stutzte, betrachtete selbst noch einmal das Bild, schaute wieder hoch zu mir und knurrte schließlich: »Möglich!«

Sie faltete das Blatt wieder sorgfältig zusammen, legte es zurück in ihre schwarze Box, sah mich nachdenklich an und …

… dann switchte sie von jetzt auf gleich um, strahlte mich an und sagte: »Und jetzt gehen wir schwimmen, Jörg!«

Ich sah sie mit hochgezogener Augenbraue an und

Zoe hüpfte zurück in den Unimog, um sich umzuziehen. Ich stellte die geheimnisvolle gelbe Box von Herrn Schmidt sorgfältig zurück auf den Campingtisch und wenig später erschien dann auch wieder Zoe im Türrahmen des Unimogs. In einem Bikini, der irgendwie nicht wirklich zu ihr passte. Ein Zweiteiler mit Leopardenmuster, der ihr vor allem obenrum ein paar Nummern zu groß war.

»Was ist?«, fragt sie.

»Äh … nix is. Steht dir super!«, sag ich und sie dann aber: »Der sitzt scheiße. Ich hätte den von Lara einsacken sollen, nicht von Fiona, dem Busen- und Wackelarschwunder.«

»Da hast du dich wohl selbst etwas überschätzt?«, grinste ich und sie, an dem Oberteil zuppelnd und ziehend, in so einem nasal überheblichen Tonfall zurück: »Hin und wieder mache ich einfach extra ein paar Fehler, damit ich spüre, *wie* perfekt ich wirklich bin.«

Ich guck sie an, sie guckt mich an und dann platzen wir beide vor Lachen los.

Am Strand war nach wie vor nicht besonders viel los. Was ich mir damit erklärte, dass auf der ganzen Welt kein Schwein mehr Sommerferien hatte …

… außer die Niedersachsen, die hatten noch. Vier Tage noch. Bis Mittwochabend … Sehen Sie nun ›Galgenfrist in Schneverdingen‹, ging mir albern eine Filmankündigung zu einem Western durch die Birne, während ich meine Cargo-Shorts abstreifte.

»Oh! Mein! Gott! Was ist das?«, riss mich Zoe gespielt fassungslos aus meinem Film und zeigte auf meine hellblaue Unterhose.

Ich schaute an mir herunter und erklärte cool: »Das? Das ist meine 1a-Badehose!«

»Ist es nicht. Es ist eine *1a-Jörg-Plinte* mit Eingriff«, sagte sie.

Total bescheuert, weil verunsichert, fummelte ich unwillkürlich an der Unterhose herum, die zwar zwei parallele Nähte hatte, aber natürlich keinen endpeinlichen Schlitz, dessen Funktion mir bis heute ein universelles Rätsel ist, weil …

… egal weil! Ich schaute wieder hoch, sie grinste mich abwartend an, sodass ich Schnelldenker auch kapierte, dass sie mich wieder voll verarscht hatte. Sie stand direkt vor mir, grinsend, schon mit den Füßen im Wasser und ich, zurückgrinsend, hatte eine Eingebung. Die war sehr schlicht, diese Eingebung, aber ich folgte ihr und – ehe Zoe Neufeld auch nur ahnte, was als Nächstes geschehen würde – schubste ich sie voll ins Wasser. Zack und rein! Ich sag ja: Sie war schlicht, die Eingebung. Aber Schlichtheit scheint auch eine verborgene Seite von mir zu sein, weil ich hätte mir in die *Jörg-Plinte* machen können vor schlichtem Vergnügen. Laut und schlicht lachte ich also. Dann wurde mein Lachen immer leiser, bis ich schließlich ganz verstummte, weil Zoe nicht wieder an der Wasseroberfläche auftauchte.

»Zoe?«, rief ich besorgt und watete durchs knietiefe Wasser auf ihren leblosen Körper zu, der am Küstenboden trieb. Ich bückte mich zu ihr und …

… da schoss sie aus dem Wasser, riss mir die Unterhose bis zu den Knien runter, packte mich am Nacken und zog mich nach unten, sodass nur noch mein nackter Arsch aus dem Mittelmeer ragte. Wahrscheinlich nur für einen Bruchteil einer Sekunde, aber gefühlt war es eine endpeinliche Ewigkeit. Ich riss mich los von Zoe, fummelte meine Unterhose wieder in Position, warf ihr einen strengen Blick zu, klar entschlossen, dieser unberechenbaren Kuh im Leopardenfell um die Ohren zu hauen, wie dermaßen bescheuert das war, und da sah ich, wie sie mich anstrahlte, wie sie lachte, wie fröhlich Zoe Neufeld war, und …

… da lachte ich ebenfalls.

Die Sonne gelb, der Himmel zartbläulich mit papierweißen Wattewolken, pelikanblau das Meer darunter. – Ich kam mir vor wie in einem Krickelbild von Maja. Kinderleicht und unbeschwert. Und an meiner Seite: Zoe. Wir schwammen, tauchten und hechteten durch welliges Zeichenblockpapier, dessen DIN-Format unendlich war. Wir vergaßen die Zeit und allein unsere schrumpelige Haut war ein klarer Hinweis darauf, dass wir sehr lang im Wasser gewesen sein mussten. Wir warfen uns in den warmen weißen Sand und sagten nichts. Vollkommen unverkrampft still. Was, wenn du mich fragst, eine kostbare Seltenheit ist, wenn man es hinkriegt, einfach mal auf unbestimmte Zeit die Klappe zu halten, ohne das Gefühl zu haben, dass es an Gesprächsstoff fehlt. Kannte ich persönlich bis dahin eigentlich nur mit Eric Langenberg aus Köln. Unterschied: Wenn wir irgendwo schweigend nebeneinandersaßen, hielten wir niemals Händchen. – Zoe und ich aber. Wir hielten Händchen.

… was jetzt auch mal wieder total falsch ist, es so banal zu beschreiben. Wir hielten einander fest! Kinderleicht und unbeschwert.

Wie lange wir so dalagen, kann ich nicht mehr mit Bestimmtheit sagen, weil ich zwischendurch auch mal so halb weggenickt bin. Und dann, sehr strange, bemerkte ich, wie mir jemand das Gesicht ableckte. Als wäre mein Kopf aus Vanilleeis.

Verträumt, weil nicht ganz bei mir, seufzte ich: »Hach, Zoe!«

Ich hörte sie lachen, und weil das Geschlecke in meinem Gesicht aber parallel einfach weiterging, riss ich die Augen auf und glotzte in das pelzige Gesicht von Anton. – Ich drückte seinen Kopf beiseite und sah, dass Zoe neben mir saß, mich angrinste und dann seufzte sie mit einer überdreht hohen Stimme: »Hach, Henk!« – Wie peinlich! Ich fühlte mich so ertappt.

Vorteil war, dass Herr Schmidt ebenfalls wieder aufgetaucht war und mich durch einen kompletten Programmwechsel rettete. Gut gelaunt stand er vor uns. In neuem Outfit! Einen legeren Sommeranzug aus luftig hellem Leinenstoff trug er, einen Panamahut auf dem Kopf, und an seiner linken Hand baumelte ein Paar Schuhe aus hellbraunem Flechtleder – so stand er vor uns, mit bloßen Füßen im flachen Wasser.

»Na, was sagt ihr?«, fragte er erwartungsvoll.

Zoe und ich beäugten ihn kritisch, bis ich schließlich antwortete: »*Old style*, aber irgendwie auch lässig elegant.«

Zoe nickte und meinte: »Yep! In Schwarz hätte ich es cooler gefunden, aber so geht's auch.«

Worauf er sie wiederum nachdenklich betrachtete, wie sie so dasaß in ihrem Raubkatzen-Schlabber-Bikini, und in seiner vornehm verschmitzten Art grinste er zurück: »Ich hätte mir den Anzug ebenfalls im Leopardenlook kaufen sollen. Da würden dann alle denken, wir wären ein Paar, meine Süße.«

Zoe stutzte und ich sah Herrn Schmidt schon im Wasser liegen – dahingerafft von einer wütenden Leoparden-Lady –, aber da grinste sie einfach nur zurück und sagte: »Keine Chance, Schätzchen. Du bist mir zu jung.«

Da wiederum stutzte Herr Schmidt, bevor er dann schallend loslachte – zusammen mit Zoe und mir … und Anton, der aber vielleicht die Pointe gar nicht gepeilt hatte und einfach so vor lauter Aufregung kläffte.

Dann … mächtig unerwartet erklang aus ein paar Metern Entfernung *Spieluhrmusik*. Ich musste total bescheuert an diese Art von Horrorstreifen denken, in dem mal für eine halbe Szene lang nix passiert und alle sehr entspannt sind. Die *Guten* machen Witze, plaudern belangloses Zeugs daher und dann – *creepy* – erklingt diese unheimliche Musik. Die *Todesmelodie*. Die Erkennungsmusik des Bösen, bei der du dich ganz automatisch in den Kinositz presst, weil du weißt: *Es kommt und es wird ein Blutbad anrichten!*

»Henk?«, höre ich Zoe fragen.

»Äh … ja?«, frage ich.

»Telefon, Henk! Willst du denn nicht drangehen?«, fragt Herr Schmidt nach.

Nein! Ich will da sicher nicht drangehen. Es ist die Todesmelodie des Bösen! Es kommt und …

… dann riss ich mich aber stark zusammen, stand auf, trottete zu meinen Shorts, fummelte das klingelnde Handy aus der Tasche und nahm den Anruf mit der Schicksalsergebenheit eines Verurteilten entgegen, dem gleich mitgeteilt wird, dass seine Galgenfrist abgelaufen ist. Ich meldete mich mit »Hallo Mama!« und da hörte ich meine Mutter straff und streng sagen: »Bis Mittwochabend, Henk! Keinen Tag länger! Wenn du bis dahin nicht wieder da bist, wird es großen Ärger geben!«

Und aus dem Hintergrund rief Maja mit ihrem Quäkstimmchen: »Hörst du, Henky-Penky! Großen Ärger wird es geben. So oder so!«

Dann: Stille. Meine Mutter hatte aufgelegt. Einfach so. – Ich stand da am Mittelmeer in meiner hellblauen Jörg-Plinte und glotzte auf mein Handy – mit einer verquirlten Mischung aus Überraschung, Verwirrung, einer unbestimmten Menge Erleichterung und einem Eimer Frust. Die Botschaft meiner Mutter war eindeutig. Das Urteil war milder als erwartet, aber es war auch keine Begnadigung.

»Hallo? Henk? Ich rede mit dir!«, hörte ich Zoe wie aus weiter Ferne rufen. Ich blickte von meinem Handy auf. Zoe und Herr Schmidt sahen mich gespannt an. Ich schlurfte zu ihnen zurück, hielt mein Handy wackelnd hoch und erklärte müde: »Meine Mutter war's. Bis Mittwochabend muss ich zurück sein.«

Zoe sagte nichts, aber Herr Schmidt freute sich: »Aber das ist doch toll, Henk. Dann hast du noch etwas Zeit gewonnen.«

Ich sah ihn an, vielleicht auch mit einem Anflug von Verzweiflung, und sagte: »Das ist das Ding, Herr Schmidt. *Nichts* habe ich gewonnen! Ob jetzt gleich oder erst in vier Tagen, das Ziel bleibt dasselbe: *Schneverdingen*. Das ist Ödnis, Leere, Vakuum … *Metropolensperrgebiet*! Ich bin in Köln aufgewachsen. Ich bin Großstadtkind, Herr Schmidt, meine Eltern machen mich aber zum Schneverdinger Dorfdeppen, verstehst du?«

Herr Schmidt nickte … und sagte: »Nein!«

Extrem verwirrt schaute ich ihn an und fragte nach: »Wie – *nein!*?«

Worauf dann aber Zoe und nicht Herr Schmidt antwortete: »*Nein* heißt *nein*! Dorfdepp Numero uno in Schneverdingen – *das* ist deine Bestimmung … *Jörg*!«

»*Wie* witzig, Zoe Neufeld!«, versuchte ich so beleidigt wie möglich zu knurren, was deutlich misslang, weil sie mich für ihre Verhältnisse echt süß anlachte und ich sie unter diesen Bedingungen einfach nicht finster genug ansehen konnte.

Herr Schmidt kicherte. Und Anton, der es sich neben Zoe im Sand bequem gemacht hatte, guckte zu ihm hoch und bellte ihn an – einfach so, ohne erkennbaren Grund, wie er das nun mal öfter tat.

»Das ist der Punkt, Anton. Das ist der Punkt!«, sagte Herr Schmidt zu ihm. Es war der alte *Anton-sagt*-Running-Gag. Klar. Aber ich selbst guckte Herrn Schmidt mindestens genauso schlau an, wie Anton es tat. Und der glotzte ihn mit schief gelegtem Wuschelkopf irritiert an. Herr Schmidt erwiderte meinen Blick und sagte: »Das *Metropolensperrgebiet* ist nicht Schneverdingen, Henk, das bist du selbst! Das heißt, wenn du dumm genug bist, dichtzumachen. Schneverdingen ist nicht Köln. Es ist überschaubar klein, aber liebenswert. Die *Leute* dort sind liebenswert … also die meisten jedenfalls, bis auf Gerald und Annette. Aber das ist unbedeutend. Bedeutend ist, junger Henk, es geht immer alles von dir aus. Es ist deine Entscheidung, ob du dich sperrst oder offen bist für Neues.«

Sprachlos war ich und auch Zoe sagte zur Abwechslung mal nichts. Herr Schmidt machte ein nachdenkliches Gesicht, dann lüftete er schließlich seinen neuen Panamahut, damit er sich ungehindert an die Stirn tippen konnte, und schob hinterher: »Das Beste hätte ich beinah vergessen. Das Allerallerbeste in Schneverdingen ist …«

»Ja?«, habe ich extrem erwartungsvoll nachgefragt.

»Das Allerallerbeste in Schneverdingen ist, die haben da einen *EDEKA*! Mittendrin im Ort. Das ist praktisch!«

»Einen *EDEKA* …«, wiederholte ich tonlos, und weil sich vor allem Zoe direkt geiernd in den Sand geworfen hatte, peilte auch ich die Ironie. Der Damm war gebrochen, mein Frust fiel von mir ab, und dass ich mir am Ende vor Lachen nicht noch in meine 1a-Jörg-Plinte gemacht habe, lag einzig und allein an meinem letzten Rest Selbstbeherrschung.

Was ich mal irgendwo gelesen hab: Die Erde dreht sich in diesen Breitengraden mit einer Geschwindigkeit von rund tausend Stundenkilometern um die eigene Achse. Das ist schnell! Sagen will ich: Herr Schmidt, Zoe und ich lagen später schön relaxt in Liegestühlen am Strand, aber im Grunde genommen hätte ich mich mit beiden Händen an der Stange unseres Sonnenschirms festhalten müssen, um nicht durch die Gegend geschleudert zu werden. – Das ist jetzt nur mal so ein Bild, und was ich damit ganz konkret sagen will, ist dies: Ich spürte die gewaltige Rotation der Erde unter mir. Die Zeit selbst raste irre schnell durch diesen sonnigen Nachmittag. Alles verging viel zu schnell.

Vier Tage noch und der Rest von heute, berechnete ich in mathematischer Höchstform den Zeitraum, der mir noch blieb, bis ich wieder in Schneverdingen aufschlagen musste. Und weil ich dieses mit abgezählten Fingern meiner rechten Hand tat, musste man kein Hellseher sein, um zu erraten, was ich gerade dachte.

Herr Schmidt auf der Liege neben mir erriet, was ich dachte, und sagte: »*Carpe diem*, mein Lieber, *carpe diem*.«

Und ich so: »What?«

Und Zoe, sonnenbebrillt und lässig von der Liege auf meiner anderen Seite: »Das ist Latein und heißt wortwörtlich übersetzt: *Mach einfach dein Ding, Jörg!*«

Und von hinten sagte jemand überraschend: »Wortwörtlich heißt es *Genieße den Tag* oder genauer noch: *Pflücke den Tag*, aber von einem *Jörg* war im Original nie die Rede.«

Henriette war's. Gut gelaunt stand sie hinter uns, zog ein noch verpacktes Beachball-Set aus ihrer neuen großen Strandtasche heraus und fragte in die Runde: »Also, wie sieht's aus, Madame et Messieurs? Wer spielt mit mir?«

Herr Schmidt winkte gleich höflich ab, Anton, der zwischen den Liegen von Herrn Schmidt und mir in seiner Kuhle eingekringelt döste, knurrte einmal im Schlaf – was witzigerweise ebenfalls wie eine Absage wirkte. Ich persönlich überlegte noch und da war es aber sowieso Zoe, die als Erste antwortete: »Ich! Aber achte drauf, Madame Kettler. Ich bin gut! Ich werde dich zerpflücken.«

Sprach es verdammt selbstbewusst und bestgelaunt und da verstummte sie von jetzt auf gleich, als auch sie sah, wer von der Promenade her auf uns zuspazierte: Nele Koch und Zoes persönlicher Wohnheimbetreuer Tobias Sozpäd Schlüter.

»Hier, schaut mal«, sagte Tobias stolz zu uns, als sie wenig später mit vier vollen Einkaufstaschen vor uns standen. »Wir haben eingekauft. Für heute Abend. Sehr feine Sachen.«

»Das ist großartig, meine Lieben«, lobte Herr Schmidt und auch Zoe fragte Tobias Schlüter nicht unhöflich: »Klasse, Schlüti. Was gibt es denn?«

Worauf der aber null reagierte, stattdessen in einer der Taschen wühlte, schließlich ein verkorktes Glas mit rosa Salz hervorholte und allgemein in die Runde lächelte: »Und schaut mal, was man hier überall kaufen kann? Rosa Salz! Ist das nicht abgefahren?!«

»Ja, echt abgefahren, Schlüti. Und willst du wissen, warum es rosa ist? Ich sag nur: *Einhörner*!«, kommentierte Zoe. Herr Schmidt, Henriette und ich kicherten etwas albern, Nele guckte irritiert ... und *Schlüti*? Nein, er wollte nicht wissen, warum das Salz aus der Camargue rosa ist. Er ignorierte Zoe voll und da begriff auch sie, dass Tobias Schlüter nach der Szene in der Kirche sehr wahrscheinlich einfach keinen Bock mehr auf sie hatte.

Er behandelte sie also wie Luft, und als er das Beachball-Set in Henriettes Händen entdeckte, sagte er erfreut: »Beachball! Wie geil ist das?! Spielen wir?«

»Gern! Aber erst muss ich gegen Zoe spielen!«, antwortete Henriette absolut wertfrei, aber Zoe knurrte: »Du musst überhaupt gar nichts, Henriette Kettler. Wenn du lieber mit dem Schlüter spielen willst, mach!«

Henriette wunderte sich und Nele schlug dann aber direkt und gut gelaunt vor, dass wir ein Beachball-Turnier veranstalten könnten. Jeder gegen jeden.

Zoe schob kurz ihre Sonnenbrille hoch, damit vor allem Tobias besser sehen konnte, wie sie vor lauter Ablehnung ihre Augen verdrehte. Alle anderen stimmten zu. Selbst Herr Schmidt sagte, dass er bei diesem Wettkampf ordentlich mitmischen wolle. Da schob Zoe ihre Sonnenbrille nochmals hoch, um diesmal höchst verwundert in das feinfaltig lächelnde Gesicht von Herrn Schmidt zu glotzen. Und da blieb ihr gar nichts anderes übrig, als ebenfalls an diesem Turnier teilzunehmen.

Das Turnier – ich mache es kurz – war erschütternd. Für mich! Gelost habe ich. Noch schlechter als ich war eigentlich nur Herr Schmidt, der bei jedem Match einfach immer nur mit dem Schläger in der Hand dastand wie eine alte Schaufensterpuppe in Leinenanzug und Panamahut. Von allen Bällen, die man ihm wohlwollend locker zugespielt hatte, traf er drei. Zwei davon landeten im Mittelmeer, der dritte hinter ihm selbst.

Im Finale standen Tobias Schlüter und – *ta-daa* – Zoe Neufeld. Die Stimmung zwischen beiden war knisternd schlecht. Umso besser aber spielten sie. Treffender: Sie fighteten! Sie schmetterten sich die Bälle zu, als wären es entsicherte Handgranaten. Hoch konzentriert kämpften sie um jeden Punkt und schenkten sich nichts. Dann, im letzten und somit alles entscheidenden Satz, trifft Tobias den Ball nur mit Mühe und kann ihn nur noch im hohen Bogen zu Zoe zurückspielen. Steilvorlage! Zoe holt aus und …

… zögert. – Standbild! Wie eingefroren in einer Sportübertragung, in der die WLAN-Verbindung hakt. Dann: Total unerwartet senkt sie Kopf und Schläger, der Ball landet vor ihren Füßen im Sand. Tobias blickt mindestens genauso überrascht zu Zoe herüber, wie wir es tun. Langsam hebt sie den Kopf, schaut Tobias ganz ungewohnt weich an und sagt zu ihm: »Es tut mir leid, Tobias! Ich war ein Arschloch und ich möchte mich entschuldigen!«

Tobias stutzt, aber auch seine Gesichtszüge entspannen sich und er antwortet: »Angenommen!«

Applaus und Gebell aus unserer *VIP-Lounge* für *zwei* Turniersieger der Herzen!

29

Die Erde rotierte, dann war Abend. Wir saßen am Strand auf Decken, Klapp- und Liegestühlen, aßen die *feinen Sachen*, die Nele und Tobias besorgt hatten: Käse, Wurst, eingelegte Köstlichkeiten … all das. Dazu Brot und Wein.

»Feiner Tropfen!«, sagte ich wichtig, während ich das Weinglas gegen die untergehende Sonne hielt und es voll profimäßig schwenkte.

»Der ist aus dem *SPAR*-Markt. Zwei neunundneunzig, die Literflasche. Gut, nicht?!«, sagte Nele stolz.

»Kinder!«, seufzte Herr Schmidt gutmütig in seinem Liegestuhl. »Ihr habt beide keine Ahnung von Wein.«

Aber immerhin erhob er sein Glas mit dem *SPAR*-Wein drin, prostete uns zu und dabei fiel ihm wohl erst auf, dass wir nicht ganz vollzählig waren. »Wo steckt eigentlich unser Valentin?«, fragte er.

»Ich wette, in Schwierigkeiten!«, witzelte Zoe und schob aber hinterher, dass Valentin nach dem Kirchenbesuch diesem Mädel mit den dunklen Augen gefolgt sei.

»Wie romantisch!«, seufzte Nele und legte ihre linke Hand auf das rechte Knie von ihrem Tobias und beide sahen sich schwerst verliebt an. Mir ging durch den Kopf, dass Nele Koch ja eigentlich schon einen Freund hat. Der Typ in Schneverdingen, dessen Name mir aber einfach nicht einfallen wollte.

»Alex!«, flüsterte mir Zoe von links ins Ohr, was ich fast ein bisschen unheimlich fand. »Ob Schlüti weiß, dass Nele da noch was in Schneverdingen am Laufen hat?«

Und weil ich ihr Grinsen nicht deuten konnte, flüsterte ich zurück: »Unklar! Aber du sagst nichts, okay!? Die klären das selbst. Alt genug sind sie ja.«

»Man ist niemals alt genug für Dramen!«, hörte ich rechts von mir Herrn Schmidt überraschenderweise sagen. Ich hatte vergessen, wie gut der Mann noch hört.

»Meint?«, fragte jetzt Henriette nach, während sie Anton eine Scheibe Salami zuwarf, die er mit dem Maul auffing.

»Tja … wo soll ich anfangen?«, fragte Herr Schmidt sich selbst und da erhellte sich sein Gesicht im Schein der untergehenden Sonne und er sagte: »Ja, natürlich hier! Damals in Saintes-Maries-de-la-Mer. Es war Leslies Idee, hierherzufahren. Das ist sehr lange her, aber ich war immerhin alt genug, um mich sehr dramatisch von meiner Frau zu trennen.«

»Waltraud?!«, warf ich ein.

»Waltraud! Genau die!«, bestätigte Herr Schmidt. »Ich gebe zu, dass es für sie und wahrscheinlich auch für unsere beiden Kinder Gerald und Annette sicher nicht die allerbeste Nachricht war, als ich ihnen offenbarte, dass ich mich für ein anderes Leben entschieden hatte. Ein Leben mit Leslie!«

»Autsch!«, machte Tobias und Nele lächelte – wie soll ich sagen – irgendwie verzweifelt.

»Wir fuhren also mit Leslies Cabrio-Käfer hierher, ich fühlte mich elend und glücklich zugleich.«

»Chapeau! *Das* nenne ich Drama!«, sagte Henriette, die sich ja nun selbst vor nicht allzu langer Zeit von ihrem Volker getrennt hatte.

»Ja, das war es. Aber es war richtig!«, sagte Herr Schmidt. »Was ich meine, es fühlte sich zum ersten Mal in meinem Leben richtig an. Leslie und ich, hier am Strand …« Er trank einen Schluck *SPAR*-Wein, verzog sein Gesicht unmerklich und grinste Nele an: »Aber der Wein, den wir damals tranken, war mindestens genauso mies wie dieser hier. Den tranken wir damals hier an diesem Strand. Zusammen mit dem Mann, der ihn mitgebracht hatte – Bob Dylan.«

»Bob … wer?«, fragte Zoe nach, ich zog die Schultern hoch.

»… Dylan!«, vervollständigte Henriette ungläubig. Und im selben Tonfall wiederholte sie: »Du und Leslie, ihr habt hier am Strand mit der Folk- und Rocklegende Bob Dylan gesessen und seinen Rotwein getrunken?!«

Herr Schmidt schaute sie verwundert an und antwortete: »Aber ja, meine Liebe. Bob Dylan! Übrigens ein Meister der Dramen.«

Henriette zog skeptisch eine Augenbraue hoch und auch den beiden Turtel-Drama-Täubchen Nele und Tobias sah man an, dass sie dem Herrn Schmidt kein Wort glaubten. Betretenes Schweigen. Möglich, dass Anton ebenfalls spürte, dass sein alter Herr mal wieder eine

Käpt'n-Blaubär-Promi-Nummer hingelegt hatte, jedenfalls setzte er sich hin, glotzte uns alle an und bellte dreimal laut.

»Ja, was hat er denn nun wieder?«, fragte Tobias und da sah ich, dass diesmal Zoe wieder zum Dolmetschen ansetzte, und da hielt ich ihr aber einfach den Mund zu und antwortete selbst: »Anton sagt, dass er ebenfalls ein Meister des Dramas ist. Schließlich ist er mindestens schon dreiundvierzig Mal aus dem Schneverdinger Tierheim ausgebrochen, weil – *Autsch*!«

Zoe hatte mir liebevoll in die Hand gebissen, ich zog sie weg und sie fuhr fröhlich fort: »... weil Anton da einer Schäferhund-Lady das verdammte Herz gebrochen hat. Er hatte ihr *alles* versprochen und nichts davon halten können. Das war ihm auch klar, weshalb er sich nach seinem letzten Ausbruch einem Typen angeschlossen hat, der blöd wie eine Tüte voll Mücken ist, aber ein Herz aus Gold hat – Jörg, sein Name!«

Alle lachten. Und ich auch auf meine eigenen Kosten, weil – wie gesagt – ich konnte einfach nicht mehr sauer auf dieses Biest sein. Und so ganz allmählich kriegte ich auch so eine Ahnung, woran das nun wieder lag.

Wir lachten, scherzten, tranken *SPAR*-Wein. Im letzten Dämmerlicht flog eine Reihe Flamingos in drei, vier Metern Höhe über unsere Köpfe hinweg. Still und anmutig. Nur das sanfte Rauschen ihrer weit ausgestreckten Flügel war zu hören. Schwer zu erklären, aber es war ein erhabener Moment, den ich nie vergessen werde. Nele hatte noch versucht, mit ihrem Handy ein Foto davon zu machen, was aber natürlich misslang.

»Die schönsten Dinge im Leben lassen sich einfach nicht festhalten«, seufzte Herr Schmidt zufrieden, worauf ich voll automatisch und echt bescheuert Zoes Hand packte und festhielt. Sie schwenkte langsam ihren Kopf zu mir rüber, guckte mich schräg grinsend an und erklärte: »Ich bin kein Ding … *Jörg*!«

Worauf ich ihre Hand natürlich sofort wieder losließ und dann hatte ich insofern Glück, weil Henriette in diesem endpeinlichen Moment die Aufmerksamkeit auf Herrn Schmidt lenkte, indem sie ihn fragte, wie es denn nun eigentlich mit der letzten Aufgabe aussehen würde. Und klar: Alle waren total gespannt, als Herr Schmidt tatsächlich Leslies Brief aus der Innentasche seines feinen Leinenanzuges hervorholte und ihn Henriette reichte, damit sie laut vorlesen konnte, was Leslies letzter Wunsch gewesen war. Henriette zögerte, streckte ihre Hand aus und …

… da schnitt ein gellender Schrei wie ein Messer durch die friedliche Abendstimmung. Erschrocken drehten wir uns alle zu der Quelle des Schreis um und konnten im Halbdunkel mehr ahnen als wirklich sehen, wie eine Horde von fünfzehn bis zwanzig Leuten mit Fackeln und undefinierbaren Geräten oder gar Waffen in den Händen auf uns zumarschierte. Anton sprang auf und kläffte aufgeregt. Die Antwort war ein weiterer Schrei, der eigentlich mehr ein spitzes Trällern war – ähnlich den Schlachtrufen angreifender Indianer in alten Westernfilmen.

»Fucking Ärger!«, stöhnte Zoe neben mir und ich griff nach dem Campingbesteck, das vor mir auf dem Klapptisch lag. Ich war im Begriff, das Messerchen herauszufummeln, um, falls nötig, uns alle zu verteidigen, da legte Herr Schmidt seine Hand auf meinen Unterarm. Verdutzt schaute ich ihn an, er deutete mit Kopfnicken auf die sich nähernde Gefahr und da hörte ich auch schon jemanden rufen: »Ja, servus und griaß enk alle miteinand'!« – Valentin Tudor war's. Inmitten einer Gruppe von Akrobaten, Clowns, Jongleuren und Feuerschluckern. Und die Waffen entpuppten sich aus der Nähe betrachtet als Musikinstrumente. Kurz: Es waren Straßenkünstler aus aller Welt, die Valentin durch das dunkeläugige Mädchen kennengelernt hatte. Am anderen Ende der Küste hatten sie ihr Lager aufgeschlagen.

»Das ist Señora Lulu aus Barcelona«, stellte Valentin uns schließlich auch das Mädchen vor. Eine Akrobatin, die jetzt, in ihrem bunten Kleid und mit einem glitzernden Tuch umhüllt, noch mehr Ähnlichkeit mit der Schwarzen Sara hatte.

Wieder trällerte jemand aus der Gruppe. Eine Frau mit Geige in der Hand. Anton bellte, irritiert aber schwanzwedelnd, die Frau zückte einen Bogen wie ein Florett aus ihrem Hüftgürtel und entlockte dem Instrument einen straffen, einen schwingenden Ton, den sie so lang hielt, bis plötzlich jemand *Un! – Deux! – Trois!* brüllte, worauf explosionsartig *alle* Musiker aufspielten. Mit Akkordeon, Gitarren, Trompete, einem Kontrabass – irre schnell, irre gut. Und was diese Lulu doch sehr krass von der Schwarzen Sara unterschied: Aus dem Stand sprang sie rücklings mehrere Flickflacks durch die sandige Mitte unseres Kreises, hin zu einem athletischen, dunkelhäutigen Typen, der sie auffing, hochwarf und wieder auffing, als wäre sie leicht wie ein Papierflieger ... um das mal irgendwie zu vergleichen. Herr Schmidt, Zoe, Henriette, Valentin ... wir *alle* klatschten Beifall, johlten begeistert und Zoe raunte mir noch betont überheblich zu: »Kann ich auch!«

Und als hätte der Typ, der zuvor Lulu durch die Gegend geworfen hatte, das gehört, sprang er auf Zoe zu, packte sie an beiden Handgelenken, riss sie aus dem Campingstuhl hoch und wirbelte sie herum wie ein Reagenzglas in einer Zentrifuge, sodass ich dachte: *Gleich kotzt sie den ganzen SPAR-Wein aus.* – War aber nicht. Zoe quiekte überrascht und panisch fröhlich wie meine kleine Schwester Maja, wenn ich dasselbe mit ihr tue.

Dran denken: Unbedingt mal wieder Maja durch die Gegend schleudern, wenn ich wieder zurück bin, machte ich mir eine kleine Notiz im Hinterkopf … und überraschte mich selbst bei dem Gefühl, dass ich mich darauf freute, meine kleine Schwester in ein paar Tagen wiederzusehen … in Schneverdingen.

Und da wurde ich buchstäblich aus meinen Gedanken gerissen und war wieder voll und ganz am Strand von Saintes-Maries-de-la-Mer, als eine Frau mit wilder Lockenmähne meine rechte Hand ergriff und mich zum Tanzen aufforderte.

»N… no, merci! I don't want to dance«, erklärte ich, die Frau nickte verständnisvoll … und zog mich trotzdem in die Mitte, wo ich mit ihr tanzen musste – wild, hüpfend, hampelnd. Wie ein Kindergartenkind auf Koks. Aber das war komplett egal. Niemand scherte sich drum, wie bescheuert es ausgesehen haben muss, weil sie dann alle tanzten … *fast* alle. Herr Schmidt blieb zufrieden in seinem Liegestuhl sitzen, schüttete den *SPAR*-Wein einfach rechts neben sich in den Sand, damit Valentin einen anderen Wein in sein Glas einschenken konnte. Einen, den er und seine neuen Freunde mitgebracht hatten.

Ich kann nicht sagen, wie lange wir tanzten, sangen, feierten und lachten. Ich weiß nur, dass es die verrückteste, genialste Party war, die ich je erlebt hatte. Am Ende verabschiedeten sich die meisten dieser knallverrückten, grundsympathischen Leute und die wenigen, die noch blieben, setzten sich mit uns um ein kleines Lagerfeuer. Völlig fertig aber tiefenentspannt lauschten wir den Klängen einer Gitarre, die jemand zärtlich spielte. Es war eine Akkordfolge, die nicht nur mir bekannt vorkam. Zoe, die neben mir saß, summte leise mit und bei der nächsten Wiederholung der Akkorde setzte überraschend für uns alle Herr Schmidt ein und sang »*... Knock, knock, knockin' on heaven's door ...*« – Leise, mit seiner alten, brüchigen Stimme, die gleichzeitig warm und weich klang.

»Jetzt weiß ich's! Das ist von *Guns N' Roses*«, sagte ich zu Zoe, als der letzte Ton verklang. Zoe nickte.

Tz, tz, tz, schnalzte Herr Schmidt kopfschüttelnd neben ihr in seinem Liegestuhl, sog genüsslich an seiner knisternden Havanna, blies den Rauch in den Sternenhimmel und sagte: »Das Original ist von Bob Dylan. Es handelt von jemandem, der im Sterben liegt.«

»Das ist *Fuck, fuck, fuckin' heftig sad*!«, haute Zoe in der Melodie des Songs raus.

»Language, Mrs Neufeld, Language!«, ermahnte sie Henriette, die ein paar Plätze weiter neben dem athletischen Typen mit der dunklen Hautfarbe saß, der aus Avignon war, Claude hieß und seinen Arm um ihre Taille gelegt hatte.

»Es ist so traurig nicht, meine Liebe«, widersprach dann aber auch noch mal Herr Schmidt gutmütig lächelnd. »Wenn du ein gutes, langes Leben hattest und am Ende nichts mehr da ist, was du verlieren könntest, außer die Erinnerung, dann ist es tröstlich, zu gehen.«

Touching! Aber so was von! Schweigen am Strand von Saintes-Maries-de-la-Mer. Valentin, der links neben mir saß, erklärte Lulu, deren Hand er hielt, etwas auf Spanisch. Vermutlich war es die Übersetzung von dem, was Herr Schmidt gesagt hatte, weil sie gleich drauf ebenfalls vor Rührung leise schluchzte. Und in die ganze zärtliche Stimmung hinein, machte es in der Seitentasche meiner Cargohose plötzlich und ziemlich unpassend *Doing! Doing! Doing!* – Sprungfedergeräusche! Mein Freund Eric aus Köln rief an!

Ich kramte das Handy schnell heraus, nahm den Anruf entgegen, sagte …

… nichts, weil Zoe sich das Handy einfach wieder aus meiner Hand schnappte, ins Handymikro sprach: »Jörg kann grad nicht, der hat zu tun!«, es daraufhin einfach neben sich auf die Decke warf, und ehe ich ihr auch nur irgendwie klarmachen konnte, wie verdammt sauer ich nun auf sie war, guckte sie mich fest an, warf sich auf mich und küsste mich.

… erst rotierte die Welt, dann stand sie still!!!

30

Sonntagmorgen war's. Ich wachte auf am Strand von Saintes-Maries-de-la-Mer und meine Rübe fühlte sich an, als hätte sie jemand mit Beton ausgegossen. *SPAR*-Wein für 2,99 Euro, die Literflasche – *verdammt feiner Tropfen*!!!

Ich schwor mir, von nun an wieder komplett auf Wasser umzusteigen, öffnete meine Augenlider, die sich anfühlten wie Holzrollladen, glotzte nach rechts …

… und kam mir vor wie der Hauptdarsteller in der Sorte Film, in der er morgens aufwacht und feststellt, dass der Schlafplatz neben ihm, auf dem eigentlich die Person liegen sollte, mit der er in der Nacht noch zusammen eingepennt war, leer ist. – Zoe war weg.

Ich warf die Decke beiseite und was von Vorteil war: Ich war noch halbwegs angezogen. Was aber eigentlich auch egal gewesen wäre, denn *niemand* war mehr da. Ich war komplett allein am Strand.

»Na toll!«, knurrte ich und – Sprungfederhüpfgeräusche – Eric Langenberg rief mich an. Und jetzt konnte ich den Anruf aber nicht entgegennehmen, weil mein Handy war auch weg. Was aber, logisch betrachtet, nicht sein konnte, weil ich es ja hörte. Kurz: Ich fand es rechts neben der Decke, auf der Zoe und ich geschlafen hatten, unter einer Puderschicht Sand. – Mit einem feinen Riss quer bis zur Bildschirmmitte. – *Fuck!*

Ich tippte auf das kaputte Display, fluchte noch mal und da hörte ich Eric klar und deutlich sagen: »Wie – *Fuck!*? Was'n das für eine Begrüßung?«

»Sorry, das Handy hat einen Knacks abbekommen«, sagte ich.

»Wobei?«, hat er gefragt.

»Wie – *wobei*?«, hab ich zurückgefragt und da hatte ich aber auch schon so eine Vermutung, *wobei*. Ich überlegte, ob ich's Eric sagen sollte oder nicht, weil ich wollte nicht den Eindruck erwecken, als wäre ich so eine amtliche Arschgeige wie Kilian Schäfer aus unserer alten Klasse, der es nötig hatte, dauernd mit seinen Knutschgeschichten zu prahlen, und …

… da habe ich ihm halt doch gesagt, *wobei*. Und *mit wem* dann auch gleich hinterher, und weil ich schon mal dabei war, habe ich ihm auch noch gesagt, dass ich mich sehr wahrscheinlich in sie verliebt hatte, was eigentlich total unlogisch war, weil Zoe von Anfang an nicht mein Typ war, und wenn Eric mich vor einer Woche noch in Göttingen gefragt hätte, wie wahrscheinlich es auf einer Skala von eins bis zehn wäre, dass Zoe und ich eine Woche später an einem französischen Strand die halbe Nacht rumknutschen würden, hätte ich gesagt *minus zehn*, so irre unwahrscheinlich, und – *bam* – eine Woche später war's so weit und da stand ich nun an dem französischen Strand herum, mit Betonschädel, allein und: hochgradig verliebt – sehr wahrscheinlich das!

Rauschen in der Leitung nach Köln.

»Eric?«

»Äh, ja, bin noch dran.«

»Dann sag doch was, verdammt.«

»Was willst du hören, Mann?!«, fragte Eric nicht wirklich nach und schob dann im gewohnten Eric-Langenberg-Labertaschen-Modus hinterher: »Ich bin schwerst gekränkt, Alter. Du hast mir die Liebe meines Lebens ausgespannt. Uschi war die mir versprochene Braut und was bleibt mir nun?«

»Sag es!«

»Deine Mutter!«

»Spinner!«, grinste ich und beim Stichwort *Mutter* fiel mir ein, dass ich ihn noch wegen unserer grundbescheuerten Köln-Alibi-Story auf den neuesten Stand bringen musste, weil die ja ordentlich nach hinten losgegangen war.

»Nicht schön das!«, sagte er nur gelassen. »Aber, mein Freund, es war *deine*, nicht *unsere* grundbescheuerte Story!«

»Bekannter!«

»Wie?«

»Ich bin nicht dein *Freund*, ich bin dein *Bekannter*! – Unterschied!«

»Eins zu null für dich!«, lachte er und dann legten wir beide auf.

»Ja, Oida, da bist du ja endlich!«, begrüßte mich Valentin, als ich mit den Decken unter dem Arm und der Hose voller Sand neben dem Unimog stand. Anton sprang zur Begrüßung an mir hoch, alle anderen saßen wie in dem berühmten Wandgemälde *Das letzte Abendmahl* von Allroundgenie Leonardo da Vinci an einer langen Tafel – in diesem Fall war's aber nur eine Biertischgarnitur mit Bänken, die irgendwer organisiert hatte. Nele, Tobias, Henriette, Claude, Valentin, Lulu – und lächelnd in der Mitte im feinen Leinendress: Herr Schmidt und neben ihm Zoe. Sie lächelte mir flüchtig und vielleicht etwas unsicher zu, ich flüchtig und zu hundert Prozent unsicher zurück, und dann setzte ich mich an das andere Ende neben Valentin, der extra für mich etwas Platz gemacht hatte.

»Schlüti, ich sag dir noch mal: Ich mach dich fertig!«, raunte Zoe quer über den Tisch zu ihrem Wohnheimbetreuer rüber.

»Oh Gott, geht das wieder los?!«, stöhnte ich in Richtung Tobias und der grinste aber gut gelaunt zurück und erklärte mir: »Sie will mich beim Beachball schlagen, was ihr aber nicht gelingen wird, weil ich einfach besser bin als sie.«

»Bist du nicht!«, grinste sie, überlegte kurz und schob hinterher: »Ich sag dir was, Schlüti! Sollte ich tatsächlich gegen dich verlieren, komme ich freiwillig mit dir nach Hamburg zurück. Zurück in den *Sankt-Josef-Stift-im-Arsch e. V.* …«

Anton bellte und diesmal übersetzte Valentin ungefragt: »Sprache, Oida, Sprache!«

Alle lachten … bis auf Lulu und Claude, die den Running Gag eh nicht kapiert hätten. Weder auf Spanisch noch auf Französisch.

Der Tag verflog und einen Fingerschnipp drauf lag ich nachmittags wieder am Strand im Liegestuhl unter dem Sonnenschirm und neben mir Herr Schmidt. Richtung Meer – einen guten Beachballwurf von uns entfernt – spielten Zoe und Tobias ihr alles entscheidendes Match. *Tock – tock – tock.* Relaxt taten sie das und es machte den Eindruck, als wollten die beiden den Ball so lang wie möglich hin und her spielen und dass das Punktemachen dabei auch eher nebensächlich war. Wenn dann doch mal ein Ball danebenging, warf Zoe mir einen flüchtigen Blick zu und lächelte. Und ich lächelte zurück. Vollkommen locker war das nun und meine krampfige Unsicherheit vom Vormittag war versickert wie der Eimer Beton in meinem Kopf. – Ein paar Meter weiter lagen Nele und Henriette auf ihren Strandtüchern und plauderten miteinander. Vielleicht über das Buch, das Nele in der Hand hielt. Vielleicht war aber auch Claude Thema. Der hatte sich ein paar Stunden zuvor ganz relaxt von Henriette verabschiedet, weil er zurück nach Avignon fahren musste. Ob die beiden sich wiedersehen würden, schwer zu sagen. – Wie auch immer: Nicht weit von Henriette und Nele entfernt vergrub Lulu ihren Valentin im Sand. Also sie vergrub ihn, bis nur noch sein Kopf grotesk aus dem Strand guckte. Und über den warf sie dann einfach ein Badetuch. Was beide irre witzig fanden. Und Anton, der bei ihnen war, hatte offenbar auch seinen Spaß. Kläffend und schwanzwedelnd sprang er hin und her, schnappte das Badetuch mit seinem Maul, um es wild knurrend von Valentins Kopf zu zerren, bevor er anfing, ihn wieder auszubuddeln. Wieder und immer wieder.

»Wie schön!«, seufzte Herr Schmidt glücklich und ich sagte *Oui*! – Es war zu schön. Vor über einer Woche hatte der alte Mann noch auf einem Friedhof vor dem Grab seiner Liebsten gesessen und einen Grabstein vollgequatscht. Und nun lag er mit einem Haufen sympathischer, liebenswerter, knallverrückter Leute und einem Hund an einem sonnigen Strand am Mittelmeer. Leer war der Strand und sanft das Rauschen der Wellen, in das sich nur noch das monotone Beachball-Geräusch der Holzschläger von Zoe und Tobias mischte.

Tock – tock – tock.

Herr Schmidt trug kurioserweise immer noch den schicken Leinenanzug. Den Panamahut hatte er allerdings an die Rückenlehne gehängt und die Flechtschuhe aus feinem Leder standen ordentlich neben seinem Liegestuhl. Die gelbe Box lag geöffnet und leer auf seinem Bauch und zufrieden lächelnd betrachtete er Fotos und Postkarten, die er in einem kleinen Stapel in den Händen hielt.

Ich zählte eins und eins zusammen und sagte zu ihm: »Das also war in der Box. Fotos und Postkarten.«

Er schaute mich entspannt an, nickte, hielt lächelnd ein Briefkuvert hoch und ergänzte: »Und natürlich Leslies Liste.«

Ich schaute auf den Stapel Fotos und das Kuvert in Herrn Schmidts Händen und dachte mit schlechtem Gewissen daran, dass ich zusammen mit Zoe noch am Tag zuvor beinah die Gelegenheit schamlos ausgenutzt hätte, die Box des alten Mannes aus purer Neugierde zu durchwühlen.

»Möchtest du den Brief vielleicht lesen?«, fragte er mich, worauf ich vielleicht eine Spur zu hektisch geantwortet habe: »Nein, auf gar keinen Fall!«

Dann dachte ich aber noch mal nach und sagte: »Also, was mich schon interessiert, ist, wie es denn nun mit dem letzten Etappenziel aussieht. Weil, das steht ja noch aus. Also, nicht, dass du mich falsch verstehst, Herr Schmidt. Ich bin der Letzte, der hier Stress macht. Ich schätze, der einzige Mensch, mit dem du ordentlich Ärger kriegst, wird Leslie sein, wenn du zurück nach Schneverdingen kommst und die Liste ist nicht ordentlich abgearbeitet.«

Tock – tock – tock.

... Zoe und Tobias spielen sich die Bälle zu und die Schläge klingen wie der Sekundenzeiger einer riesigen Uhr.

»Leslie wird keinen Stress machen, weil das letzte aller Etappenziele ist verdammt nah, mein Freund«, lächelt Herr Schmidt.

»Und das wäre?«

»Ankommen! Nach Hause kommen!«

»Herr Schmidt«, sage ich.

»Ja, bitte?«, fragt er.

»Du hast kein Zuhause mehr. Schon vergessen?«, antworte ich ihm und da strahlt er mich an und sagt: »Nichts habe ich vergessen, Henk Timmermann. Gar nichts! Alles ist so, wie es sein soll.«

Ich verstehe nicht ganz, aber Herr Schmidt lächelt nachsichtig, legt die Fotos zusammen mit dem Brief zurück in die Box, setzt sich mit Leichtigkeit auf, schlüpft in seine Schuhe, erhebt sich, und nachdem er den Hut sorgfältig aufgesetzt hat, hebt er seinen rechten Arm, zeigt auf einen bestimmten Punkt im Mittelmeer und sagt leise, fast zärtlich: »Siehst du, Henk Timmermann?«

Tock – tock – tock.

Der Takt dieser riesigen Uhr klingt nun so, als hätte der Sekundenzeiger einen sanften Schleier aus Hall, den er nach sich zieht. – Ich blicke in die gezeigte Richtung und sehe weit draußen auf dem Meer eine Person stehen. Schemenhaft. *Auf* dem Wasser, nicht *im*! In einem hellen Spot, der alles überstrahlt.

Spätestens da wird mir auch klar, dass ich das träume.

In meinem Traum also zeigt Herr Schmidt auf die Lichtgestalt, strahlt mich an, dann dreht er sich zu ihr um und bewegt sich mit einer ungewohnten Leichtigkeit über den Strand zum Wasser und …

… geht weiter. *Über* das Wasser, nicht *ins*. Ganz normal spaziert er über die Wasseroberfläche hinüber zu der winkenden Lichtgestalt. Dann hält er inne, dreht sich zu mir um, glücklich lächelnd, und erklärt mir: »Leslie ist das letzte Etappenziel. Mein Zuhause!«

Ich verstehe, lächle zurück, nicke ihm noch einmal zum Abschied zu und …

… *tock!* – ein Beachball traf meinen Kopf und ich wachte auf.

»Sorry, Jörg, was liegst du aber auch immer im Weg rum!«, hörte ich Zoe gut gelaunt rufen, während ich zu Herrn Schmidt hinübersah. Mit geschlossenen Augen und friedlich lächelnd lag er da in seinem Liegestuhl und schien so dermaßen tief zu schlafen, dass er nicht einmal merkte, wie ihm die gelbe Box aus der Hand glitt. Sie fiel in den Sand und ich griff instinktiv nach dem Stapel mit Fotos, Postkarten und dem Brief, der dabei herausfiel.

»Herr Schmidt?«, habe ich ihn da auch direkt angesprochen und versucht, ihn zu wecken, weil ich wollte jetzt auch nicht, dass er von selbst aufwacht, mich mit den Fotos in der Hand sieht und denkt, ich würde in seinen Sachen rumkramen. – Aber er reagierte nicht. Ich setzte mich auf, sah kurz und ratlos zu Zoe hinüber, die ließ den Schläger fallen und kam.

»Herr Schmidt?«, wiederholte ich und zupfte ganz

vorsichtig am Ärmel seines Leinensakkos. – Keine Reaktion. Flüchtig sah ich mich um. Zoe stand nun hinter mir.

»Herr Schmidt!«, brüllte ich. – Keine Regung! Ich holte Luft für einen weiteren Versuch, Herrn Schmidt zu wecken, da legte Zoe ihre Hand sanft auf meine Schulter. Ich drehte mich zu ihr um und sie deutete mit einem Blick, der alles sagte, auf das ewige Lächeln in dem marmorweißen Gesicht des alten Mannes: Herr Schmidt war von uns gegangen … tot!

Kurz darauf waren auch alle anderen da und starrten auf den verstorbenen Herrn Schmidt. Ungläubig erst, fassungslos, sprachlos. Anton kam zwischen den Beinen von Zoe und Nele hervor und stupste Herrn Schmidt zärtlich an. Und weil der sich natürlich nicht regte, befürchtete ich, dass der Hund sich panisch auf ihn stürzen würde, und griff deshalb nach seinem Halsband. Aber das war gar nicht notwendig. Sonderbarerweise. Anton drehte sich zu uns um, schwanzwedelnd, bellte uns zwei-, dreimal an und setzte sich darauf entspannt neben den Liegestuhl von Herrn Schmidt.

Ich streichelte seinen Kopf, stand auf, und ohne großartig nachzudenken, erzählte ich den anderen meinen Traum. Ernst und ruhig. Zoe, Henriette, Valentin … alle schauten sie mich gerührt an, als ich damit fertig war. Dann fiel mein eigener Blick wieder auf Anton und ich sagte lächelnd: »Und ich schätze, dass es das ist, was Anton uns gerade sagen wollte: Jetzt ist alles gut. Sein alter Herr ist endlich da, wo er schon lange sein wollte. Bei seiner Leslie. Es gibt also keinen Grund, traurig zu sein.«

Ich wusste ganz genau, dass es so war, und ich war mir sicher, dass selbst Lulu, der Valentin alles noch mal ins Spanische übersetzte, es so verstand und fühlte. Und trotzdem liefen die Tränen. Aber was mitschwang, war eben auch eine eigenartige Stimmung, die ich vielleicht mit *Trost* oder sogar *Freude* beschreiben kann. Was jetzt mal das komplette Gegenteil von Trauer ist, aber trotzdem empfand ich es so. Wir freuten uns für Herrn Schmidt und empfanden es als tröstlich, dass er nun *zu Hause* war – bei Leslie.

Zoe deutete fragend auf den Stapel Fotos, Postkarten und den Briefumschlag in meiner Hand. Ich erklärte ihr, dass sie aus Herrn Schmidts gelber Box gefallen waren, und …

… da fiel mein Blick auf das oberste Schwarz-Weiß-Foto, auf dem Herr Schmidt und ein älterer Typ zu sehen waren. Beide strahlten in die Kamera. In Wandermontur und in kumpelhafter Pose. Das Foto musste uralt sein, weil Herr Schmidt da noch ziemlich jung wirkte.

»Wer soll das sein?«, fragte Zoe mich. Ich zuckte die Achseln, aber Tobias Schlüter, der über Zoes Schulter hinweg das Foto sehen konnte, sagte: »Das ist Willy Brandt – ehemaliger Bundeskanzler.«

Mächtig überrascht guckten wir uns an, ich drehte das Foto um und las vor, was dort in feiner, gerader Handschrift geschrieben stand …

Für Armin, meinen guten Freund.
Danke für Deine Ratschläge!
Willy Brandt

Dann fiel mein Blick auf das nächste Foto, auf dem ebenfalls Herr Schmidt sehr jung in die Kamera strahlte. Und neben ihm war wieder mit Arm-auf-Schulter-Pose: Reinhold Messner, die Bergsteigerlegende, von der Herr Schmidt den Tipp der kleinen Wanderschritte bekommen hatte. Wieder guckte ich extrem überrascht hoch und Henriette, Valentin, Zoe … *alle* erwiderten den Blick nicht weniger überrascht und Henriette hauchte: »Mach weiter!«

Und ich machte weiter: Entertainer Harald Juhnke, die Stargeigerin Anne-Sophie Mutter, der *Captain von der Enterprise* … Folk- und Rocklegende Bob Dylan – *alle* waren sie auf den Fotos zu sehen. Stets mit Herrn Schmidt gut gelaunt in die Kamera lächelnd. Herr Schmidt hatte keinen Scheiß erzählt. Er kannte sie alle. Und interessant dabei: Auf den meisten dieser Promifotos war eine dritte Person im Bild. Ein Mann, schlank, mit feinen Gesichtszügen und vollen Lippen.

Und jetzt mal so richtig interessant: Auf einem weiteren Foto waren Herr Schmidt und ebendieser Mann allein drauf. An einem Strand wie diesem hier. Beide noch relativ jung, sich umarmend und küssend. Also jetzt nicht so ein flaches Ding, wie man das unter Kumpels vielleicht mal tut. Nein, es war leidenschaftlich, selbstvergessen, innig … wie Zoe und ich es letzte Nacht noch getan hatten – anderes Thema. Die beiden Männer küssten sich und – das Allerinteressanteste von allem: Auf der Rückseite stand in geschwungener Schönschrift:

Armin und Leslie – Traumpaar des Jahrhunderts.

Leslie war ein Typ! Immer schon gewesen! Eine *sie* hat es nie gegeben. Herrn Schmidts große Liebe war ein Mann. Was für alle jetzt überhaupt kein Thema war. Natürlich nicht. Es war einfach nur verdammt überraschend. Herr Schmidt hatte diesen – wie soll ich sagen – *Punkt* zwar nicht verschwiegen, aber es hatte auch niemand danach gefragt. Für uns war es selbstverständlich gewesen, dass Leslie eine Frau war. Und jetzt stellte sich ganz selbstverständlich das Gegenteil heraus.

Wie bizarr das alles war: Vor uns der verstorbene Herr Schmidt und in meinen Händen hielt ich einen Teil seiner Lebensgeschichte, die wir gemeinsam betrachteten. Foto für Foto, bis …

… der Briefumschlag folgte. Ich schaute fragend hoch und da war es Henriette, die als Erste verstand und sagte: »Mach ihn ruhig auf, Henk. Armin hätte sicher nichts dagegen gehabt.«

Was sehr wahrscheinlich stimmte. Jedenfalls hatte er uns im Laufe unseres Trips mindestens dreimal angeboten, den Brief zu lesen. Viermal, wenn ich meinen Traum mitrechne. – Ich öffnete also den Briefumschlag, zog den Brief vorsichtig heraus, faltete ihn auseinander und las laut vor, was in ihm geschrieben stand …

Armin! Liebster!
Tu alles Banale und Verrückte,
was auch immer das sein mag,
tu es mit Liebe, hab Spaß dabei und denk an mich!
In Liebe, Dein Leslie

… das war's! Nichts weiter hatte Leslie notiert. Eine Liste mit Aufgaben gab es gar nicht. All die Wünsche, Etappen – von *banal* bis *extrem verrückt* – waren am Ende fantasie- und liebevoll dem Kopf eines wunderbaren Mannes entsprungen – dem von Herrn Schmidt!

Am Ende …

… fuhren wir alle gemeinsam mit dem Unimog zurück nach Deutschland. Also *fast* alle, versteht sich. Herrn Schmidt hätten wir zwar gern in einer Holzkiste auf den Dachgepäckträger vom Unimog geschnallt und mitgenommen, aber das hatte man uns ganz klar nicht erlaubt. Die letzte Reise nach Schneverdingen musste Herr Schmidt leider ohne uns antreten … oder sagen wir mal: … ohne uns *machen*! Das ist sonst sehr missverständlich.

Wer außerdem nicht mit uns fuhr, war Valentin. Henriette hatte ihm angeboten, für ihn einen Umweg über Österreich zu machen, aber das hatte er dankend abgelehnt. Er hatte etwas gefunden, wonach er nicht einmal gesucht hatte. Eine Welt, die seine war: Lulu und die ganze verrückte Combo von Straßenkünstlern.

Mitgekommen sind dann aber außer Henriette und mir: Nele, Tobias und – *Trommelwirbel-Tusch* – Zoe! Aus freien Stücken! Muss man so sagen. Ihr leibeigener Sozpäd Tobias Schlüter hatte sie nämlich noch am Sonntagabend so ganz nebenbei gefragt, wer denn nun das Beachballmatch verloren habe, und da hatte sie ihn angegrinst und geantwortet: »Das ist scheißegal, Schlüti. Ich komme mit zurück. Wer soll den Laden sonst schmeißen, wenn nicht ich.«

Und da sah man richtig, wie erleichtert Tobias war. Er strahlte sie an und sagte: »Lara, Fiona und Fatima freuen sich auf dich. Da bin ich mir sicher!«

»Ey, Digger. Ich werde sie achten, ehren, lieben, als

wären die drei verstrahlten Girlies meine Schwestern. Besonders Fatima. Die hat noch was gut bei mir. Aber so was von!«, sagte Zoe mit extrabreitem Hamburger Slang und dann hat sie mich auch noch mal angesehen und gesagt: »Außerdem muss ich ja in der Nähe von dem Typi hier bleiben. Den muss man im Auge behalten, nicht wahr … Jörg?!«

Und da hab ich sie breit angegrinst und geantwortet: »Auf jeden!«

… und zwei Tage später nun: Space! Unendliche Weiten! … Schneverdingen! Vielleicht noch dreißig Kilometer, bis wir da sind, vielleicht auch vierzig oder mehr. Ich weiß nicht. Aber was soll ich sagen? Ich freue mich drauf. Auf meine Mutter, meinen Vater und ganz besonders auf meine kleine Schwester Maja. Und da fällt mir ein, dass ich ja für meinen Vater ein Sixpack Kölsch mitbringen sollte. Was ich aber auf die Schnelle nirgendwo mehr besorgen kann. Was aber auch mal wieder totaler Quatsch wäre. Jeder weiß, dass ich definitiv nicht in Köln war.

Aber wurscht! Denn statt Kölsch habe ich eh was anderes im Gepäck. Und nicht nur für meinen Vater, sondern für die komplette Familie. Es ist mittelgroß, hat braunes Zottelfell und hört auf den Namen Anton.

~~ENDE~~

ANFANG!